中共重庆市委宣传部、重庆市作家协会资助项目
重庆市渝中区宣传文化专项资金资助项目

山城的黎明

SHAN CHENG DE
LI MING

杨耀健◎著

中国文史出版社
CHINA CULTURAL AND HISTORICAL PRESS

图书在版编目（CIP）数据

山城的黎明 / 杨耀健著 . -- 北京：中国文史出版社，2021.7
ISBN 978-7-5205-3016-3

Ⅰ . ①山… Ⅱ . ①杨… Ⅲ . ①纪实文学—中国—当代 Ⅳ . ① I25

中国版本图书馆 CIP 数据核字（2021）第 103703 号

责任编辑：窦忠如

出版发行：中国文史出版社
社　　址：北京市海淀区西八里庄路 69 号院　邮编：100142
电　　话：010-81136606　81136602　81136603（发行部）
传　　真：010-81136655
印　　装：廊坊市海涛印刷有限公司
经　　销：全国新华书店
开　　本：787×960　1/32
印　　张：9
字　　数：200 千字
版　　次：2021 年 8 月北京第 1 版
印　　次：2021 年 8 月第 1 次印刷
定　　价：39.00 元

作者简介

杨耀健，重庆人，1982年毕业于四川大学中文系，文学学士。重庆市级机关公务员，已退休。历年出版《宋氏姊妹在重庆》《没有公开的秘密》《虎虎虎》《史迪威与中国》《杨耀健自选集》《西南局第一书记》《解密飞虎队》《商界集萃》《春风又绿两江岸》专著9种，长篇小说《西南局第一书记》被中宣部、新闻出版总署推荐为纪念邓小平诞辰100周年佳作、重庆市五个一工程提名奖。在全国报刊发表作品200余万字，多次获奖。重庆市作家协会历届理事、市作协第一至第三届全委会委员。“百度”有小传。

目　录

第一章

1

1949 年 5 月下旬，南京玄武湖。

两辆美制小吉普停在公园门外，从车上下来七八位解放军。走在前面的两个人显然是领导干部，被其他随员环绕。他们一个叫作刘伯承，一个叫作邓小平，在难得闲暇的一个星期天，他们相约来看看有名的玄武湖。

玄武湖东枕紫金山，西靠明城墙，是中国知名的皇家园林湖泊，被誉为“金陵明珠”，其人文历史最早可追溯至先秦时期。玄武湖方圆近五里，分作环洲、樱洲、菱洲、梁洲、翠洲，各洲之间堤桥相通。刘伯承等一行人入得园来，信步绕堤徐行。

早上刚下过阵雨，微风带有凉意，喇嘛庙和诺那佛塔，被薄雾勾勒出苗条的倩影。玄武门和明代城墙，渲染出许多不平和跌宕，簇拥着碧绿如美女的玄武湖，一如威武的卫士。湖神庙附近设有茶座，供应龙井、碧螺春，茶客多文雅，小声说话小口呷茶，一副斯文相。揽胜楼一带时花次第开放，暗香袭人，适宜鸟禽栖息，啼声皆在芳菲深处。热恋中的情人以伞障面，卿卿我我，想必已情到真时。

刘伯承、邓小平边走边谈，十分亲热。

他们是老搭档，两个都是四川人，相识于20世纪30年代的中央苏区，共事是在抗战初期，刘伯承任八路军一二九师师长，邓小平任政委。他们共事多年，配合默契，犹如电流的正极和负极，共同导演了许多杰出的战役。他们共克艰难的时局，同享战斗胜利的喜悦，结下牢不可破的友谊。国共双方，都下意识将他们联系在一起，合称为“刘邓”，中间容不得一个顿号。

刘伯承比邓小平年长十多岁，常以兄长之情关怀邓小平。日军在冀中平原搞大“扫荡”，邓小平时在前线，刘伯承再三要求部队确保邓小平的安全。解放战争时期，刘伯承到外线作战，把警卫团大部留给邓小平。邓小平每次出征，刘伯承总是送了一程又一程，反复叮嘱部下要照顾好政委，直到目送邓小平远去后才返回。凡是邓小平已表态的事情，刘伯承照例对部下说：“政委的决定就是指示，按政委说的立即执行。”

反过来，邓小平对刘伯承亦十分敬重。他特别尊重刘伯承的军事决策，只要是刘伯承拟订的战斗方案，他都毫不迟疑立即签署同意。他常对部下说，刘司令员是我军的军事专家，长征时期就指挥若定，用兵如神。打仗听刘司令员的没错。

只有那种人，曾经跟刘邓一样，在血雨腥风中背靠背站在一起；只有那种人，曾经跟刘邓一样，情同手足，并辔沙场；只有那种人，曾经跟刘邓一样，驰骋中原，南征北战，才能理解他们肝胆相照的关系。如今，刘伯承担任解放军第二野战军司令员，邓小平担任政治委员，依然朝夕相见。

就在上个月，第二野战军与第三野战军并肩发起渡江战役，在马珰和贵池间突破国民党军长江防线，切断东南大动脉浙赣线，解放皖南及闽浙赣边区广大地区，解放南京、南昌等城市，刘伯承兼任南京市军事管制委员会主任、南京市市长。二野部队奉命休整。

刘伯承感叹道："没想到解放战争形势发展这么快，去年此时我们还在襄樊苦战，今天就走进了国民党的老巢南京。曾几何时，这个六朝古都可望不可及，哪晓得一朝终于回到人民的怀抱。"

"得道多助，失道寡助。"邓小平说，"蒋家王朝的覆灭是注定的。我看过地下党送来的情报，说是国统区的各种杂税，竟然预征到民国七十年，而今年只是民国三十八年，简直岂有此理！国统区的人民吃苦太久，亟盼解放。毛主席说'宜将剩勇追穷寇'，下一步，当然是进军华中、华南、西南、西北，解放全中国。"

他们上堤站定，只见粼波若弦，听风拂水声，望漪澜澄明。

刘伯承说："遥想古代名士风流，初夏时节风和日丽，相约笃友置酒而会，临柳树制新诗，其意境惟王羲之鹅池把盏略可相比，其乐融融。早日打败国民党，你我也到公园喝喝茶，聊聊天。"

邓小平笑道："司令员，恐怕那时你更忙，没工夫去喝茶喽。这些天接管南京，你就忙得不亦乐乎，今天不是我拉你出来散散心，你恐怕又埋在批不完的文件堆里，抬不起头。"

刘伯承也笑了："是啊，军管会主任就是书记员，写不完的字，盖不完的图章。还是打仗单纯，向前向前向前，我们的队伍向太阳，多带劲。我很羡慕陈毅他们，三野揽到攻打上海的美差，这一口咬下去，肥得流油。”

邓小平吸着烟说：“我也羡慕得很。但是一想到陈老总当年率领新四军苦战江南，历经艰难险阻，发展壮大成三野，不可掠人之美。这块肥肉让三野来吃，于情于理都讲得通，搁得平。”

刘伯承点头称是，又说道：“我在想，其他事情都好说好商量，进军大西南的任务，咱们可是当仁不让的。记得那句四川老话，老乡见老乡，两眼泪汪汪。我们要去见老乡，也会流眼泪，不过那是胜利的激动的眼泪。早点动手，在华东停留不宜过久，人都长胖了。”

“二野刚打完渡江战役，休整一下也是必要的。”邓小平回答道，“趁此机会，我们多做点战前动员工作，在部队中树立革命到底的意识，打点预防针。华东局抽调了两万多名地方干部和学生，准备随军南下，接管各城市，也请我去讲过课。这段时间我就干这些事，向司令员汇报。”

刘伯承说：“小平同志言重了，政委才是总负责。”他转而说道，“近来个别高级干部居功自傲，追求大城市享受，产生了不良影响，我也准备在师以上干部会上讲一讲。我们的胜利是党中央和毛主席的正确领导，以及党的群众工作如农村的土地改革，国统区的地下工作等等配合得来的，绝不可错误认为主要是作战得来的，自以为了不起。要时刻警惕，不然，小则犯错误，大则走上张国焘的道路。”

邓小平吸着烟，与刘伯承并排站在那里。不知为什么，这个下午使他想起过去的许多下午，那是在大别山度过的下午，在太行山度过的下午，在淮海战场度过的下午，也是他不断憧憬胜利，总想再战斗下去的下午。在那样的下午里，他的身旁总是站着这位亲密的战友。

他对刘伯承说："伯承同志，你的话，大有益于我的工作。骄兵必败，历史上有不少例子。出现骄傲者不足为奇，咱们不让它蔓延就是。我的战前动员报告，肯定增加和强调这个问题。"

随着几声喇叭响，又一辆吉普开到公园前，一位机要参谋跑步到刘邓首长前站定，送上一封机密电报。那是中共中央军委和毛泽东发出关于准备向西南进军的指示，电文指出：胡宗南全军正向四川撤退，并有向昆明撤退消息。蒋介石、何应钦及桂系正在做建都重庆、割据西南的梦，而欲消灭胡军及川、康诸敌，非从南面进军断其退路不可。

刘伯承、邓小平先后读过电文，不约而同地说道："这下有大事要做了。"他们疾步走向吉普，返回驻地。

玄武湖流水无情，哲人常把人生感慨寄托给它；玄武湖流水有情，它孕育了野火烧不尽的芳草。夜色渐浓，薄薄的雾霭笼罩公园，遮去了英雄的身影和诗人的佳作，空寂中充盈着动人的故事，以及历史的庄严。

2

重庆市上清寺嘉陵江畔，矗立着一座豪华公馆，占地约三亩，内有大小房屋三十多间，布局典雅，结构严谨，居室宽敞，错落有致，庭院幽静。因公馆主人鲜英字特生，故命名其宅为"特园"。此地清幽，背靠浮图关，北滨嘉陵江，可见帆影点点，赏心悦目。

宅内遍植花草，三月花放，九月蝉鸣，本是颐养天年的好地方。可是，大时代呼唤着鲜英，他闲不下来。

因略得昆明大观楼形貌，可观江天一色无纤尘，兼可抒发胸臆，“特园”的主楼赋名达观楼。64岁的鲜英留着长髯，早上照例在达观楼前花园打一趟太极拳。鲜英白衣白裤，双手摊开如白云一般舞动，在柔和中蕴藏着几分刚劲。稍后，他变为双手握拳，转步，向前冲拳、推拳。他的双脚，如载重之船，沉沉稳稳荡于江河之中。他的一举一动，皆以意念为主使，以气势来牵引。无论伸缩开合，收放来去，吞吐合化，皆以意念为主动，由腰脊来驱动。

管事刘秉璋从门房进来，有事禀报，看见主人正在练拳脚，遂伫立一旁观望。鲜英打完一套太极拳，做过收势，呼出一口气，方才驻足问道：“刘管事，有事找我？”

刘秉璋双手举起一封信，呈给鲜英道：“禀报老太爷，这是我刚才从门房那里收到的。”

鲜英瞥了一眼信封，认出是张澜的字迹，马上问道：“送信人呢？快请进来招待。”刘秉璋说，送信人放下信件就走了，说是还有其他琐事，不叨扰。鲜英抚一抚长髯，明白来人怕遭盯梢，走了也好。他转身走进达观楼二楼大书房。

大书房有三壁书橱，放满各类线装书。书房内有大小写字台各一张，一套长沙发、两张短沙发、两把逍遥椅。鲜英落座小写字台，戴上老光眼镜，拆开信封，展读来信。

张澜在信中说，他现在被软禁于上海，外出皆有特务随行。从落款日期上看，这封信辗转半个多月，是由信使不远万里，专程送到重庆的。信中的主要内容，是要求重庆民盟成员积极行动，挽留文教界、工商业界人士不跟国民党走，保全重庆城。

鲜英重读一遍张澜的来信，然后将其焚毁。他从桌旁拿起一块丝帕，走到博古架前，轻轻揩抹几只心爱的瓷瓶，其中一只是难得的元代青花瓷瓶。鲜英的公开身份是退役师长、寓公，秘密身份是民盟重庆支部主任委员。

鲜英是四川西充县人，光绪末年四川总督锡良奉旨筹办新军，在成都开办弁目学堂，鲜英投考被录取。在校期间，他与同学刘湘、杨森、王瓒绪、唐式遵、潘文华、贺国光等人交谊笃厚，这些人后来大多执掌川军各部。1921 年，同学刘湘出任川军总司令兼四川省省长，委任鲜英为总司令部行营参谋长兼重庆铜元局（铸币厂）局长，1925 年又提任他为第十师师长，兼江北县、巴县卫戍总司令。1928 年川军整编，鲜英辞去师长职，改任四川善后督办参赞兼惠民兵工厂厂长。1939 年，他急流勇退，退居"特园"做寓公，广交朋友，家中日夜常开流水席，殷勤招待各界人士，被誉为当代孟尝君。

鲜英投身政治，与张澜有很大关系。

张澜出生于四川南充县与西充县交界的张观沟，与鲜英是小同乡。抗战初期张澜到重庆，酝酿和发起成立中国民主政团同盟，鲜英将他接到"特园"长期居住，免费提供食宿。皎皎之节，可使顽夫廉；拳拳之忠，可使薄夫敦。与张澜朝夕相处，鲜英深受影响。民盟成立，鲜英向该组织提供经费，并由张澜介绍加入民盟。

抗战初期中共中央南方局迁渝，急需集会场所，周恩来先请董必武去同鲜英面商，希望随时开放"特园"，便于中共与各界人士联络。

鲜英知道如果帮助共产党，要犯国民党的大忌，但他拥护团结抗战，表示欢迎。次日周恩来由董必武陪同，亲赴“特园”感谢鲜英的支持，并与之恳谈。周恩来对鲜英说：“我们在鲜先生府上活动，可能会给您带来麻烦，您有没有顾虑？”鲜英答道：“大家都是为了共赴国难，我一是愿意，二是不怕！”

周恩来大喜。鲜英位置超脱，在他家会见各界人士甚为方便，此后中共人员多次在“特园”活动。

“特园”的常客，还包括其他政治人物。国民党方面有元老、要员、地方实力派于右任、冯玉祥、李济深、柳亚子、谭平山、陈铭枢、孙科、张群、朱绍良、贺国光、陈诚、杨森等人。其他党派团体方面，有青年党的曾琦、李璜等人；国社党的张君劢、蒋匀田等人；第三党（农工民主党）的章伯钧、黄琪翔等人；职教社的黄炎培、江问渔等人；乡建派及平教会有梁漱溟、黄艮庸、晏阳初、翟菊农等人；救国会有沈钧儒、邹韬奋、陶行知、张申府、史良等人。还有妇女界、工商界、学术界、文艺界的名流，有时一天要来上百人。但凡来客，鲜英通通招待，家中常年开设流水席。有人说，与鲜英做朋友，也许学不到他的其他方面，但能学到两个字：厚道。

国共重庆谈判期间，中共领袖毛泽东三次到“特园”。第一次是毛泽东与张澜、鲜英恳切长谈。第二次民盟领导人在“特园”盛宴招待毛泽东、周恩来、王若飞。宴后，毛泽东应鲜英之请，为鲜英女儿挥毫写下“光明在望”四个大字。第三次是毛泽东去“特园”为张澜介绍国共谈判情况，张澜提出由他给蒋介石、毛泽东写信，公开国共双方的谈判内容，以便在全国民众监督促使成功。这个建议受到毛泽东的赞许。毛泽东抵渝、离渝之日，张澜和鲜英都亲去机场迎送。

1946年，民盟总部迁南京，张澜离去，重庆的盟务由鲜英主持。1947年11月，民盟被国民党当局强制解散，鲜英转入地下活动，与张澜直接联系。张澜不论在南京或者上海，总要与鲜英通信息。

鲜英摇摇桌上的铜铃，吩咐刘秉璋，通知几个人明天来吃饭。他点了几个客人名字，那些人实际上是民盟成员。他要传达张澜来信的内容，商量贯彻事宜。

3

刘宗宽的公馆在陕西路，这里是重庆的金融街，交通银行重庆分行、川康银行、美丰银行、中国银行、聚兴诚银行、和成银行、宜丰银行等都在这里经营。鼎盛之时，钱庄银行多达上百家，被称为“抗战时期中国的华尔街”。近月来，这里每天清早人声鼎沸，吵得周围居民心头烦。那是前来挤兑黄金的市民，抢着排队。

刘宗宽有早睡早起的习惯，6点起床漱洗，就出门去散步半小时。银行9点才开门，此时已有众多市民在几家大银行门前排成长龙，急不可耐。警察不时挥动警棍，揪出几个强行插队的人。

金圆券贬值已成雪崩之势，这两天去理发，顾客需预交1500万元，多退少补。市民都急于将手中的金圆券兑换成黄金或银圆，以硬通货保值，保住自己的血汗钱。挤兑者中也不乏投机分子，雇人来排队，多占兑换额度。因而从早到晚，银行门前都闹得鸡飞狗跳，不得安宁。挤兑的市民，多属于中产阶级，升斗小民手中没有余钱，连生活也没有保障，唯有冷眼旁观。

这样一个烂摊子，早就该收拾，民族的荣光，不容许保留这本烂账。20 世纪以来的中国，经历了并仍在经历着影响深远的沧桑巨变。刘宗宽有太多刻骨铭心的见闻可以记录，有太多千虑一得的深刻感悟需要抒发。不错，蒋介石曾有礼贤下士的举动，同时也显得专横、执拗，尤其是大权独揽的时候。而国民党的宣传部门，借抗战之机，竟然提出“一个政党”“一个国家”“一个领袖”的口号，这不是专制是什么？抗战胜利，和平建国成为国人最关心的问题，民众希望环境安定，休养生息，国民党却挑起内战，使中国重陷入水深火热。刘宗宽不愿再追随国民党，希望早日结束内战，他愿为之效力。

刘宗宽的公开身份是西南军政长官公署代参谋长，国民党军中将。其秘密身份，则是农工民主党成员。

刘宗宽是陕西省蒲城县人，初中毕业投奔杨虎城，被送黄埔第三期学习。学成回归西北军，从中校干到少将。由于他业精于勤，1934 年被杨虎城保送到南京陆军大学就读，1937 年毕业陆军大学特别班第二期。此时杨虎城被迫出国“考察”，刘宗宽出任第 38 军高参。

1940 年 5 月，胡宗南任命刘宗宽为暂编第 15 师师长，带领队伍奔赴抗战前线。行军中，刘宗宽发现有些军官走私贩毒，他扣押了一个为首的团长。不料此人系胡宗南安插的亲信，反诬刘宗宽走私，并编造刘宗宽是“杨虎城的外甥”，由胡宗南向蒋介石告密，将刘宗宽逮捕押解重庆土桥看守所关押。

经军事委员会执法总监部核查，刘宗宽无罪，但执法总监部不敢得罪胡宗南，还是判处刘宗宽几年徒刑结案。蒋介石仇恨杨虎城，签呈送上来，他批示“枪决”。多亏西北军老长官冯玉祥担保，改判13年徒刑。

1943年底，经高官郭寄峤、鹿钟麟担保，刘宗宽出狱就医。1945年3月，经陆军大学将官班教官章培出面，以调服劳役的名义，安排刘宗宽到陆军大学任教官。同年经老师韩兆鄂、老乡郭则沉介绍，刘宗宽加入中华民族解放行动委员会，即农工民主党前身。

刘宗宽有情怀，有自己的精神追求。与其说他是在选择一个党派，毋宁说是出于重视自我精神品质的要求，选择一个值得信赖的共同奋斗的政治团体。

1945年初，中共中央南方局书记周恩来在重庆曾家岩设便宴，请中华民族解放行动委员会领导人章伯均、韩兆鄂、郭则沉等人见面，刘宗宽也应邀参加。周恩来关于团结抗战、民主建国的谈话，给刘宗宽留下至深的印象。他还接触过叶剑英、王炳南等中共人员，觉悟提高。

刘宗宽在陆军大学任教官备课扎实，旁征博引，口若悬河，加上一手漂亮的板书，引得学员称赞，陆军大学教育长徐培根亦很看重。当重庆行营向陆军大学征求参谋处长时，徐培根推荐刘宗宽。

刘宗宽内心纠结，他既不愿参加内战，又不愿因投奔延安使保人受牵连。他向中华民族解放行动委员会驻渝负责人郭则沉汇报内心的苦闷。不久，郭则沉指示他接受任命，以便相机为民主革命做些事情。郭则沉说，这是中共四川省委负责人吴玉章的意思，刘宗宽乃接受重庆行营参谋处长职务。1947年秋，刘宗宽在黑名单上发现郭则沉的名字，通知郭则沉远走上海。临行之际，郭则沉说会派人来联系，但两年过去，不见来人。刘宗宽与农工党组织失去联系。

生活还在继续着，常常，刘宗宽会蓦然想起郭则沉的约定。想到那个约定，他的内心极不平静，这两年他就是在等待这个约定。

1949 年 1 月，国防部发布刘宗宽任西南军政长官公署中将副参谋长、代理参谋长的公告。公署参谋长为萧毅肃，但他为国防部次长，只是挂个虚名兼任，由刘宗宽主持日常工作。

刘宗宽散步回到家中，妻子崔东亚已为他准备了对味口的陕西油茶。吃罢早餐，专车已在公馆门外等候，载他去西南军政长官公署上班。

西安失守，胡宗南率部退到汉中，川系将领惟恐胡宗南进而撤退四川，引火烧身，反对胡宗南入川之声甚高。国民党四川省党部主任委员曾扩情等人却表示欢迎，组织一批人前往汉中劳军，向胡宗南表示慰问。此举暂时平息了矛盾，却为胡宗南入川扫清了障碍。国防部随即设立川陕甘边区绥靖公署，由胡宗南兼任主任。

今天会议重要，研究调整防御机构。主持人是西南军政长官公署长官张群，他以和事佬著称，不轻易得罪任何一方。

西南军政长官公署的调整计划印制成文件，分送到会将领，大家手批目送，仔细阅读，尤其是关于各自的调动内容。调整内容为：增设贵州绥靖公署，由贵州省主席谷正伦兼任主任，驻贵阳，辖何绍周兵团和贵州省保安部队 10 个团。增设云南绥靖公署，由云南省主席卢汉兼主任，驻昆明，辖余程万的第 26 军以及保安部队 9 个团，李弥的第 8 军开到云南后亦归其指挥。成立叙泸警备司令部，由第 72 军军长郭汝瑰兼任司令。成立川黔边区绥靖指挥部，由四川第八区专员庹贡廷兼任，辖该地区内的保安团队。

重庆、成都、西昌卫戍司令部照旧。

刘宗宽事前参与调整防御区计划，他下意识未将四川第八区酉阳、秀山、黔江、彭水划入重点防御圈，因而此计划方案虽然提及这个地区，却没有具体设防措施，部队配置只有毫无战斗力的保安团队，形同虚设。

今天讨论计划，参加会议者谁也没有注意到这个漏洞，照例通过。

刘宗宽埋下了一个伏笔，乃下意识所为，没有明确的指向。他大致的想法，如果解放军看到这个空虚之地，以此作为进军通道，必能使国民党军措手不及，事半功倍。他急于将此情报送给解放军，他盼望郭则沉派人来联系。

4

晚上 11 点，重庆《中央日报》总编辑王抡楦审读完第二天的大样，签字发排。待工友拿走大样，送往印刷厂，他起身活动一下手脚，去门外谛听楼下的动静，确信报社工作人员走得差不多了，这才打开墙角的落地式收音机，慢慢转动着旋钮，搜寻着一个广播电台的频道。根据重庆卫戍司令部非常时期戒严令，公教机关和一般市民的收音机均被封存，但《中央日报》属于新闻单位，要接收国民党电台播发的新闻消息，特许保留收音机。关心时局的王抡楦，虽然是《中央日报》总编辑，却不再相信国民党中央通讯社的消息，谎话连篇，甚至不能自圆其说。前天遇见中央通讯社采访部主任阳子寿，他还开玩笑笑问对方："你们发些什么消息？好像局势还乐观得很。"阳子寿回答说："抡楦兄，你是圈内人，不会不清楚，我们也是照章办事，等因奉此。"

透过杂乱的声波和干扰，一个男播音员的声音逐渐清晰起来："中央人民广播电台，现在报道新闻。"这是共产党设在石家庄的电台播音，也是国统区极力封锁的消息来源。王抡楦不禁再次降低音量，刚好能听清楚即可。播音员说："在人民解放军的迅猛攻势下，中国最大城市上海今天解放，上海各界人民载歌载舞，庆贺翻身当家做主人。"接着详细报道战斗经过，称解放军正在追剿汤恩伯残余部队。

在播放几首解放区音乐之后，播音员又说道："下面播送给国民党军政人员的呼吁。"内容是要求国民党军政人员接受解放军的《约法八章》，停止抵抗和破坏，投向光明，听候改编，保护公共财产；并宣布既往不咎、立功受奖的政策。接着，播音员又宣读了一批国民党军政人员名单，奉劝他们看清局势，顺应潮流，弃暗投明，留下来迎接解放，共同建设新中国。在一长串名单中，王抡楦突然听到自己的名字和职务，不禁大吃一惊，共产党怎么会知道他的底细呢？他惊出一身冷汗，慌忙关闭收音机，心慌意乱，拎着皮包走回家中去。

走到半道上，王抡楦回过神来，一定是已经前往解放区的老乡透露了他的身份信息。抗战时期，重庆建立了几十个同乡会，其中有一个南充同乡会。按《南充同乡会章程》的说法，其会务范围是：联合团体以资互助、保卫乡人以安行旅、振兴实业以挽权利、提倡教育以开智识、厉行慈善以尽天职、调解纠纷以保和平。简而言之，就是为同乡济困扶危，维护权利，助学兴商，服务当地。凡是入会的同乡，初来乍到者，由同乡会提供短期食宿；无业者，代为介绍职业；做生意，代为联系客户；缺头寸，代为担保借贷；吃官司，代为打点；闹矛盾，代为调解。

王抡楦是四川南充人，平民出身，1940 年以优异成绩考入内迁四川乐山的武汉大学工学院，想学一门手艺自立。但他偏爱文史哲，平日最爱去旁听文学院、法学院的文科课程，经常出入中文系、史学系、政治系和经济系的课堂。1941 年秋，国民党中央政治学校新闻科招收新生，一直想当记者的王抡楦闻讯应试，以高分被录取。他从武大中途退学，来到陪都重庆，成为中央政治学校的一名学生。

中央政治学校由蒋介石挂名兼任校长，凡考入该校者，一律享受公费待遇，服装、学费、伙食均由官方包干，每月还发给零用钱。从中央政校毕业的学生，自然成为“校长门生”，其工作分配亦由官方负责，因而该校对想谋职业、想找出路的青年学生颇有吸引力。向往做“无冕之王”的王抡楦，以学业为重，深知须以好成绩毕业，日后方可分得好工作，他没有后台撑腰，全靠自己努力。

进入中央政治学校，王抡楦开始与有身份的南充同乡联谊，时有过从，交际面不断扩大。在那种社会里，同乡关系是一种靠得住的关系，到处盛行。他见过中国民主政团同盟主席张澜，见过民盟重庆支部主任委员鲜英，见过国民党中宣部副部长任卓宣，还有一些其他南充老乡。他们分属于不同政治党派，都器重勤奋好学的王抡楦，对他施加影响。每有严肃的会见、座谈等场合，他便奉陪末座，静听静思，从不抢话锋。

因毕业成绩优秀，王抡楦被优先安排到重庆《中央日报》社任助理编辑，使他想当记者的理想得以实现。1946年，报社资深负责人随国民政府还都南京，派刘觉民继任《中央日报》社社长，派王抡楦出任总编辑。那一年，王抡楦只有28岁。

王抡楦少年得志，惑于短暂和平期的表面绚丽，将种种抱负打进行囊，跃跃欲试一展个人鸿图，干得很起劲。不料内战发生，国内政局瞬息万变，王抡楦也随之经历了复杂的政治风云。

抱着对政治敬而远之的态度，王抡楦只想办好报纸，搞业务。但政治是避不开的。国民党当局为了加强舆论控制，竟提出要《中央日报》社员工通通加入国民党。王抡楦那时挂有一个国民党基层组织书记长的头衔，首当其冲。市党部的官员找上门来，开口就要他出面动员报社员工入党，“共赴国难”。

王抡楦对这种强迫手段有反感，他推诿说，这种大事不能草率，哪能不加考察甄别，随便发展一大批国民党党员呢，总要让大家自觉自愿才好。他好说歹说，好不容易才把市党部官员打发了事。

前方战局恶化，国民党对宣传的管制更严，规定《中央日报》只能发中央通讯社电讯，其他新闻稿也要派人专审。王抡楦觉得丢了面子，退而以主要精力去抓新闻教育。他兼任重庆建国新闻专科学校教务长、重庆《大众晚报》社社长兼总编辑。他还出任过南温泉新闻专科学校新闻科主任、新辉学院教授兼新闻系主任，培养了一大批新闻人才，其中包括中共地下党员和进步青年。

“三大战役”后局势日益明朗，每个聪明人都看得清楚：国民党气数已尽，拖不了几天。王抡楦也开始认真思考个人的前途。去年，王抡楦设法与民盟负责人张澜取得了联系。张澜以长辈的身份，带话委婉地教育王抡楦要做一个正直的人。

如今国民党大厦将倾，达官贵人分头逃亡，有人携带了经手的公款，有人携带了搜刮的黄金，有人拿走了没收的鸦片，有人暗藏了银行的存折。王抢楦乃一介书生，手中空空，只有一支能写漂亮文章的“秃笔”。

现在共产党电台点名喊话，要他留下来，他不禁怦然心动。这么说来，共产党还给他留了一条路可走。他是个文官，虽说曾为国民党摇旗呐喊，可是他没带血债。他的经历，报社中有不少人知道，到时或许能为他做证。凭良心说，他没干过伤天害理的事，充其量像古书上说的那样，是各为其主吧。然而他也有顾虑，他有《中央日报》背景，又是国民党员，共产党会不会做清算，不允许他再从事新闻工作，那就没有什么意思了。做新闻工作者，是他最大的人生追求。但无论如何，在王抢楦心里，渐渐升起一个滑溜溜的还抓不牢的念头。那念头还不甚明了，他正竭力要将它发掘出来。

逃离和走向都需要等待，王抢楦决定再观望一段时间。

5

重庆总商会位于西三街，依山而建的中央公园因连接上半城、下半城，成为通衢大道。西三街南面是主干道林森路，通汽车，通望龙门码头。由于当道，过往的行人、旅客多，船工、挑夫之类的下力人也在这里出入，小商小贩看到商机，便在这里搭棚为市，以木板为桌，形成一片简陋的商业区。这里贩卖的东西大多是便宜货，蓑衣、棕披、斗笠、草鞋等等。货摊所卖的也有居家什物，多半来自收荒匠和小偷，间或有旧皮袍、皮鞋、毛毯、钟表、瓷器等叫卖，识货者可能买到中意的东西，但大多数人容易受骗上当。

江湖上的星相士、游医、巫术、戏法等行当，也把西三街当作发财的宝地，种种骗局五花八门，行骗者各有手法，并且雇有专门人手当“托子”，往往得逞。他们还时时改行，很难分类，既非文，也非艺。他们有一个共同特点，那就是靠一张嘴吹得天花乱坠，赌咒发誓加上障眼法，使人上当。

今天天气好，总商会的门房老赵头就把藤椅拿到大门口台阶上，坐在那里晒太阳。他嘴里衔着叶子烟杆，不时吸上两口，眼睛却在打望街对面的一幕活报剧。

那边有个卖艺人，身穿旧灰布长衫，面带烟容，将一只夜壶放在路中间，口中念念有词：“一二三来一二三，自幼学法到茅山，十年学会缩身术，看我今朝把夜壶钻！”他一面唱，一面比画。过路人以为是疯子，便停下围观。卖艺又说：“你们一定以为我吹牛，不肯信。那也好，我就当面钻给大家看。”好奇者越聚越多，卖艺者提出条件：“师傅教法术时，规定每次只收点茶饭钱，多了不灵，少了不干。”这时人越来越多，热心者主张凑钱，他又不收纸币。经过一再周折，终于凑足一块大洋。

卖艺者收好钱，退出十来步，口中念念有词，飞步跑近夜壶，忽又停止，说神未请好。第二次退去五十来步，口中高声念咒请神， 双眼上视，两手挽袂，飞步跑向夜壶。快要跑近夜壶，忽又停止作惊恐状说：“金甲神为何不现身？”便跪在地上请神。第三次跑出百步之外，扭过头来。大家正屏息等他动作时，他却大声说道："对不起各位父老，肚皮饿得慌，哄你们一下。夜壶哪个钻得进去哟，明天我加倍奉还。"说毕，一溜烟朝中央公园石阶梯跑了。众人想追也来不及，气得干瞪眼，说是下次遇见，一定狠狠揍他。

老赵头看得哈哈大笑，乐不可支。这时走来十来个伤兵，缺胳膊少腿，领头的是一个瞎了右眼，戴着黑色眼罩的"独眼龙"，佩戴少尉军衔。这帮人也不打招呼，径直往总商会里闯。老赵头急忙起身阻拦，嘴里直嚷嚷："各位官长，这里是总商会机关，闲人不得擅自入内。"他话音未落，马上吃了一记耳光，眼前直冒金花，立时带着哭腔叫骂。

一楼办公的几个职员冲出办公室，曹干事上前问道："诸位军爷，息怒，息怒，请问你们有啥公干？"

"独眼龙"开口说道："看清楚没有，这帮兄弟都是为党国效忠的栋梁，这两天食宿没有着落，听说总商会里都是大老板，所以今天来请你们赏一口饭吃！"

曹干事说："救济之事可以去找社会局呀，总商会并未经手此事。"

"独眼龙"少尉咬牙切齿，先抛出一句骂娘的脏话，接着说："我看你们是敬酒不吃，要吃罚酒！"歪歪头示意几个伤兵说："给老子砸！"

几个伤兵凶神恶煞，有的掀翻过道上的长靠椅，有的砸烂了墙上悬挂的相框，有的把接待用的茶杯扔了一地，有的把传达室的信件抛得满天飞。

重庆总商会理事长蔡鹤年适在二楼办公室，与董事温少鹤说话，听见楼下乒乒乓乓，又有人叫骂。出了什么事？他们急忙下楼，一看来者不善，连忙陪着笑脸，又是作揖，又是道歉，请这一伙大爷到会客室休息，叫老赵头敬烟奉茶。

“这位长官贵姓？”蔡鹤年小心翼翼地问道。

“独眼龙”少尉驾着二郎腿，爱理不理。

听一旁的曹干事介绍说，出面接待各位军爷的是重庆总商会蔡理事长，“独眼龙”少尉这才有所收敛，从老赵头那里劈手夺过香烟，先抽出一支叼在嘴角，然后扔给同伙。吸一口才答道：“兄弟我姓田。”

蔡鹤年又问道：“请问田长官是哪个部分的？”

“独眼龙”少尉又不耐烦了：“你问这个做什么，要叫宪兵来抓人吗？”

“不是这个意思，不是这个意思，随便问问而已。”蔡鹤年说，“总商会也不是什么衙门，办不了多少事，不知为何惊动各位英雄好汉？”

“独眼龙”少尉冷笑道：“理事长不要打诳语，百货帮、皮货帮、干杂帮、糖酒帮、屠宰帮、餐饮帮，还有我记不清的种种帮，都归总商会统领。我们不找你，找谁？”

蔡鹤年说：“其实社会局很负责，他们完全可以为诸位排忧解难。”

“社会局？”“独眼龙”少尉吁了一声说，“他们完全把我们当作叫花子，叫我们每天按时去喝稀饭。老子们在前方拼死拼活，落下一身伤残病痛，见天喝稀饭能康复吗？实在没办法才来打搅，指望总商会的大老板接济几个活命钱。”

秀才遇见兵，有理说不清。蔡鹤年当机立断，目测到场的有几个伤兵，叫曹干事去取一封银圆，递给“独眼龙”少尉：“各位劳苦功高，理应犒劳，这点小意思不成敬意，还望笑纳。”

“独眼龙”少尉撕开纸封，数数有10枚银圆，掂掂重量，相信总商会没有假币，塞进口袋里，又歪歪头集合伤兵，骂骂咧咧地走了。

回到楼上，蔡鹤年气不打一处来：“这是什么世道？堂堂总商会驻地，大白天居然有土匪入室勒索，不给钱就要乱打乱砸，成何体统？”

温少鹤也生气附和道：“礼崩乐坏，世风日下。古人所谓末世气象，我算是亲眼看到了。”

曹干事说：“理事长，一面稳住他们，一面通知宪兵来抓人不好吗？”

蔡鹤年摆摆手：“我想过，不行。宪兵上门，也是请神容易送神难，逢年过节要你表示表示，照样收钞票。再说，宪兵把这伙泼皮抓走，关不到两天就会放人，他们才不愿倒贴伙食费。这帮歪人放出来，说不定邀约更多滥兵来总商会报复，我不能因小失大。”

温少鹤思索说：“最可虑者，就是这些家伙卷土重来，难得打发。”

“这也正是我最担心的。”蔡鹤年说。

“我倒是有个建议。”温少鹤说，“最近有人从成都进货回来，说成都市商会组织了一个商团，基本上杜绝社会闲杂人员进入。我们不妨也建立一个商团。”

“哦，”蔡鹤年很感兴趣，“愿闻其详。”

温少鹤说道：“据传成都的大致办法，是由各商帮集资，公开招聘有习武经验之青壮年，发给号衣、枪支，每日轮流上岗，基本上可以杜绝社会闲杂人员进入商会。”

“那不是又要开口叫各商帮破费吗？”蔡鹤年面有难色，“温董事是知道的，沪、宁失守，长江航线中断，贸易无形停止，各商帮头寸短缺。总商会派人向市政府请愿，希望拨付资金以解燃眉之急。市政府层层审批，末了像撒胡椒面似的，按各帮贷出几笔限期借款，还要实物作抵押。这点贷款无异于杯水车薪，大家都来找我大吐苦水。再请他们出钱，有口难开啊。”

“总商会安危事关各商帮，大家不出钱也得出钱。”温少鹤说，“按目前的时局，战火迟早要烧到重庆。早建商团主动，不仅可以挡住滥丘八，以后还可自保。请理事长早下决心。”

蔡鹤年首肯了，却又提出一个问题：“做号衣也就是几天的事情，枪支从哪里来？卫戍司令部严令民间不得私藏武器。”

“这个好办。有钱能使鬼推磨，总商会在这里撒点钱，那里撒点钱，找那么几十支长枪短枪，可谓易如反掌。”温少鹤如是说。

“那你看招多少人够用？”蔡鹤年请教温少鹤。

“二三十人差不多了，小股滥兵足以对付。倘若来得多，再求助于宪兵。”温少鹤说，“不过，有件事必须劳动理事长。”

“请讲。”

“成立商团，必须上报卫戍司令部批准，否则属于非法。”温少鹤说，“呈报之事，可能只有请理事长去面见杨森。”

蔡鹤年思索片刻说：“我实在不想去见此人，他也是一尊不吃素的菩萨。也罢，为了总商会和各商帮的利益，我责无旁贷，择日去求见。”他吩咐曹干事：“起草一份给卫戍司令部的呈文，大意是近来时有匪徒骚扰总商会，为不增加当局负担，总商会请求成立一个小规模商团云云。具体的措辞，你再推敲推敲。”

6

鹅岭正街原名遗爱祠街，系清光绪年间为纪念巴县知县国璋德政，士绅集资建立“遗爱祠”于此，因而得名。正街拐角处，树荫下掩映着几幢砖木结构的旧楼房，外表灰蒙蒙的，毫不起眼。然而，它却是鼎鼎大名的中央印制局重庆印刷厂，业务是印制钞票，牛气得很。钞票厂怎么出现在重庆呢？原来，它是因为抗战时期金融中心迁移大后方应运而生的。从 1941 年 2 月起，印钞厂在鹅岭正街开工印刷，产品名叫法币，所谓法币，就是法定货币的意思。

1946 年国民政府还都南京，重庆印刷厂迁往上海，更名为中央印制厂上海印刷厂。旧厂区作为公房，移交重庆市政府，租赁给一家民营印制厂。最近市政府通知民营印制厂搬迁，腾出房子另有他用，私营老板不得不搬迁。随后，大卡车不断拉来新式机器设备和纸张，还有一群江浙口音的职工，拖儿带女搬进厂区居住。

人民解放军发起渡江战役，南京不保，国民政府迁往广州，中央银行随迁。为了维持国统区金融，中央印制厂监理委员会在上海、重庆、台湾分设三个办事处，继续印制钞票。重庆办事处负责恢复重庆印钞厂，办事处处长朱懋禔。

朱懋禔到重庆，与新任印钞厂厂长吕寿祥、工务科长查云良等人，联系西南军政长官公署长官及有关部门，收回老厂产房，安装机器设备。财政部从广州调运 6 吨黄金，作为印钞准备金，另将上海设备迁移到重庆。说是迁厂，其实跟新建一个厂差不多，两个月来，朱懋禔跑上跑下，跟相关机关、建筑商打交道，还要派人去码头接收上海设备，忙得不亦乐乎。

1948 年 5 月初，新成立的重庆印钞厂开工生产。因支付内战开支，法币年年超额印制，超过抗战时期 1000 倍，形同废纸。8 月开始发行金圆券取代，起初 300 元法币兑换 1 元金圆券，后来不停贬值。重庆印钞厂首批印制的就是 50 万元面额的金圆券。此时物价飞涨，与通货膨胀互为因果，造成印制收入不敷再生产的现状。朱懋禔请示财政部调整面额，然而手续繁多，层层报批，待批示下达再行印制，其印刷成本已超出票面价值。亏本也要印，否则军政费用无法开支。

朱懋禔召集厂长吕寿祥、工务科长查云良等人商量对策。

查云良说："我前天进城，看见好几家百货公司，竟然将金圆券扎成彩带做装饰，这不是亵渎国家货币吗？我要写一个呈文，将这几家百货公司告上法庭，重重处罚。"

吕寿祥接嘴说："我有个老乡办了一家信托公司，吸引了几百个小额存款户，都是些城市平民。前几个月还勉强可以应付，最近因金圆券贬值太快，向储户付息逐月拖欠。上个月，惶恐焦急的储户包围了信托公司，婆姨大娘遍地打滚，哭声震天。交通为之断绝，军警束手无策。晚上公司屋里睡满了储户，赖着不走。这一闹，信托公司立即休克，不到三天就崩溃了，我那位老乡逃之夭夭，遍寻不着。"

苦笑之余，朱懋禔说："印钞厂职工以实物折发工资，不存在受物价升降影响的问题。咱们食国家俸禄，惟有奋力划桨，以尽职责。财政部指示，因军需民用所需，印钞厂不得放缓进度，在每月额度上增加百分之十。"

查云良吐吐舌头道："我的老天爷，金圆券本来就成了臭狗屎，还要加印，不知贬值到什么地步。黄金从 200 元一两，暴涨到 900 亿元一两，真不知道财政部那些大爷是不是疯了。”

朱懋禔说：“查科长啊，你的心情，我非常理解。金融方面的困境大家都清楚，个人的看法，应该只宜放在内心深处，说三道四于事无补。”他转而问吕寿祥：“吕厂长，员工的情绪还稳定吧？”

“本厂职工反映，薪水以实物折发，他们的生活有保障，生产秩序正常。”吕寿祥回答说。“若是还要加班，涉及加班费，请朱处长预先筹划。”

朱懋禔觉得浑身燥热，起身打开电风扇，捧起茶杯喝一口水。他说：“印钞厂的员工大多是我们从江浙带来的骨干，迁来迁去，跋山涉水，千辛万苦，决不可亏待他们。这样吧，将厂里的备用金全数抽出，通通购买实物，大米、菜油、布匹、棉纱都要买。配给是配给，厂里自己也要留一手。”他本是个印刷专家，搞业务，没想到有一天会为柴米油盐操心。

吕寿祥提醒道：“上海失守，早先运来的印钞纸张用一点少一点，得不到补充。这个问题，也请朱处长向财政部请示，求得调剂。”

查云良忍不住又发牢骚：“财政部那些当官的，最擅长的就是利用消息各自抢购黄金，发大财，对所属单位的事情，基本不上心。明明知道重庆厂印钞纸备份有限，不用提醒就该及时补充，非得弄到油干灯草尽，他们才会头痛医头脚痛医脚，敷衍了事。”

开过会，三个人去车间巡视。

重庆印钞厂的设备来自美国，全自动化。从裁纸到印制，一环扣一环，一气呵成。此时，只听得印钞机哗哗响，流水线的终端便吐出整版的金圆券。朱懋禔从中拿出一张来抽查，崭新的钞票散发着油墨香，犹如盛装待嫁的新娘，无可挑剔。可是，他却颇为郁闷。金圆券问世之初，最大面额100元，不久出现500元、1000元面额。今天，他抽查的金圆券居然是50万元面额。而厂外小餐馆的标价，肉丝每份10万元。

有那么一瞬间，朱懋禔产生了一个荒唐的想法：他希望不要什么自动化流水线，回到手摇印刷机年代，钞票的产量就不会这么多，多到天怒人怨的地步。连金融问题都解决不了，这个国家肯定出了问题。照此情形，物价还会狂涨，惟愿稍微放慢上涨步伐。可是，他经手的业务，正在无情助推物价的上涨，他问心有愧，不愿再细想。

每经过一个车间，工务科长查云良都提高嗓音，竭力压倒机器的嗡鸣声说："各位同仁，本厂奉命增产百分之十，加班者加薪。有关细则，下午在公告栏张贴，大家都去看看。"

从车间出来，朱懋禔走出厂门，到街上去买一盒香烟。鹅岭正街附近居民虽然不知道这家保密厂在印制什么东西，却知道这里的职工出手大方，从不赊账，所以都在附近摆摊开店，这条街道很快热闹兴旺起来。

朱懋禔正在吸烟，走来一个江湖相师，开口就说："这位先生，你中阳位正，命宫高隆，眼大睛白，眉弯带秀，福相！但从井宅的相理看，你虽然不愁吃穿，却有满腹心事，欲诉无门。"

犹如被人点中命门，朱懋禔暗暗骇然，这家伙怎知他的要害？他不知道，这一招叫作先探后套，试探试探。朱懋禔未及回话，江湖相师又说："先生若想破除灾厄也不难，我可以为你排忧解难。只不过，要破费你一笔消灾钱。"

说起钱，朱懋禔便不相信了。他的难题连财政部都解决不了，江湖相师岂有回天之术？他扔下烟蒂，用脚踏灭，漫不经心回答道："请相师原谅，我不算命。我是听天由命。"

"先生不算命也可以，我免费送你几句话，自去领悟吧。"算命先生说道，随口吟出一首五言绝句："人生有定义，正邪分两途。是邪终难久，投入悔当初。"

朱懋禔听了，怅然若失。

第二章

1

入夜，法国梧桐树和洋槐树的叶子在微风中摆动，一阵微风吹过，栀子花、茉莉花的馨香就潜入办公室，一时顿觉花好月圆，岁月妩媚。值班的游动哨在庭院中走动，经过首长办公室窗前，都自觉放轻脚步。

邓小平吸着香烟，还在夜灯下工作。

中央的要求很明确，打倒蒋介石，解放全中国。从力量对比上看，解放军的总兵力已经超过国民党军，胜券在握。然而，接管国民党留下的烂摊子，还有许多事情要做。此前，一些部队在占领新区后，政策把握不好，有的还犯了“左”倾急性病。他们在农村走马点火、分浮财。在城市，假借没收官僚资本和反动分子的由头，去没收那些本不应当没收的工厂和商店。最极端的，杀人不经过法庭审判。这些做法不仅引起当地恐慌，传出去还增加了国统区民众的疑虑。

共产党人不但善于破坏一个旧世界，还将善于建立一个新世界。建立新世界，需要一支训练有素的干部队伍，一支能够准确把握党的各项政策的干部队伍。

想到此处，邓小平起草了给中央的请示报告："二野进军西南最大问题，是手中无一地方干部队伍。拟从华东局抽出一部分干部，估计数目有限。我们准备动员一批京沪学生入川。"

电文拟就，邓小平走到隔壁办公室，征求刘伯承的意见。刘伯承看后说："小平想得周到，未雨绸缪。是啊，新民主主义革命已取得了决定性的胜利，拿枪杆子的手要学会运转国家机器。新生的人民政权能否站稳脚跟，共产党能否管理好国家，广大人民群众有疑问，国内外的朋友也在注视着事态的发展。我们的工作应当证实，代表先进阶级的政党，有能力把千疮百孔的旧中国，建设成欣欣向荣的新中国。"

6 月 2 日，二野收到中央军委电令："小平须准备去四川。"

刘伯承摇晃着中央军委的电报，兴高采烈地对邓小平说："小平啊，万事俱备，只欠东风。中央军委的命令给我们送来了东风。如愿以偿，如愿以偿，解放大西南的任务给二野，铁板钉钉，一锤敲定。用四川话说，我们要过一个肥年，打一个大牙祭喽。"

邓小平说："司令员，我们想要的干部还没有到手，这几天我老想着何时落实。"

"中央有中央的考虑，少安毋躁，等呗。"刘伯承拿着电报，喜滋滋地叫人通知高级干部来司令部开会，传达这个喜信。

6 月中旬，针对邓小平的请示，中央军委发出《中央关于准备抽调三万八千名干部问题的指示》。指示明确指出："根据目前顺利发展的军事形势，今年内除实现了政治局会议所规定的 9 省外，将有可能和必要占领粤、桂、滇、川、黔、宁、青等 7 省。

如第一步只是占领大城市及交通要道区域，则总共所需筹派干部约 38000 人。”

次日，邓小平赶赴上海，派华东支前司令部副司令员曹荻秋在上海公开招生。邓小平从上海赶回南京后主持二野前委会，在拟定这支队伍名称时，邓小平说：“叫西南服务团好。”他说，名叫服务团，更能体现和符合为西南人民服务的宗旨。在这之前，老区曾组建过“豫皖苏南下工作团”“冀鲁豫南下支队”“晋绥南下工作团”，平津解放又组建过“平津南下工作团”，都叫“工作团”，这次改一改，叫作“服务团”。

下旬，西南服务团总团在南京成立，邓小平亲自指定南京市军管会副主任宋任穷为总团长，华东支前司令部副司令员曹荻秋为重庆支队队长，上海、南京两地分别由曹荻秋和彭涛负责招兵。

上海、南京各报连日宣传动员。《文汇报》刊登消息：“把胜利大旗插到西南去。本市筹组西南服务团，欢迎教授学生技术人员参加。学联号召大中同学踊跃报名。”上海青年报发表社论《参加服务团，解放全中国》，同时刊登消息《南下服务团、西南服务团成立》。

上海青年首先响应号召，踊跃报名参加西南服务团，每天锣鼓喧天，大卡车上站满胸佩红花的应征青年。上海《新华日报》报道：“全市大中学校代表集会，响应参加西南服务团，誓把胜利大旗插遍全中国。”上海《解放日报》报道：“学联昨日召开动员大会。西南服务团团长宋任穷说明四项任务，3000 余人齐呼向大西南进军。”

南京变成了一所大学校。每天，新生接待站都会迎来一群又一群朝气蓬勃的青年。他们分别来自华东大区上海市、南京市、江苏省、山东省、安徽省，华北大区北平市、河北省、山西省，西北大区陕西省、甘肃省、宁西省、绥远省，东北大区辽宁省、吉林省、黑龙江省，中南大区湖南省、湖北省、江西省。抗战时期中共中央南方局、《新华日报》的老干部，以及在鄂西北待命的四川籍干部长江支队等各路人马，也汇集南京。

那是新民主胜利的年代，是高歌猛进的年代，数万名热血青年意气风发，豪情满怀，投身解放全中国的最后一战。

大量文化程度较高，但入伍动机较复杂的知识分子投入革命队伍，这在历史上是空前的。刘伯承和邓小平高度重视对他们的教育问题。首先组织集训，做充分的思想动员工作。学习的主要内容有《社会发展史》《马克思主义的三个来源及三个组成部分》《中国革命与中国共产党》《在延安文艺座谈会上的讲话》，以及国内外形势，党中央的重大方针政策，特别是中央关于新区的政策，以适应解放西南、建设西南的需要。邓小平、刘伯承、粟裕、张际春等领导人多次到团里作报告，讲形势及中央精神，讲政治理论，讲党的政策，讲斗争任务，讲思想改造等，针对学员们在学习中反映出来的模糊认识和带有普遍性的问题，作深入的分析和透彻的解释。这些报告对提高学员的思想认识，树立革命的世界观、人生观有很大帮助。

刘伯承给西南服务团作报告，他号召学员确立为人民服务的人生观，学习城乡政策，建设新民主主义经济，把农业的西南变成工业的西南。

为组建和教育这支干部大军，邓小平倾注了不少心血。他奔波于南京、上海之间，亲自主持筹划，参与《西南服务团章程》和《集训方案》的审定。在出征前的紧张繁忙中，邓小平冒着酷暑，先后为西南服务团和二野军事大学的干部、团员作了五场报告。

邓小平作报告的内容，大致分为五个方面。一是总结渡江战役及宁、沪、杭等大城市的接管工作。二是估计估量形势与采取对策。困难来自帝国主义封锁、国民党留下来的包袱、军队开支大、农村工作没有搞好，使城市陷于孤立。三是进军西南的意义、办法和态度。四是要做一个好的革命者，就要学习革命理论。毛泽东主席的《论人民民主专政》，是新民主主义的全部纲领，要学懂弄通。五是要做合格党员和革命的好青年。

在报告会上，邓小平总要反复讲，大西南地大物博，物产丰饶，同时，又是旧社会留下的一个大包袱。大西南远离华东、华北及沿海经济发达地区，全区除重庆因抗战时期沿海工矿企业搬迁来此，使之具有一定工业基础外，成都、贵阳、昆明厂矿极少，有的连牙膏、火柴都不能生产。支撑全区经济的是传统的农业，在某些边远地区和少数民族地区，至今还采用刀耕火种的生产方式，即便老天爷帮忙，也仅能果腹。脆弱的新民主主义种子，如何在这块贫瘠的土地上生根开花，是一个非常艰难的课题。

邓小平寄语西南服务团团员们，希望他们向老同志学习，顽强奋进，不怕吃苦，为解放全中国贡献青春和力量。

2

一天早上，吃过夫人金竹生手制的荷包蛋，鲜英正用手帕揩嘴，管事刘秉璋就进来禀报："老太爷，有人求见，说是有要事相商，正在门房等待，你见不见？”

鲜英以为又是张澜派人来送信，答应见面。过了一会儿，一位身着长衫的中年男子走进书房，垂着双手笑容可掬地说：“鲜老伯，给你请安。多年未见，你老人家依旧健朗啊。”

鲜英思索一阵，实在想不起来来者是何人，便问道：“这位先生，请问尊姓大名？我近年记忆力减退得厉害。”

那人回答道：“我叫苏云，当年去陕西，是你老人家帮忙开具的路条。”

鲜英拍拍脑门，恍然大悟：“原来是苏老弟，请坐，请坐。”

一切都想起来了。1936 年底，鲜英还在南充担任督察专员，顺庆府中学堂学生苏云找上门来，说是要外出做一笔大生意，必须途经陕北，那里被国民党军封锁，没有地方政府开据的路条不准通过。什么大生意要途经陕北，那不是红军的地盘吗？这个年轻人去那里，显然别有所图。

其实，早在 1935 年初，为保存实力，刘湘通过张澜与中共代表张曙时建立联系后，鲜英便开始接触中共人员。不久，他同张澜、钟体乾三人代表刘湘，到成都同中共派来的代表李一氓会谈，达成互不攻击的秘密协定，并由刘湘资助 20 万银圆，购买食盐、布匹、西药等大宗物资，暗中援助陕北红军。既然刘湘也曾与红军打交道，这种事情就有它的道理。多一个朋友多一条路，不要把事情做绝。

苏云要去陕北，一定是要去入伙投奔共产党。年轻人嘛，总是热血沸腾，急切寻求出路。自己年轻时，不也是四处寻求出路嘛。从朝气蓬勃的苏云身上，鲜英仿佛看到青年时代的自己。他爽快地为苏云开具了路条，末了还加上一句话：“年轻人，祝你‘生意’兴旺发达。”

十多年过去了，苏云犹如一个难解之谜，连同谜面消失在岁月长河中，鲜英早已忘怀，没想他突然浮出水面，必有缘由。

苏云说：“鲜老伯，不瞒你说，我是那边的人。”同时，用大拇指和食指比画了一个“八”字，意思是八路军、共产党。

楼下不便说话，鲜英领着苏云去二楼书房。

苏云接着说：“现在大军兵临城下，重庆很快就要解放。为减少不必要的牺牲，我们希望鲜老伯做一件重要事情。”

鲜英手中转动着健身用的两枚铁核桃，不动声色，听着苏云往下说。

“杨森是重庆卫戍总司令，他负责城防，是个关键人物。据我们所知，鲜老伯与杨森是老同学，想请你出面做杨森的工作，叫他择机起义，投向人民。” 苏云说着，从内衣口袋里掏出一份文件，递给鲜英。“有关条款都在上面，请你转交杨森。”

鲜英放下铁核桃拿起文件，看清标题为《约法八章》，共八条，全文不长。其中重要的是第五条：“除怙恶不悛的战争罪犯和罪大恶极的反革命分子外，凡属国民党中央、省、市、县各级政府的大小官员，‘国大’代表，立法、监察委员，参议员，警察人员，区镇乡保甲人员，凡不持枪抵抗、不阴谋破坏者，人民解放军和人民政府一律不加俘虏，不加逮捕，不加侮辱。这些人员中，凡有一技之长而无严重的反动行为或严重的劣迹者，人民政府准予分别录用。”鲜英早已知晓《约法八章》的大意，但尚未见过书面文件。

苏云补充说道：“如果杨森配合，条件更为优惠。”

“解放军还有哪些要求？” 鲜英放下文件问道。

苏云说："目前杨森手握重兵，举足轻重。除敦促他起义外，我们还希望他保全重庆城，保护人民生命财产。解救在押地下党员。其中最要紧的是，希望他抓捕国民党一号战犯蒋介石，像西安事变那样发动兵变，趁机捉蒋。如果成功，杨森的功劳将会超过北平起义的傅作义将军。"苏云继续激动地说道："擒贼先擒王，只要活捉蒋介石，树倒猢狲散，大西南的仗就不用再打，其他地区的战火也会平息。鲜老伯想想，那会减少多少牺牲。"

鲜英停止转动手中的铁核桃，放在桌上。他以为苏云此来无非是策反国民党军，没想到还提出活捉蒋介石。此事非同小可，难度极大，超出他的想象。他想想才回答苏云说："你们的要求我知道了，我会尽力而为。"

策反杨森，一蹴而就断不可求，要看时机。鲜英思量，过两天去与杨森打个照面，见机行事。

3

邓小平重视调查研究，他听说四川地下党有些同志来到南京，就请他们到住地来，与二野前委领导一起开座谈会。四川地下党干部肖泽宽、邓照明、马识途、王宇光、黄友凡等人应邀参会，介绍四川的政治、经济、社会、地下党组织的现状。

邓小平在会上提出，口头谈的情况庞杂，不易记住，请四川地下党的同志写出书面材料，由二野前委印发。不久，四川地下党写出 23 种资料，包括西南地区兵工、邮电、航运、铁路、盐业分布，以及四川省、贵州省、重庆市、成都市的概况，为进军和接管提供了大量翔实的基础资料。

邓小平还指示二野情报部，加紧开展国统区情报搜集。

解放军二野情报部在明孝陵附近一幢没收的官僚房产中办共。一天 24 小时，收听员都戴着耳机，监听国民党军的电台，抄录下来，送交专家破译。发报员随时待命，准备发送电报。随着他们敲击电键，一串串秘密就会升上电离层，为各部队以及国统区地下党电台所接收。

这几天，二野情报部柴处长根据刘邓首长的指示，正在厘清西南地区有价值的联系人，以便派遣情报员与之接头。知己知彼，方能百战百胜。情报处的工作，在战争时期尤其显得重要。

早在抗战时期，中共中央南方局就开展了情报工作，直接领导了一些特别支部和特别党员。这些支部和党员分布在重庆、上海、成都、雅安、贵阳、昆明、桂林等地的国民党党、政、军各界以及国民政府的各行各业之中，起着别人无法替代的重要作用。在港澳以及海外其他地区，也有这样的特别支部和特别党员。南方局的情报工作的重点，首先在国民党军的各派系，如东北军、西北军系统，桂系、滇系等等。与此同时，南方局通过“下闲棋、布冷子”的办法，寻找合适的关系和渠道，将一批中共地下党员打入国民党的军政中枢，其中最有成效的是沈安娜情报小组。1938年沈安娜利用朱家骅的关系，打入国民党中央党部，担任机要速记工作，蒋介石到会讲话时，她就坐在台上担任速记员，获得大量军事战略情报，一直持续到上海解放，从未暴露。

解放战争时期的情报来源，主要依靠各地的地下党组织，并通过地下党争取国民党军起义，照样卓有成效。

经过柴处长细心排查，西南地区最有价值的几个人头凸显出来。一是刘宗宽，西南军政长官公署代参谋长。二是郭汝瑰，曾任国民政府国防部作战厅长，现任第 72 军军长。派什么人去联系呢？柴处长也胸有成竹，他对下级的经历、社会关系了如指掌。联系郭汝瑰，他拟派任廉儒，其公开身份为川盐办事处主任，可在国统区随意出没。联系刘宗宽，他拟派房显志，此人是刘宗宽的陕西同乡，抗战时期曾在重庆加入农工民主党，与刘宗宽系同一民主党派。房显志前两年到解放区，成为中共党员，现在情报部任职。

任廉儒已去四川，无法当面交谈，只能通过密电联络。房显志就在机关，柴处长叫人请他来面谈。

房显志很快应召而来，与柴处长对坐。

柴处长说："显志同志，我军即将发起西南战役，急需国民党军在各地的布防情况。重庆是国民党的陪都，又是敌西南军政长官公署驻地，八面来风，消息灵通。组织上决定派你去重庆，与刘宗宽联系，搜集国民党军兵力部署、后勤供应等情报，及时上报我部。预计重庆有大批兵力集结，你的工作十分重要。"柴处长说，由于重庆地下党遭到破坏，失去不少社会关系，未能打入敌人营垒。因此，尤其迫切需要重新建立与刘宗宽的关系。

房显志回答："就我一人去吗？情报如何交接？"

"我们给你配备一名交通员，由他传送情报。你们的证件在制作中，经费向财务科领取，我已通知他们。到重庆后，尽快报平安。下一步行动，我们随时会通知你。"柴处长说，"显志同志，如果你还有其他要求，也请提出来。"

"组织上安排周到，我没有其他要求，保证完成任务。"房显志道，“柴处长，我可以走了吗？”

柴处长说：“不着急走，我还想了解一下刘宗宽的个人情况，请你谈谈。”

房显志说：“刘宗宽本是国民党军的高官，飞黄腾达，他却主动来找农工民主党，要求参加。记忆中，开会发言，他总要抨击国民党当局的倒行逆施，义愤填膺。据我所知，蒋介石曾批示枪决他，他当然与国民党离心离德，向往光明。农工民主党重庆负责人郭则沉身份暴露，也是刘宗宽报警而幸免被捕。”

“刘宗宽个人素质如何？”柴处长又问道。

房显志回答说：“为人忠厚，做事忠诚。有理想，有抱负，且有促其实现之能力。”

柴处长点头赞许：“我看刘宗宽靠得住，你去找到他，一道工作。”

房显志受命，与另一位情报员黄克孝同行。他们手持假身份证，谎称是从共产党占领区跑出的难民，穿越国民党军防线，像两个红色尖兵，直奔重庆。

4

佛图关位于重庆老城西，地势险要，两侧环水，三面悬崖，自古有“四塞之险，甲于天下”之说，为兵家必争之地。抗战时期，国民党在此设中央训练团，将关名改为“复兴关”，寓意民族复兴。重庆卫戍司令部，便设在佛图关。

那天上午，蔡鹤年带上曹干事写的呈文，鼓足勇气，驱车去佛图关见杨森。车到卫戍司令部大门，卫兵与杨森秘书穆耀枢通电话，得知是杨森的客人，升起木栏杆让蔡鹤年的座车驶入。沿着佛图关盘山公路下行到大操场，一队士兵正在上操，踏着正步来回练习分列式。几个号兵站在一起吹号，难听得要命。

杨森爱好体育运动，刚骑过一阵子马，回到司令部在楼上用干毛巾擦汗。听说蔡鹤年已到，他并没有立即下楼，而是坐在桌前翻阅一张《中央日报》。有意延误的等待，会提醒客人，谁才是重庆城的主宰者。头版要闻看完，他才慢吞吞走出来见客，两个秘书穆耀枢、陈继新不离左右，有点像庙里的哼哈二将。杨森走进会客室，老远就拱手说道："哎呀，蔡理事长大驾光临，有失远迎，有失远迎啊。"

杨森落座，两个秘书亦坐下。

杨森是何等精明之人？自从他昨天得知蔡鹤年要来拜访，就猜到对方必然有求于自己，满面春风，叫勤务兵端出水果、点心，招待殷勤。他见蔡鹤年身材均匀，一张圆脸，两眼神采奕奕，身穿白绸汗褂。下着一条黑绸裤，脚蹬青布白底布鞋，手握一柄折扇。尽管天气炎热，却是衣着周整，气度不凡，不愧是商界巨子，活财神下凡。杨森于是热情说道："哪阵风把蔡理事长吹到小庙来了？"

蔡鹤年客气说："总商会承蒙卫戍司令部庇护，众商家安居乐业，蔡某早就该来向杨总司令道谢，却因琐事缠身，姗姗来迟。实在失敬得很，还望杨总司令海涵。"

双方免不得寒暄几句，蔡鹤年这才把申请成立商团的呈文递给杨森。

呈文不长，杨森却看了老半天，放下呈文就露出一个苦笑：“蔡理事长，这件事有点麻烦。前方战事激烈，为防后方异党地下分子伺机暴动，里应外合，国防部、保密局先后行文，严令民间社团不得拥有武装。”

蔡鹤年说：“成都商会已有先例，人家的商团办得尚好，卫戍司令部也支持。而重庆乡下的大户，不仅自有民团，且建有碉楼，也未见得被当局取缔呀。”

“蔡理事长，民间办商团在重庆没有先例可以援引，这件事已超出我的权限，恕难相助。”杨森摊摊手，表示爱莫能助。他去果盘中取出一块切开的西瓜，一边啃一边说：“据我所知，商家只有从事长途贩运时，才请镖行押货，自家从不搞什么武装队伍的。刀枪流落到民间为害不浅，流落到歹徒手中，容易发生械斗和仇杀。”

“杨总司令，总商会你还不了解吗，各帮会会长向来奉公守法。”蔡鹤年力争道。“多年来，无论架桥铺路，募捐派款，工商界都尽力而为。如今盗匪白日出没，商民安全毫无保障，大家自愿集资建立商团自保，还望杨总司令鼎力相助，工商界必当称颂。”

杨森还是摇头，说：“成都有成都的章法，重庆有重庆的规矩，我忝列本市市长兼卫戍总司令，实在不敢带头违规。再说，20年代我在重庆做四川军务督办，那时世道也乱，却也并未听说总商会要办民团。”

秘书穆耀枢在一旁敲边鼓：“蔡理事长啊，总司令也有为难之处，不是不帮忙，是帮不上你的忙。总司令签署批文，就意味着为总商会兜底。万一商团中混入异党，闹出什么事情来，按非常时期连坐法，总司令也脱不了干系。”

蔡鹤年争辩道："前两天就有泼皮到总商会来肇事，大打出手，闹得不可开交。我们办这个商团，完全出于自保，决不给卫戍司令部添麻烦。商团编制小，招收的团丁事先也要甄别身世，不招收不三不四之人。"

蔡鹤年左说右说，杨森就是不松口，还拍打着手套，装作要离开的样子。蔡鹤年无奈，只得忍痛出血，表示端午节快要到来，工商界同仁自愿出资购买一批粽子，犒劳驻军。

杨森立刻改了脸色，连说不敢当，却又拐弯抹角地说，工商界同仁事业在身，用不着去买粽子，折合成相应金额，大家都省事。

于是双方又在数目上磋商，杨森总是不满意，从 9 点半磨到 10 点半，耽搁着蔡鹤年宝贵的时间。通过这番交锋，杨森也发现蔡鹤年不好打交道。

快到 11 点，蔡鹤年终于失去耐心，答应了杨森提出的数目。

杨森倒也干脆，在呈文上爽快签字，注明从即日起允许总商会自办商团。

回到总商会，蔡鹤年将交涉情形告诉温少鹤和其他董事，人人气愤，却无可奈何，大家分摊这笔费用。

曹干事汇报，先后招收了二十多个团丁，编为两个班。枪也通过非法渠道买到，既有汉阳造、中正式步枪，也有德国造驳壳枪，成色不一。

蔡鹤年关心团丁的良莠。曹干事回复说，一部分有武功，是由袍哥帮会介绍的，也只有他们才能找到合适人选。一部分是开小差的逃兵，会打枪。一部分是流落到重庆的农民，能吃苦耐劳。

温少鹤说："虽然有点差强人意，聊胜于无吧，重新招人麻烦。"

"行啊，就这样定了。杨森已经签字同意，名正言顺，我看明天就叫商团到大门站岗。”蔡鹤年吩咐道。

“独眼龙”少尉那帮人又来过一次，远远看见总商会门口有人站岗，肩头挂着硬火，知道有防备，灰溜溜走掉。

5

重庆《中央日报》总编辑王抡楦有两大爱好，一是看川戏，二是听评书。节假日，他总要去川剧院看川戏，或是去茶馆听评书。这一天，他邀约中央通讯社采访部主任阳子寿，去看下午场次的川剧。

川剧是一个影响很大的地方剧种，不仅为四川民众喜闻乐见，其传播甚至扩展到云南、贵州部分地区。重庆和成都，是川剧的老窝子。在重庆，从早到晚锣鼓响，倘若演出全本36出目连戏，起码十天半月，街头都能看到打飞叉驱鬼的特技演员。

重庆川剧剧目数以千计，既有历史剧“五袍”、神话剧“四柱”、传统剧“江湖十八本”等大戏，也有《思凡》《跪门吃草》《乔子口》《迎贤店》等折子戏。这些剧目亦庄亦谐，唱词通俗易懂，很受观众欢迎。风气所及，本埠戏迷扎堆。劳累一天，晚上看场戏，是普通市民最惬意的享受。但凡大户婚丧嫁娶，必有川剧班子助兴。坐在茶馆里，若是没看过几出戏，哼不出几句唱词，说话就不投机。自发组成的玩友星罗棋布，得空就聚会打围鼓，俗称“打玩意儿”。

重庆本地戏班，以“又新”最有名，聚集了小生张宏恩、姜尚峰、袁玉堃，旦角阳友鹤、周慕莲、许倩云，花脸唐彬如、吴晓雷、金震雷，须生张德成、邹西池、车佩新，丑角刘成基、周裕祥、李文杰等，编剧赵循伯、李净白、李心白等。

王抡楦拉阳子寿来到“又新”大戏院，买两张堂座票，坐在前几排。仿古的铜炉内燃起线香，场子里顿时添了几许神秘，几许高雅。跑堂的身着短卦，在幽暗的电灯光下穿梭似的走动，把一位位显贵的观众引到座位前，又赶紧回到大门口去迎接另一位。手拎长嘴铜壶的茶房也忙得不亦乐乎，这边的茶杯还未添满，那边的大爷又嚷嚷开了。喷了香水的面巾在半空中飞来飞去，天花板上宛如飞翔着一群活鸽子。坐票供不应求，又出售了站票，这样一来连过道上也站满了人，过路都困难。

待到琴师、鼓师在台上弄响乐器，满堂的嘈杂方才平息下来。今天上演的是折子戏，共三出：《五台会兄》《马房放奎》《斩黄袍》，都是好戏。

在《五台会兄》担纲的演员是花脸唐彬如，此人天赋既佳，功力亦深，一条铁嗓刚柔相济，既能高唱遏云，亦可委婉入耳。他的吐词字字清晰，念白也极其讲究，这便是他压倒他人的优越条件，冠绝一时。

王抡楦已多次看过《五台会兄》，唱词倒背如流。唐彬如唱到第三段，王抡楦鼓掌，阳子寿没反应。唐彬如唱到第五段，王抡楦又鼓掌，阳子寿仍然没反应。王抡楦扭头一看，阳子寿居然半闭着眼。他忍不住用手碰碰老朋友说：“子寿兄，唐老板今天唱得卖力，鼓掌啊。”

阳子寿睁开眼，勉强拍了两下巴掌。

王抡楦说：“你今天怎么哪，昨晚欠瞌睡？”

阳子寿无精打采地说：“没啥，就是这几处戏看过好几次，觉得剧情不出彩。”

下一出戏是《斩黄袍》，剧情发展到高怀德大闹金殿，郑子明妻子陶三春围困皇城，迫使赵匡胤为郑子明平反时，全场掌声雷动，阳子寿还是一脸木讷，反应迟钝。

中场休息 10 分钟，王抡楦和阳子寿走进休息室，买一包瓜子来嗑。他问老朋友：“子寿，你今天情绪特别低落，遇上什么闹心事情？”

阳子寿向周围看看，欲言又止。

王抡楦说：“这里没有特务耳目，你但说无妨。”

阳子寿压低声音道：“我昨晚收听北平广播，那边号召大家留下来共建新邦，被点名召唤的名单里有我。不知是谁点水。”

王抡楦说：“原来如此。实话说，我也被对方点名，惊吓好久。转念一想，腿脚长在自己身上，去留与否，主动权在自己这里，便也泰然了。”

阳子寿说：“我胆小，受不得惊吓。昨晚一夜无眠，思考退路，却终未想出万全之策。俗话说三十六计走为上计，但是我能走到哪里去呢？饭碗在这里，家小在这里，一旦出走，漂萍似的无依无靠，难啊。”

阳子寿的话，触动了王抡楦的心事。他嘴上说不当一回事，其实也绞尽脑汁。南京、上海、北平的《中央日报》灰飞烟灭，相识的报社同仁销声匿迹，下落不明。和谈无望，解放军还在不停进攻，迟早会打到重庆，重庆《中央日报》迟早也会烟消云散。今后到哪里去端饭碗，还是未知数。他不喝酒，不能借酒浇愁。他来看川戏，本想借戏排遣苦闷，寻得一时解脱。阳子寿提起这个解不开的死结，他对看戏也兴趣索然。

下半场演出第三出戏《马房放奎》，两个人都闷着头，想着心事。该鼓掌之时，王抡楦也不鼓掌了。戏班也扯拐，演到陈文古企图霸占瑞霓罗帐，将宝物主人奎荣软禁马房时，不知打鼓的怎么回事，竟然起了“倒板”，演员无可奈何，临时把戏文当作倒板唱，这也可算一段有趣的小插曲。换到从前，闭幕后王抡楦说不定会走到后台去，提出批评。他与川剧艺人熟悉，台上台下多有交往，提意见无妨。今天不去后台，今天没那份闲心评说。

走出戏院，王抡楦说：“子寿，今天的剧目没选好，对不起老朋友。”

阳子寿答道：“这怎么可怨抡楦兄呢，并非剧目不好，而是我心不在焉，胡思乱想，扫了你的兴致。改日由我做东买票，给抡楦兄赔礼。”

街上车水马龙，万头攒动。卖花的女子把栀子花苞用细铁丝串起来，沿街兜售。卖小面的老板新制了辣椒油，准备迎接夜市的顾客。重庆《中央日报》总编辑王抡楦、重庆中央通讯社采访部主任阳子寿却无精打采，连话也不想再说。广大的民众有明天，他们没有明天。

6

天下不太平，常闹事。

这天早上，有位教员提着一大捆金圆券，到鹅岭正街集市来买米。小市场上人山人海，摩肩接踵，看似顾客不少，却多是肩搭布袋、手提竹篮来买两三斤零米的升斗小民。粮店的米少，价钱贵得离谱，教员就到这个小市场来，指望买几斤平价米。他转来转去，遇上卖米的农民就去询价，价钱都不合适。转了半天，他算有运气，遇到一个远郊农民来卖米，不清楚这两天的行情。教员一问价，那农民顺口说了个数目，自以为是漫天要价。教员听了却大喜过望，生怕有变，从大叠大叠的金圆券里点数票子。

哪晓得半路上偏偏杀出个“程咬金”，一个鬼鬼祟祟的粮食贩子，从人丛里冒出来，撞了撞农民的手倒拐，又贴过去与之咬耳朵，不知说些什么鬼话。农民本已在过称，听那人一吹阴风，便将金圆券退给教员，将大米倒回箩筐说：“对不起先生，这米不卖了。”说着，收起担子要走。

眼见煮熟的鸭子要飞，教员哪肯答应？他拉住农民的箩筐不让走，嘴里嚷道；“价钱由你说了算，讲得好好的，你为啥变卦不卖？我家等米下锅，你不卖也得卖。”

农民还嘴道：“说不卖就不卖，你欺负我们老实人不晓得行情，麻咋咋的。”

粮食贩子也在一旁帮腔：“买卖要讲公道嘛，哪有估吃霸赊的道理。”

教员口软，无可奈何与农民商量说：“那么我们就再说说价钱，你说要卖多少钱一升啊？”

“不卖了，这位先生包了。”农民指指粮食贩子，担起米担子就要跟粮食贩子走。不消说，粮食贩子暗中加了价钱。

教员紧抓箩筐绳，死活不放，两人你拖我拽。看热闹的人越来越多，农民着急，一担白米倾倒在泥地上，他丢下扁担，揪住教员领口说：“我家里也等着卖米钱过日子啊，这么多米倒在地上，你要赔偿我！”

旁边几个饿得头昏眼花的人，一看到地上的白米，眼光发亮，扑过来抓起生米就往嘴里塞，往口袋里装。农民急得直跺脚，一边阻拦抓米的人，一边哭号说：“各位三老四少，求求你们不要抢我的米，求求你们不要抢我的米。”

街上响起警笛，几个黑衣警察往这边跑。印钞厂的厂警，也从肩上取下步枪，呈警戒状。

朱懋禔挟着黑皮包，带着财会科长正要上车，听见外面闹得凶，也无暇顾及，他要乘车去金库检点。

中央银行向重庆调运的6吨黄金，存放在中山二路石库门金库内，对面就是市政府和杨森的公馆“渝舍”，保险。荷枪实弹的警卫检查了朱懋禔的证件，三个库管员拎着钥匙过来，同时插进三把钥匙，又输入天书般的密码，打开厚重的防弹钢门，放朱懋禔和财会科长进去，三个库管员也跟着进去。

这个金库本是一个防空洞，依据山势，横向开凿二米宽三米高的巷道式洞穴，进深数十米，呈长方形。外部用条石砌成城堡样式，有三层楼高。这个金库坚固无比，抗战时期日军飞机对重庆实施大轰炸，全城中弹，它却完好无损。

6吨黄金盛放在20多个长条木箱里，贴着中央银行的封条。库管员将入库报表交给朱懋禔审看，然后去除一个木箱的封条，用铁棍撬开木箱，请朱懋禔抽查。

这就是世人梦寐以求的黄金，铸成12.5公斤即400盎司一枚的金砖，静悄悄躺在木箱内，散发出涌压而来的辉光，直入在场者的眼帘。几个人都不由自主屏住呼吸，观赏这瑰丽的画面。就连在金融界从业多年的朱懋禔本人，一辈子也没见过这么多的黄金。

朱懋禔戴上白手套，双手小心取出一块金砖检查，上面铸有中央银行印记，注明成色为99.98。又取另一块来看，铸有美国花旗银行印记，成色差不多。后者是早年中国用猪鬃、桐油等战略物资换取的，不知为何，一直没有改铸小额金条，存放至今，颜色已经有点灰暗。

检点结束，朱懋禔乘车回厂去。他无端感到惶恐，这笔黄金不知凝结着多少人的血汗，交给他来支配，他负得起这个责任吗？

7

黄昏的静谧，随着夕阳一道消逝，代之而来的是伴着阵雨的夜晚。

8点多钟，风刮得更猛，雨下得更急。在阵阵风雨喧嚣中，刘宗宽竟未听到门铃在响。稍停片刻，门铃又响开了，他这才起身去开门。

门外站着一位裹着雨衣的人，雨帽遮住半边脸，路灯光线暗，看不清相貌。“你找谁？有什么事？”刘宗宽问道，“我不认识你。”

“我是你的朋友，刘参谋长。”不速之客用刚刚听得见的声音说道，“我有要事相告，门口谈话不方便，你能让我进去谈吗？”

刘宗宽犹豫地把客人放进屋里。

在明亮的客厅里，来人脱下了湿漉漉的雨衣。此人身材高瘦，皮肤浅黑，老像是在沉思的脸上有双晶亮的眼睛。

“刘参谋长，你不认识我了？”来客掏出手帕，揩拭着发潮的头发。

刘宗宽的脑海里掠过无数人名，最后停在记忆中的一个上。“你是房……？”

“房显志。”来者露出了笑容。“我们曾在一道开过会。”

“原来是显志兄啊，多年未见，一眼认不出来。”刘宗宽笑逐颜开。想起来了，房显志是农工民主党成员，陕西老乡。1946 年初，农工民主党宴请中共将领叶剑英，房显志在座，是自己人，后来开会又接触过几次。他给房显志泡一杯沱茶，热腾腾的茶水驱逐潮气。

“显志兄，你的行踪也颇为神秘，突然失踪好久，又突然冒出来。”刘宗宽开玩笑说。

房显志点头说：“因工作需要，我离开重庆较长时间。”他告诉刘宗宽，自己已加入中共组织，是二野情报部的特工。

“显志兄是怎样找到我的？”刘宗宽问起。

房显志说：“我白天给西南长官公署值班室打电话，自称是你的老乡，送土特产。他们就将你的住地告诉我，你是他们的长官啊。”

夫人崔东亚从内室露出一个头，刘宗宽示意她回避。

“宗宽兄近况可好？”房显志寒暄道。

“我还好，披着一张老虎皮，长官公署不了解我的底细，倒也平安无事。”刘宗宽说。“郭则沉去上海后就没有下文，他还好吧。”

房显志回答说：“郭则沉后来去了解放区，在那边参加了工作。他还带话说，感激你那年通风报信，使他脱离险境。”

“哪里，倒是我要感谢郭则沉，他是我的引路人。”刘宗宽说。“老郭曾说，要派人与我联系，我苦等了两年。”

房显志露出笑容：“宗宽兄，我就是受解放军第二野战军司令部情报部的派遣，专门来与你联系的。解放军很快要入川，最关心国民党军的部署情况，而你是最可靠的情报来源。这次来，他们还给我们配备了交通员，负责转送情报。”民主党派没有地下电台，必须由专人送情报。

刘宗宽笑道：“原来显志兄就是我盼望已久的联系人，太好了！我这里正有一个重要的情报，想要送给解放军。放在家中不安全，我锁在长官公署保险柜，明天我去抄写一份，再转交你。我先简要给你谈谈这份文件的内容。”

刘宗宽谈起西南军政长官公署最近一次会议的内容，以及他在防御计划书中所做的手脚。房显志捧着茶杯，专注地倾听。

简要叙述后，刘宗宽说：“我有意在川东南留出一个漏洞，希望解放军从这个方向下手。问题是，此事还要取决于国民党当局的判断，如果他们将川东南作为重点防御区域，这个漏洞他们不会看不出来，他们会堵上这个漏洞。”

房显志说：“我在军事上是个外行，只觉得宗宽兄说起的这个漏洞有很大价值，解放军急需这个情报。我的意见，最好有意引导国民党军误判川东南并非解放军的主攻方向，掉以轻心，不以重兵布防。如此这般，这个漏洞到时就会产生奇效。”

刘宗宽一听，正中下怀，原先不成熟的设想，变得明晰可见。对啊，他要设一个圈套，让国民党军钻进去，连后悔也来不及。他对房显志说：“显志兄，你的意见对我大有启发，我准备就这样办。哦，显志兄在重庆还有亲友吗？”

房显志为难地说："没有亲友，也没有立足之地，所以来投靠宗宽兄。"

"那就请显志兄住在寒舍，早晚可以向你请教。"刘宗宽爽快地说，"跟你一同来重庆的那位交通员，他怎么称呼，有地方落脚吗？"

房显志答道："交通员叫黄克孝，他在外面住旅馆。"按规定，情报员绝不能住在一处。

"好吧，你就住在我家，安全。"他叫妻子崔东亚出来，为房显志安排一间客房。又嘱咐妻子，请妻弟崔锡昌明天去联系黄克孝，予以照料和帮助。

雨点滴在玻璃窗上，溅出大朵大朵亮丽的水花。刘宗宽仔细地拉上窗帘，听了听外面的动静，又回到沙发旁，听房显志谈解放区的情况，一切都那么新鲜。

从这天起，刘宗宽家中多了一位房客。此人有时西装革履，风流倜傥；有时穿着中山装，熨熨帖帖，矜持庄重；有时呢，穿一袭飘忽的青布衫。他每天上街去转悠，买两份报纸来看，像个文化人。

几位好奇的银行家眷，遇见外出买菜的刘宗宽太太崔东亚，免不得问起这位房客。崔东亚轻描淡写地回答："那个人啊，是宗宽的老乡，干亲家。西安失守，他没有地方可去，就来找我家宗宽。兵荒马乱的，谁都不容易，宗宽就留他住下了。"

"这位先生在哪里发财呢？我看他很富态的样子呢。"银行家眷张太太喜欢打破砂锅问到底。

崔东亚答道："我不太清楚，只是听宗宽说，他在好几家企业有股份，朝天门仓库里有他存放的大批棉纱，他还帮陕西同乡做银圆生意。”

张太太说：“哟，那么这位先生一定很有钱喽，难怪成为刘参谋长家的座上客。”按张太太的逻辑，有钱的人就是良民，大大的良民。

谁也不会怀疑房显志。刘宗宽是西南军政长官公署的高官，佩戴着中将金板板，军警、宪兵、特务都惹不起，无人过问。

刘宗宽将西南军政长官公署防御计划书抄录一份，交给房显志，通过交通员黄克孝越过防线，送到二野情报部。有什么新情况，刘宗宽下班回家，及时告诉房显志，如果有价值，立马转送解放军。

由于刘宗宽的存在，西南军政长官公署已无机密可言，但凡一举一动，解放军都会知道。

8

鲜英未及拜访杨森，杨森却主动到“特园”登门拜访。

杨森行伍多年，时令已是初夏，他却穿着美式咔叽布军服，风纪扣也不解开。走进“达观楼”底楼大客厅，他只是除去头上的军帽，交给副官长，便在四处转悠，欣赏墙上的字画。

鲜英的大客厅中央顶上有一盏由 12 支大红烛组成的吊灯，其余各方装有吸顶白玉灯。客厅中央置有雕刻精美的楠木大圆桌，桌上放着一个高二尺许的大花瓶。周遭摆着三座及单座皮沙发，配置红木茶几。杨森看见客厅正中悬挂着一方匾额，上面题写着

"民主之家"四字，署名为冯玉祥，没作声。转身看见一副木刻楹联。上面写道："汲来江水烹新茗；买尽青山当画屏。"于是指点着赞道："这个好，这个有意思。"

鲜英将杨森延入上座，吩咐奉茶。片刻间，出来一位佣人，用托盘端来两副茶具，茶具为三件套，有茶碗、茶盖、茶船。茶叶是今春的银针。然后出来一位幺师，右手提着锃亮的紫铜长嘴壶，对准茶碗注水，壶嘴如赤龙吐水，两碗一一冲满，滴水不漏，再盖上茶盖。其动作干净利落，神乎其技。接着又有佣人奉上四碟水果、四种点心。

杨森羡慕道："特生兄过的真是神仙日子。"

鲜英答道："哪里，哪里，我不过是散淡之人，跳出三界外，不在五行中，苟且度日。远不如子惠兄腰金衣紫，带甲十万，朝野皆知敬重。"说罢，两人相视大笑。

鲜英与杨森是老同学，说话随意，不拘束。

杨森是四川广安人，字子惠。其父为该县武庠生，曾任典吏，杨森耳濡目染，自幼便对习武从军感兴趣。他先后在广安紫荇书院、顺庆府联合中学读书，1908 年考入四川陆军速成学堂，与鲜英成为同学。杨森历经辛亥革命、护国战争、军阀混战、抗日战争，既有早年讨袁护国 、炮击英舰、保护朱德、陈毅之举，又有制造"平江惨案"的劣迹。1924 年他依附吴佩孚，占领了重庆，成为北洋政府在四川的代理人。同年，杨森事业达到顶峰，雄心勃勃喊出"建设新四川"的响亮口号，推行"新政"：修建马路、开辟公共体育场、成立通俗教育馆、提倡"朝会"等等。杨森推行"新川政"，在四川诸多军阀中独树一帜，不少人认为这是历史进步，大夸杨森有魄力。但由于他一些做法横蛮，不合理，比如连老百姓不修指甲、穿长衫都要遭惩罚，也遭到不少人讥笑。其实杨森也做过解除妇女缠足等好事。他参加抗战有勋劳，历任集团军总司令、军团长、战区副司令长官，晋升陆军二级上将。

1948 年 4 月，杨森从贵州省主席调任重庆市长，1949 年 5 月任西南军政长官公署副长官、重庆卫戍总司令部总司令，他的嫡系部队第 20 军负责重庆城防。

老同学见面，少不得叙旧。杨森年长鲜英一岁。似水流年，冲走了十丈红尘，却冲不走记忆中的一片绿荫。他们的话题，围绕着学生时代。

鲜英说："西充老家穷，我原想发奋读书，走科举道路，博得一个小功名安身立命。后来听说四川总督锡良奉旨筹办新军，在成都开办弁目学堂，心想当兵吃粮有保障，也不失为一条出路，于是去成都从军。"

杨森接嘴说："朝廷颁旨推行新学，我读过的两所新学，课程既有国学，也有历史地理、物理化学、图画体操等科目，尤其是开设了外语课，令人耳目一新，倒也有趣。在校常读报纸，见以文人学者身份从政者，鲜有不沉溺政潮、颓然以终者，如康有为、梁启超。还是手中握有武装，在时代舞台方有发言权，于是去投军校。"

鲜英说："如此看来，你我都有点主张。"两人又笑笑。

杨森拿起茶盖，搅动着茶叶，滗一口在嘴里，夸赞道："好茶。"又说："记得当年特生兄脾气温和，为人宽容，速成学堂的同学都称你为'好好先生'。你那时又信奉道教，老成持重，爱开玩笑的同学给你取一个外号叫'鲜老道'，我也如此叫你。"

鲜英回忆道："子惠兄爱看川戏，每月不多的津贴到手，总要去戏院买张好票，奢侈一回。回到速成学堂，半夜三更还要吼两嗓子，同学们多不耐烦。”

“看戏有好处。川剧剧目亦庄亦谐，唱词通俗易懂，很受民众欢迎。一般老百姓不识字，不懂道理，看几场戏，至少知道好人坏人，忠臣奸臣。”杨森捧起茶碗，又呷一口水。鲜英忙叫幺师续水。

杨森又说：“看戏重温历史，于是联想到国家积贫积弱，列强长驱直入，不免有发愤图强之念。这就是为什么 1926 年我要部队炮击英国军舰。”

1926 年 8 月，英国太古公司“万流”号商轮在四川云阳江面故意疾驶，浪沉杨森部载运军饷的木船 3 艘，杨部官兵和船民 50 余人淹死，饷银 8.5 万元和枪支 50 余支沉入江底。杨森当时刚就任吴佩孚委任的四川省省长职，认为事为奇耻大辱，扣留肇事船只，并向前来增援的英国军舰开炮还击。

鲜英感叹道：“子惠兄，那件事情你做得好，民众拍掌称快。是啊，大好河山，任人宰割，稍有人心，谁无义愤。回想当年，为了在困境中振奋起来，老师教我们各言尔志，那个场面，现在回想起来十分感人。”

他们还谈起速成学堂的共同熟人。刘湘，四川省省主席，川军总司令，抗战初期病故。贺国光，西南军政副长官兼西昌警备司令。王瓒绪，西南长官公署副长官，与主官张群不和闲居成都，观弄书画，吟诗作赋以消遣。唐式遵，做过第三战区副司令长官，武汉行营副主任，现闲居重庆。潘文华，重庆行营副主任，有职无权。

鲜英故意问道：“子惠啊，你常在西南长官公署走动，不知近来战局如何，前方稳固下来没有？”

杨森叹气道：“不瞒老同学，今日之战局，可谓大厦将倾，兵败如山倒。每过几天，就有一座城市被共军攻占，国军防线漏洞百出，防不胜防，国防部对此束手无策，李宗仁更是一筹莫展。”

“那么，以子惠兄的高瞻远瞩，西南的前景如何呢？”鲜英又故意问道。

“也是一团糟。”杨森回答说，“贵州兵力薄弱，云南卢汉态度暧昧。成都那帮川系将领，策划拥兵自重，反对胡宗南撤退入川。这种时候，大家仍然没有推诚相见的意识，散沙一盘。共军虽然暂时未发动对西南的攻势，但早晚会打到四川来。重庆共产党四处进行地下活动，发动工潮、学潮，与共军遥相呼应。我这个卫戍总司令，活像坐在火山口，天天头痛。”

鲜英从果盘取出一束荔枝敬杨森：“新摘的合江荔枝，味道不错。”

杨森摆手谢绝，继续往下讲：“我在想啊，既然别人靠不住，还得靠自己。我的三个师建制完整，能打就打，不能打就走，留得青山在，不怕没柴烧。”

鲜英试探道：“或许还有其他办法可想。”

“还有什么办法？天命难违，无非鱼死网破。我从戎数十年，原想建功立业，到头来却是春梦一场。”杨森很是伤感。

鲜英本想就此策反杨森，话到嘴边未出口。杨森深谋远虑，几起几落，非一般军阀可及。对此人，须动之以情，晓之以理。时机未到，有待来日。

杨森告辞，鲜英送至大门外。

第三章

1

刘伯承摘下眼镜，仰靠在沙发上，闭上眼睛，休息几分钟。在早年的战斗中，他的右眼中弹致残，在重庆摘除后佩戴假眼，用眼时间一长，就会产生不适感。他适才翻阅二野驻军分布态势，小册子、小字号，伤眼睛。闭闭眼睛就好，还要保住它，还要打仗，打大仗。

阳光穿过窗棂，洒在红漆木地板上，室内显得暖洋洋。办公桌上的放大镜，映照着刘伯承为革命战争付出的心血；案头常年不断的眼药水，见证着他比常人更艰辛的阅读；一页页翻动过的日历，记录着他忙碌而充实的岁月。他有时还亲自为军报写稿，有感而发，如火之有焰，灯之有光。他写一手漂亮的行书，会讲屈原、李白、杜甫、郭沫若、闻一多。至于老家四川有几座山、几条河，古往今来出过什么人，他如数家珍。他是人民解放军中的一员儒将。

干涩感过去了，刘伯承起身拨动电话机的键盘，接通了参谋长李达的电话："李达同志，你送来的小册子我读过了，请你到我办公室来一趟。"

第二野战军参谋长李达走进刘伯承办公室，挟着一张军用地图，按规矩行一个军礼道："司令员，李达到。"

刘伯承说："李参谋长，小册子我看过了，直观性不太强，想请你谈谈二野驻军分布的具体情况。"

干练的李达在办公桌上摊开军用地图，指点着一些红圈说："二野的部队分布，北起徐州，南抵南京，比较分散。这些红圈是我做的记号，字母代表部队番号。"

刘伯承拿起放大镜来看，好家伙，连云港、宿迁、盐城、淮安、扬州、泰州、镇江、常州、无锡、苏州、南通，凡是江苏省的城市及主要县城，都有二野部队，而且浙江西部、福建北部、赣东北地区，也有二野驻军。这哪里还是一个野战军呢？全成了城防部队嘛。

搁下放大镜，刘伯承说："解放战争之初，我军打下张家口，第一座城市，全军为之鼓舞。现在攻占一座城市已成常态，捷报频传。随之带来的难题是，占领一座城市，就要有驻军，部队战斗力就会削弱。中国太大，城市太多啊。老蒋甩包袱，我们背包袱。二野主攻西南，必须集结机动兵力。李参谋长，你是怎样考虑的？"

李达报告说："二野三兵团、五兵团包袱少，可以与其他部队换防，轻装上阵。南京驻军多，供应紧张，两个兵团不往南京集结。待进军前夕，分批向西南开进，在开进中集结。据情报，敌军在西南尚有 100 万人以上部队，我四兵团被抽调参加两广战役，兵力似嫌不足，因此拟报请中央军委，商调四野派出一部分兵力协同二野作战。”

刘伯承赞许道：“李参谋长，你的工作细致，有小册子，有标号地图。我最怕临时凑合，兵力收不拢。二野保有机动性，我就放心了。请你按此拟定攻击系列，回头向中央军委报送。”

李达行一个军礼，转身离去。

刘伯承又拿起放大镜，去看那张地图。值班参谋进来报告：“市军管会有人要见你。”

刘伯承兼任南京市军管会主任，有职责。他吩咐让求见者进来。

来人为南京市军管会干部朱明镜，他负责接收国民党“总统府”，两个多月了，基本结束，前来汇报。

刘伯承听到的是一连串关于清点财产的数字统计，不满意地说：“小朱啊，我不查账，有书面材料就可以了。你说‘总统府’有 50 个留守人员，他们是些什么人，说来听听。”

朱明镜汇报说，这 50 个人的来历都不简单。有一个叫张忠的人，是蒋介石的侍卫官，蒋介石的汽车开到“总统府”，总是由他拉开车门，扶蒋下车。蒋介石离开，同样由他关车门。另一个是保密局驻“总统府”邮件检查员，专职负责收转全国各地写给蒋介石本人的私信。此人为了立功，偷偷保存了一批妇女写给蒋介石的信，她们有的自称是蒋介石的旧相识，有的自称是新交，有的叙旧情，有的谈新爱。这些信件是真是假难以鉴定，却不敢呈交蒋介石，也不能回复，因为蒋介石本人从未过问。

刘伯承听得哈哈笑。

邓小平在走廊吸烟，听见笑声，进来说：“司令员好高兴，声震屋瓦。”

刘伯承说：“小平啊，你也坐下听听，天方夜谭，千奇百怪。”

朱明镜听过邓小平报告，知道是首长，站起来行军礼。

邓小平挥挥手：“你坐下，继续谈，我也想听听。”

朱明镜继续汇报说，留守人员中有国民党区分部书记、监察院秘书、蒙藏委员会专门委员、北平市警察局长、上海市警察分局局长、汪精卫汉奸政府伪淮海省民政厅长、伪淮海省政治保卫部少将、伪江苏省警察厅特高科长。还有军统“忠义社”“复兴社”特务，民社党中央秘书等。他们伪造身份，互相包庇，都说是“总统府”一般工勤人员，妄图蒙混过关。当然，留守人员中也确实有一般小职员，军管会查实后安排了工作。

朱明镜说，接管工作中还遇到一些怪人。有一个叫粟杰夫的人，持南京市军管会介绍信，自称是第三野战军副司令员粟裕的侄子，到“总统府”查找祖上遗留的文物。实际上他曾做过“清乡剿共”委员，辽沈战役时，他是国民党军“东北剿匪总司令部”的军级政工主任，经与三野查证识破。一个叫程万孚的人，手持南京市政府介绍信，自称与柯庆施副市长关系密切，也是想进入“总统府”偷东西。被识破后，他自己交代曾任第一战区司令长官卫立煌的少将秘书长、皖南田赋粮食管理处长等职务。

刘伯承说：“你们查出隐藏的坏蛋，揭穿了冒充我们政府工作人员的骗子，很好。这就是你们的实绩。旧社会人员泥沙俱下，要靠你们用筛子筛。”

朱明镜说，“总统府”年久失修，接管后，发现前国民政府主席林森办公的“子超楼”屋面多处漏雨；西花园道路、房屋破烂；太平天国天王洪秀全最喜爱的石舫，只披了几张铁皮，一碰就掉铁锈。他已请城建局工程师全面查勘，计算工程量，编制预算，请市政府拨款修理。

刘伯承说："预算编制出来直接送我，我签字。'总统府'本是洪秀全的天王府，应该归为历史文物一类，予以维修。"

朱明镜报告，按管后的"总统府"保留了蒋介石办公室原状，未改作他途。

邓小平说插话说："南京解放第二天，我去'总统府'看过。那里有一幅蒋介石的巨幅绣像，据说是浙江省主席为蒋介石 60 岁生日祝寿时送的，用金银线和彩色丝线刺绣，很精美。有的战士出于阶级仇恨，用刺刀向蒋介石绣像的头部、眼部、胸部各捅一刀，弄得破破烂烂。我当时就说，怎么能干这样愚蠢的事呢？不能以感情代替政策和纪律，这是损坏文物的行为嘛。蒋介石的绣像留下来，可以作反面教材啊。我和刘司令员为此通报全军，作为一个典型，加强政策和纪律教育。"

刘伯承说："南京市军管会两次发出通知，贴出告示，要保护和爱护名胜古迹。军管会的干部更应带头执行。"

朱明镜站起来道："坚决执行首长指示。"

2

夏初，天那样蓝，日光那样的明媚，站在抗战胜利纪功碑下，南山的老君洞道观清晰可见。气温却有点高了，在重庆市参议会的院坝里，波斯菊、百日草、硫华菊、千日红、满天星、麦仙翁、鸡冠花开得繁盛。花工师傅拖着一条水龙带，顺着花圃浇水。

重庆市参议会会议室布置雅致，悬着四幅墨竹，系近人竹禅法师的写意画，分别题名《烘晴》《醉雨》《承露》《吟风》，表现出几种竹子在不同自然环境中的姿态，令人逸兴盎然，有出世之感。然而，坐在主席位置上的重庆市参议会议长范众渠却心神不定。参议会每次议事，左派、右派总是争论不休，鲜有意见统一的时候。

今天的议题，主要是谈论是否赞同国民党政府从广州迁到重庆。此前，国防部已先行迁到重庆办公。抗战时期国民政府移驻重庆，后又将重庆定为陪都。全国主要工商、金融、厂矿、教育单位随迁，使重庆获得飞速发展，有目共睹。现在情况完全不同，宁、沪被解放军攻占，李宗仁率国民政府迁广州。华南吃紧，又放出风声，准备迁到重庆。重庆市参议会作为民意机关，须代表民意做出表态。

范众渠宣布开会，左派参议员黄道周便发言说："鄙人提请政府坚决留守广州，迁都之事非同小可，不要动辄搬来搬去，视同儿戏。国民政府从南京迁到广州方才两个多月吧，屁股还未坐热，又要迁来重庆，民众会怎么看啊？人家会说，这个政府像个跑摊匠人，一有风吹草动，就要另起炉灶。不好听吧。鄙人窃以为需从长计议，慎重考虑，然后再定迁到哪里稳当。我提议，参议会写呈文，反对迁都。"

丁荣灿发言说："我赞同黄参议员意见。近月不少军政机关迁来，国防部已先行迁到重庆，迁渝单位必将越来越多。重庆物价本已居高不下，又钻出这么多张嘴巴，无疑雪上加霜。"

温少鹤是参议员，在座。他发言说："工商界同仁的意见，是不欢迎政府迁渝，理由只有一个，龙多不能治水，反而要多烧高香。各商帮会首来找我，说是金圆券天天贬值，把人骇得心惊胆战，一天到晚要换几次标签。左手卖出去的货，右手就买不回来，活像上沙场，大家忙着抓现货。借贷讲日折，三天翻一番，不借贷又拖不走。好几家老字号，不到四五个月就把本钱折尽，关门大吉。听说我来开参议会，都托我投反对票。”

李仲平发言说：“诸位，鄙人支持黄参议员提议，赞同温参议员代表商界的心声。重庆老百姓再也不能有任何负担了，大家心里绝不希望政府迁渝。吾能往彼亦能往，重庆未必是乐土，国民政府迁都何处，希望中枢明察。”

其他工商界参议员，也赞同温少鹤所提。

右派参议员古铎提出异议：“国难当头，天降大任，我们理应欢迎国府迁渝，重振雄风。抗战时期国府迁渝，给重庆带来天大发展机遇，打下坚实工业基础。重庆能有今日之实力，可谓拜托国府迁都之举。再说，迁都乃国策大计，民意机关无权过问。”

右派参议员李蕴权附和，他文绉绉地说：“重庆水运发达，公路系统完整，与西北、西南贯通，又是大后方工业经济之重心，其进退何可限量！国民政府迁渝，举全市之力拥护，勇挽危局。后世史家循流溯源，深究中国复兴之故，将知重庆之于国家，实不止于八年战时之贡献也。”

温少鹤再次发言：“我想提醒诸位，抗战迁都与今日迁都不可相提并论。国府当年迁都，系将重庆作为民族复兴基地，民众拥护，故而欣欣向荣。国府今日迁都，无非系权益之计，并无长远安排。一旦迁都重庆，这里势必成为大战场，给本市民众带来战祸。所以，工商界同仁大多反对迁都。”

右派参议员古铎冷笑道："温参议员嘴上说是担心给民众带来战祸，其实无非担心工商界的生意吧？国难当头，少拿民众安危来做幌子。"

温少鹤生气了："古参议员，我看你是信口雌黄，含血喷人。我温少鹤摸着良心讲，反对迁都的动议，绝非出自工商界自身利益！"

右派参议员李蕴权说："国难当头，你我正当拥护政府举措。凡以种种借口反对迁都者，鄙人以为均属居心不良。"

李仲平举手说："我反对人身攻击。今天是就事论事，温参议员代表工商界表达意愿，相信出自公心，他人不应扣帽子。"

两派意见冲突，争执不下，一如既往。

范众渠说："既然意见不统一，那就沿用老办法，请诸位举手表决。"

表决结果，反对迁都者人数占上风。范众渠请秘书长柯尧放执笔，撰写反对迁都的议案，上交国民政府。他说："平心而论，国民政府迁都之事，非参议会所能阻止。提出这样的议案，无非反映民意，供中枢参考，打一个响片。"所谓响片，指的是评书人手中的惊堂木，提醒听众注意。

第二个议题，讨论参议会与总商会成立联合办事处之事。

蔡鹤年报告总商会组建商团，用于自保的情况。他说："参议会与总商会携手联动，虽不能成大气候，但动静相闻，有好处无坏处。"

范众渠议长担心又有人唱反调，打着哈哈说："我去看川剧，但凡防守一方，下寨时候都讲究分兵两处，互为犄角。哪一处有闪失，另一处可往救援。参议会和总商会成立联合办事处，就是互为犄角。呵呵，我看可行。"

“虽然是一个松散的联盟，对双方都有益。”李仲平说，“不妨成立起来。”

果然又有人唱反调，人称“郝大炮”的右派参议员郝南陔说：“参议会搞民意调查，总商会做生意，两者不沾边不搭界，凭什么捏在一起？至于成立商团之类，纯属无稽之谈。本市军警宪特一应俱全，闻警即可出动，犯得着又去架屋迭床吗？”

国民党议员罗才荣说：“戡乱建国非常时期，容不得拉帮结伙。我反对成立什么两会联合办事处！”

左派参议员刘主生说：“杨森就任市长时发表施政演说，一是建设三民主义新重庆，二是戡乱建国。我那时就不同意。我认为正确的提法，一是建设民主的新重庆，二是和平建国，舍此莫由。成立两会联合办事处，顺应民意，有何不可？我举双手赞成！”

郝南陔把桌子一拍，大叫大嚷：“刘主生，我看你完全是共产党的代言人！真不知你是怎么混进参议会的！”

“我是民众票选出来的，无懈可击。”刘主生也生气了，“我不像某些人，是靠贿选、拉票混进来的！”

这话揭露了郝南陔的老底，他恼羞成怒，起身绕过长条桌，要去抓扯刘主生，被秘书长柯尧放抱住阻止。左派参议员同声谴责郝南陔的粗暴行为。

国民党、三青团议员则一齐起哄，力挺郝南陔，为之鼓噪，会场大乱。

范众渠一看会议开不下去，用扇柄敲着茶杯说：“诸位，诸位，有话好说，都是民意代表啊，不要伤了和气。这样吧，两会联合办事处之议，暂且搁置。诸位心静时衡量得失，我们下次开会再议，大家看好不好？”不待他人表态，他随即站起来说：“散会！”

两派参议员闻声气哼哼站起来，互相不打招呼，各走各的。

3

刘宗宽到西南长官公署上班，走进办公室，他脱下外衣挂在衣架上，把军绿色的领带也解下，挂在衣帽钩上。他脚上是黑漆皮鞋，衬衫扎在裤腰里。

附近几个办公室传来女职员夸张的笑声。这里常常能听到这样的消息：某某人结识了一个“钻石王老五”，出手大方，戒指送了好几枚，包括一克拉的钻石戒指，修成正果，要去做专职太太。谁谁谁找到一个小白脸，英俊潇洒，相处甚欢。过几天小白脸找她借一大笔钱，说有急用，然后跑了，玩失踪。姐妹们打会集资，大家每月工资交给一个人，下个月交给另一个人，到年底能攒一笔钱，却不明不白解散了。张三做成一笔生意，中途又让李四给撬了。

也常见管事的小姐拿着钢印盖章，给不知从哪儿来的人发路条，只要上交多少钱。这里人际关系复杂，谎言比实话说得更“真诚”，她们之间的争斗更接近于生存的本能，听起来好像谁要认真较劲，就能把别人送进班房，颇觉刀光剑影。

刘宗宽掩上房门，屏蔽那些无聊的八卦，从保险柜中取出一叠文件来翻阅。并不是每天都有关于防务的消息，有时要等很长时间，但是连贯起来分析，总有蛛丝马迹可寻。

川东绥靖司令部驻万县，司令官孙震，下辖第16兵团及一个师。第 16 兵团司令孙元良，驻万县，辖 2 个整编军。一个军驻丰都、忠县一带，防守长江。另一个军驻巫山、巫溪一带。

第七编练司令部，司令官罗广文，配属 3 个军，负责警戒川东北以及汉渝公路沿线。另外负责督练第 72 军及第 44 军。罗广文亲自兼任第 108 军军长，那是他的老家底。第 108 军分驻重庆、璧山、巴县一带。罗广文共有 5 个军兵力。

川黔湘鄂边区绥靖公署，主任宋希濂，驻恩施，下辖第 14 兵团、第 20 兵团，每兵团各有 3 个军，另配属一个军，共有 7 个军兵力，警戒湖南、湖北方向。

第 20 军，杨森兼任军长，3 个整编师分驻涪陵、重庆南岸一带。内政部警察第二总队，总队长彭斌，驻重庆。宪兵第 24 团，团长沙吉夫，驻重庆。

四川境内的部队还有：第 95 军驻成都、第 21 军驻乐山、第 24 军驻雅安。

贵州方面，第 19 兵团司令何绍周，驻贵阳，下辖 2 个军。一个军驻镇远、玉屏、黄平、新晃一带，警戒湖南方向。另一个军分驻安顺、遵义，拱卫重庆。

云南方面 2 个中央军，第 8 军军长李弥，第 26 军军长余程万。

此外，还有各省的保安部队，四川 8 个保安团、贵州 10 个保安团、西康 2 个保安团、云南 6 个保安团。

从目前态势看，国民党军仍然忽略川东南方向，没有正规军驻守。刘宗宽不知情报是否已送交解放军，但他还是要保全这个漏洞，并使之固化。

电话铃响，西南军政长官公署长官张群请他过去说话。

张群办公室里坐着一位佩戴少将军衔的人，张群介绍说："认识一下，这位是赵秀昆，第七编练司令部参谋长，奉调到西南军政长官公署做联络。”

赵秀昆操着河北口音说：“久仰刘参谋长大名，今后还要请你指教。罗广文司令官督练部队，时常要向国防部申领物资，不堪其烦，叫我驻重庆，就近办理。”

刘宗宽说：“我从军队职官表中看到过赵参谋长的名字，好像你在青年军任旅长，后来调任天津警备司令部副司令？”

赵秀昆回答：“说来刘参谋长可能不相信，当时我对就任天津职务有不祥的预感，总裁召见时，我以久离北方，情况不熟悉为理由推辞，后由国防部安排到四川。看来我的预感是对的，不然就是陈长捷的下场。”陈长捷是天津警备总司令，在平津战役中被俘。

刘宗宽开玩笑说：“赵参谋长，你这次有没有预感？”

赵秀昆有点尴尬地说：“不信那一套了，生死有命，富贵在天。”

张群说：“刘参谋长，王陵基到重庆来述职，你下午代表我去看看他。赵参谋长路途劳顿，也去休息吧。”

下午，刘宗宽去看望王陵基。

王陵基是老资格川军将领，官封上将，他曾在四川武备学堂任教，川军将领称他为老师。此人面目狰狞，杀气腾腾，一如庙内的鬼吏，绰号叫作“王灵官”。王陵基发迹于重庆，在市内风景秀丽的枇杷山建有公馆，命名“王园”。他每次从成都到重庆，就住他的老巢。

王陵基年逾六旬，睡过午觉，拉一张藤椅在葡萄树下乘凉。刘宗宽转达了张群的问候，坐在另一张藤椅上，与王陵基说话。

王陵基历任集团军总司令、战区副司令长官，曾拥有自己的部队，却因连年征战拼光，成为光杆司令。1946年晋升陆军上将时，同时转为预备役，转任文职，出任江西省政府主席兼保安司令。他现任四川省政府主席，正在争取将四川省的保安团编制翻一番，编成16个。进而争取编为正规部队，他便可重拾兵权。因而，他对刘宗宽很客气。

言谈之中，王陵基免不得涉及他的主题。他说："刘参谋长，我向长官公署呈送的报告，一直未见下文，请你便中过问过问。"

刘宗宽回答说："王主席的呈文，长官公署开会商讨过。会上有云南、贵州的人，对此有异议，说是四川要扩编保安团，云南、贵州也要扩编。惟当前军费开支紧张，扩编保安团力不从心，张群长官的意见是搁一搁，从长计议。"

王陵基摇着蒲扇说："那你们上报国防部没有？"

"已上报，国防部也持此种意见。"刘宗宽答道。

王陵基解嘲地说："保安团训练有素，总比抓来的壮丁强吧。真不知国防部那帮人是怎么想的，花大钱建立编练司令部，训练从来没摸过枪的新兵，当作补充兵力，可谓异想天开。何应钦内行，做国防部长还称职，换成阎锡山，就有点力不从心了。"

刘宗宽说："西南军政长官公署反正是听鼓下桡，只管划桨，不问彼岸。"

王陵基突然想起一件事，提醒刘宗宽："刘参谋长，你制订的防御计划书我看过，高瞻远瞩，十分缜密，陵基佩服无余。只是，其中有一个小小的瑕疵，我想提请你斟酌。"

"请王主席指教。"刘宗宽说道。

王陵基说："我见酉阳、秀山、黔江、彭水一带没有部署正规军，门户洞开。倘若共军侦知，从这个方向乘虚而入，我军调动不及，后果不堪设想。”

刘宗宽惊出一身冷汗。那么多人没看出破绽，王陵基看出了，果然老奸巨猾。他知道，王陵基早年在重庆制造“三三一”惨案，打死打伤共产党人和进步民众上千人，心狠手毒，坚决反共。如果王陵基多嘴，去向张群提起，势必引起警觉，调整部署。于是回答王陵基道：“王主席独具慧眼，指正防御计划的不足，宗宽受教益了。我想报告王主席，防御计划书还在进一步完善中，这个漏洞我们会补救。”

还好，王陵基在重庆只住了三天，就回成都去了。他没向张群提及防御计划书。

4

从临江门往下看，招商局、民生公司的大船挤成一堆，加上数以百计的木帆船，竟然遮蔽了小半个嘉陵江江面。在长江那一侧的码头，也是舳舻相连，拥挤不堪。长江航线中断，客轮最多行驶到万县，货轮则几乎完全空置，众多水手、船工无所事事，找个茶馆喝茶，或是蹲在阴凉坝子歇气。民生公司的一条小客轮，往上游合川开，船尾后面汩汩流着像焦油一样浓重、像绸缎一样光滑的嘉陵江水。

临江门一带的小房子密密麻麻，宛如鸽子巢，路人在石阶梯爬上爬下，活像点点黑石子。中共川东特委的秘密会议，便在迷宫中的一幢房屋内召开。9 点左右，参会人员东一个西一个，分散来到指定地点，悄然进入室内。堂屋里有一张麻将桌，竹制麻将凌乱倾倒在桌上，由到会者各自码成方城。

去年发生的《挺进报》事件，导致上百名干部和党员被捕，给重庆地下党造成很大破坏。几经曲折，重庆地下党员在香港与上级党组织接上关系。年初，中共中央上海局负责人钱瑛指示，尽快恢复成立川东特委，并指定了负责人。经过半年联络，聚集了失散的地下党员，重新建立起地下党组织系统。

中共川东特委负责人刘兆丰、卢光特、李培根、李治平、蒋仁风、熊扬到会。大家就座，各自先摸一手麻将，以此作为伪装，应付可能发生的军警巡查。

秘密会议主持人刘兆丰随意打出一张麻将牌，然后说："同志们，自从《挺进报》事件发生后，我们没开过会，今天召开重建的川东特委第一次会议，相信大家都有很深的感触。哭声、泪水，并不证明我们软弱。大家都清楚，从 1926 年中国共产党重庆地方执行委员会成立之日起，这块土地上奋斗已经延续了 20 多年，差不多一代人。如今，该是我们这代人为之献出鲜血和生命的时候了。"

卢光特报告了特委前一阶段的工作。提出今后工作的安排。他说，解放军很快就会向西南挺进，国民党统治区的爱国民主运动空前高涨，社会上民怨沸腾，民变四起，形势十分有利。川东地区的党组织，在充分做好迎接解放的工作的同时，要防止国民党垂死挣扎，不可妄自轻敌。川东特委要求各地党组织加强统战和策反，充分发动群众广泛开展统战和策反运动，形成声势。

刘兆丰插话："钱瑛指示，吸取《挺进报》教训，不打大招牌，避免目标显著，引起敌特警觉。根据这个指示，我们不成立重庆市委，也不成立区委，只成立特委，含混一些。也就是下面分散，上面统一。”

卢光特说，川东特委已经组建下川东临时工委，下辖巫山县、巫溪县、奉节县特支，重建忠县、梁山县、垫江县工委，建立长寿县、丰都县、涪陵县、荣昌县、江津县等中心县委，以及其他一些区县的党组织，党员人数接近 2000 人，地下党恢复了元气。下一步工作，是开展调查研究，推动城市的护厂、护校、护城，以及农村的抗丁、抗粮、抗税工作。

刘兆丰补充说：“农村不再搞暴动，取消纵队的名称，改成武工队。这样便于打游击战，又可牵制敌军。”

到会者不能做笔记，于是仔细聆听，牢记在脑海里。头上翻滚着乌云，眼前横行着鬼魅，几张淬了火的嘴巴，用同一个信念锁在一起。山一样的沉默，海一般的刚毅，任它潮起潮落，难见炽热的心底。

会上进行了具体分工，刘兆丰负责全面工作和学运、统战，卢光特负责工运和工厂保护，蒋仁风负责策反。设立统战工作领导小组，联系工商界、民主党派和青年团体，由彭友今负责。设立妇女工作领导小组，负责人谢若英。设立重庆学运领导小组，负责人廖伯康、向洛新、余时亮。设立工运领导小组和护厂工作领导小组，负责人卢光特。

特委会成员积极领受任务。原来，这些沉默者信心足，在他们体内，斗志的储存已达饱和，迫切等待着释放出来。

刘兆丰说：“同志们，我们面对的是一顷曾遭冰雹的水田，透过残枝败叶，你能看到什么呢？那就是耕耘不易，收获更难。怎么办？补种。播下新的种子，播下二季稻，让它在夏日里萌动，也会有翠绿的生命。”

大家不便鼓掌，把手边的麻将牌摔得噼啪响。李治平甩出一张三筒，熊扬一把抓过去说：“正是我要的牌，大家看看，凑合我糊一把三番。”

大家悄悄笑。

会议还着重研究了营救被关押在歌乐山集中营的同志问题。刘兆丰神色凝重地说：“据狱中传来的纸条，除极少数叛徒外，其他绝大多数同志意志坚定，任凭敌人施以酷刑，他们也绝不屈服。一些同志已经英勇就义，随着解放大军的临近，反对派肯定会下毒手。我和邓明照去香港向钱瑛大姐汇报重庆情况时，她一再嘱咐，不但要使现有组织免遭破坏，而且要设法将关押在歌乐山集中营的战友营救出来。这是上级的要求，也是特委义不容辞的任务。”

今年初蒋介石下野，李宗仁希冀重启和谈，企图以长江为界，划江而治，作出释放政治犯的许诺，释放出一部分在押民主同盟成员。这些战友出狱，带出一份尚被关押同志名单，这个名单设法带到香港，交给了钱瑛。重庆地下党也抄录了一份，牢记在心。

后来，营救采取分散的办法，通过个别上层人物或个别特殊社会关系，用贿赂和金条赎买等方式，营救被关押的战友。甚至利用过特务头子徐远举的情妇，去做过徐远举的工作。然而得以出狱的人很少。

卢光特说：“我们认真检查总结了前段时间的营救工作，感到过去采取的那些个别营救的办法，速度太慢，收效不大，不能及时救出大批战友。我建议采取武装劫狱的措施，除调集一部分农村武装来重庆外，还要指派专人负责策反一部分或全部集中营警卫，届时与武装劫狱相配合，营救全部战友。”

蒋仁风发言说：“我是个幸存者，是战友们掩护了我。”大逮捕持续了两三个月，在他的生命里不过占了短短的一瞬间，却奠定他一生做人的准则。他主动要求承担营救任务。

会议同意蒋仁风负责实施，要求在井口场和磁器口镇两处，分别设立联络点，接纳从华蓥山调来的武装人员。派杜文举、张和平、陈力洪三人打入国民政府内政部第二警察总队，简称“内二警”的部队中去，该部担任歌乐山集中营警戒。刺探和熟悉集中营的内情，绘制交通、地形和监舍位置图。争取策反“内二警”总队长彭斌，以及附近一带的警察分局长，为营救铺平道路。

特委会议在午前结束。重庆地下党员们互相补充了精神的氧气，决心义无反顾地前行。目标，矢志不移；道路，百折不回。

5

一位自称是杨森副官的人来到“特园”，把一份套红的生辰八字恭敬地呈给鲜英，口中说道：“给鲜老太爷道喜！”

鲜英诧异地问道：“副官先生，请问喜从何来呀？”

副官落座，献媚地说：“杨总司令要与老太爷攀亲，派我来打前站。”

鲜英抚摸着长髯，一时没有回话。他翻看生辰八字，只见上面写着“杨北宜”三个字，芳龄23岁。他开口问道：“请问副官，提亲的这位小姐是哪位千金？”

副官眉飞色舞道："这位小姐是杨总司令的掌印夫人田太太的女儿杨七小姐，她看上老太爷的三公子鲜恒，欲订百年之好。"

杨森有十多房妻妾，数十名子女，其家庭婚姻与众不同。多年来，他的妻妾有的病故或意外死亡，有的与他反目，有的因为偷情被他杀掉。此时，他身旁还有三房姨太太。商家出身的四姨太田衡秋精明能干长袖善舞，口齿伶俐善于交际，最受杨森宠爱。杨北宜是田衡秋亲生。

鲜英一想，就政治立场而言，这门亲事显然不妥。但若一口回绝，必然得罪杨家，不如暂时虚与委蛇，另谋开脱之计。于是便对提亲者说："多承杨总司令美意，老夫不胜荣幸，犬子不在家，待他回来，我将此事给他说一说，到时给杨府回话。"

鲜英的三儿子鲜恒 29 岁，毕业于中央大学经济系，旋赴美国宾夕法尼亚大学留学，毕业获企业管理学硕士学位。两年前，鲜恒有感于祖国多难，不惜抛开优厚的待遇和舒适的生活条件，放弃在联合国工作的职位，回到故乡重庆。他加入民盟，兼任鲜英秘书，现在重庆大学等院校做教授。

听鲜英说起这门亲事，鲜恒也觉得很为难。他的七妹鲜继根与杨北宜做过小学同学，此前见过她，人不错，不知性格如何。

鲜英说："杨森手握重兵，权倾重庆，不宜闹翻。你可与杨北宜交往一段时间，说不定能打探到一些消息。"父子俩商议已定，给杨家回话，说是要见见杨七小姐。

隔两天，田衡秋亲来"特园"，为女儿提亲。她的头发刚去做过，参照上海美女年历牌样式，在头顶上编成一个光滑的大髻，这和她那略带雀斑的嫩白脸庞非常相配。她穿一件深蓝色的旗袍，外罩一件紧身坎肩，衣领里露出她那完美无瑕的颈脖，系着一串珍珠。她右手拎着麂皮做的小皮包，左手挽着心爱的女儿。

杨北宜留着刘海，几绺乌黑发亮的短发从额头披下，显得鸭蛋脸更加红润。她那双机灵的大眼睛明镜一般，含笑打量着鲜恒。她比他矮不到半个头，虽没有他那样结实，却十分健美，洋溢着青春的活力。她穿着一条浅蓝的工装背带裤，里边是一件纯白色的衬衫，正是最时髦的样式。她背上拖着两根辫子，素面朝天，落落大方。她原在上海读大学，上海解放前夕飞回重庆。

田衡秋说："鲜老太爷，请允许我称呼你为亲家吧。你家三少爷的生辰八字我和子惠都看过，真是天造地设，珠联璧合。今天我把小女带来，请亲家、亲家母过目，也请三少爷过目。我不敢自夸小女如何乖巧，但侍奉公婆、尊重丈夫的一些老话，我是对她交代过的。"

鲜英免不得夸赞杨北宜几句，说她长得漂亮可人。

鲜英夫人金竹生，也来与田衡秋客套，又叫刘管事取一个玉镯出来，送给杨北宜，说是见面礼。

田蘅秋很高兴："我空着手来，岂能让亲家母破费。我当然也不能免俗，小女订亲之日，由我做东，在大餐馆设宴，招待双方亲友。不知两位亲家意下如何？"

鲜英颔首而已。

次日，金竹生带鲜恒回拜杨家。杨森听说鲜恒是留美的硕士，大为赞许。他说："我这辈子没读多少书，拿不出上得台面的学历。因此，我把儿女都送去上学，权当弥补我的人生遗憾。令公子学业有成，与小女珠联璧合，我和衡秋都满意。"

就这样，鲜恒以谈恋爱为名，与杨北宜接触。田衡秋把鲜恒看作未来的女婿，对他很亲热。

鲜英为策反杨森，将自己对时局的看法和思考，通过鲜恒传播给田衡秋。田蘅秋有文化，也有政治头脑，有一句无一句在杨森耳边吹风。

田衡秋时常来“特园”与金竹生聊家常。一次，她无意间透露，杨森与张群闹矛盾赌气，将近一个月闷在家中，不去西南军政长官公署。

金竹生转告鲜英，鲜英叫鲜恒去探探杨森情况。

杨森公馆建在枇杷山麓，取名“渝舍”，占地面积与“特园”相仿，但房屋数量不多。其主楼为一幢欧式风格的小洋楼，一楼一底，红砖外墙。二楼有宽大的回廊，春秋可避风雨，夏天可以乘凉。附近有一排黑砖平房，为副官、机要人员、警卫、厨师及仆人居住。

杨森果然闷在家中，用小刷子染鬓发。一本《说岳全传》掉在地板，他也懒得去拾起。见鲜恒进屋，他停止染发，与鲜恒说话。

鲜恒说：“听田伯母说，杨伯父已经在家休息一些日子没有上班，家父叫我来请安。”

“我身体倒好，只是近来有小人刁难，使我郁闷，告假在家调整调整。”杨森回答。

鲜恒说：“杨伯父是重庆数一数二的人物，谁敢与你过不去？”

“第一和第二有很大差别。”杨森说。“我翻看美国画报，知道旧金山有一座金门大桥，世界第一。你在美国留学，能说出排名第二的大桥吗？”

鲜恒想想说：“我真说不出来。”

“就是这个道理。人们往往只知其一，不知其二。”杨森如是说。

“重庆的老大？莫非是张——”鲜恒迟疑道。

“就是张群那厮！”杨森愤愤地说。“官大一级压死人，就是他跟我过不去。”杨森说，张群总是找岔子，说他这里没搞好，那里不周到，就像教训小娃娃。

“我听家父说，你和张长官是老交情，不至于如此吧。”

杨森答道：“说来话长，张群也是四川人，早年在保定陆军速成学堂就学，和我的资历差不多。后来他弃军从政，组成新政学系，讨好卖乖，博得总裁好感，爬到我头上来拉屎，我岂能容忍！”

鲜恒对这段历史不了解，但从中看出杨森与张群的矛盾的确很深。他说：“家父说与杨伯父谈得来，请你常去我家走动。”

“再说吧。我任有现职，虽可不去长官公署应卯，卫戍司令部的事还得我操心。令尊若得暇，请来我处小酌。”杨森这样说道。

鲜恒回家，向鲜英报告面见杨森所闻。鲜英说杨森是个倔脾气，军阀混战时，同盟军中有人与他不合，他就要反目，甚至拉着队伍反水。做杨森的工作，宜细不宜粗。

鲜英派人与苏云联系，将杨森的情况转告地下党。

6

逃往广州的国民政府，为了挽救金融信用，由行政院发布《银圆及银圆兑换券发行办法》，以银圆券取代臭名昭著的金圆券。法令规定：“国币以银圆为单位，自即日起恢复银本位制。”“在银圆未铸造充分时，银圆券得以用黄金兑现，各种银圆一律等值流通。”并规定 5 亿元金圆券可向中央银行兑换银圆券 1 元。

重庆印钞厂回光返照。

厂门敞开，货车直接开进院坝，今天运来纸张，明天运来油墨，后天运来零配件。搬运工组成人工传送带，两三个人在车厢卸货，传给站在车厢板下面的人，这个人又把东西传给相邻者，一个一个往下传。仓库塞得满满当当，装不下的物资，工务科科长查云良安排堆放在墙角，覆以大油布，以防雨淋。伙食团新招收两名厨师，增加饭菜供应量，广州印钞厂关闭在即，一部分人员已陆续前来重庆。

员工住宿拥挤，工务科找工匠来搭建临时棚屋。几个师傅都在捆呀，斫呀，锯呀，钉钉子呀，上衣袖子一直卷到肘弯，露出粗壮的胳膊。锯子啃着散发着清香的木料，出于居心不良的快意，气都喘不上来。圆木被斧子砍伤，干涩地呜咽着，在砍击之下分裂开来，疼痛地发出咔嚓咔嚓的破裂声。刨子来回推动，撒下一地的刨花。

百业凋敝，唯有印钞厂业务兴旺。

在技术科，小老头工程师把老光眼镜推到额头上，用大拇指穿过徒弟递来的调色板，板上布满颜色和色调。他一边对照银圆券标准样张的色调，一边做出修正。他的配色，将成为调整钞票油墨色调的标准。他那打理得尖尖的山羊胡突然动了一动，这是由于他觉得某个部位出现了色差，于是将画笔的尖端蘸在各种不同的颜色堆里，进行细微的调整。

在印钞车间，大白天也点着明晃晃的电灯。每台印钞机配备了三个人，一个人负责往机器里添纸张，一个人负责机器运转，一个人负责从另一端收拾印好的钞票。他们神情麻木，胃里仿佛装满铅块，脑子里只有增加印数的固定观念，所有情感消失于争得利益的辛苦与狂热里。他们总是在加班加点，处于高强度劳动，如同地窖里的植物一般，渐渐变得灰白。刚接班，他们已盼着下班，逃离刺鼻的油墨味。

在验钞车间，情形也差不多。验钞员戴着劳保手套，逐页翻检尚未裁剪的整版钞票，警惕可能出现的偏色和错票。每张钞票背面，都印制着“重庆”两个字，交代它的出身。银圆券的规格大小与金圆券相仿，最大的区别，便是由于蒋介石已下野，银圆券不再采用他的头像，改为孙中山头像。其面额缩小，不再是10万、100万，改为1元、5元、10元三种主币，1分、5分、1角、5角四种辅币。

在切割车间，工序相对简单，但每台切割机还是配备了两个人，站在机器两头，监视切割结果，防止机器故障，将钞票切歪斜。

在包装车间，女工的动作运行得像钟表一样单调和准确。男工用手推车把剪裁好的银圆券推来，每人分几百张。她们从上面抽出一叠来，用一只手掌握紧，另一只手把钞票拍拍齐，然后双手把钞票拢到跟前，左手插到钞票底下，与另一面的右手合拢，像情人一般把这叠银圆券整个抱住，用细麻绳系好。还没完事，需要转身去取一张厚厚的道林纸，把捆好的钞票包起来，贴上封条。

印钞厂厂长吕寿祥活像早年血汗工厂的工头，只是手里没拎着皮鞭。他有空就在各车间巡视，用阴沉的目光扫视着员工。他在厂里全面推行劳动竞赛，同一个班组，在同一个时间里比数量和质量。成绩好的有奖励，譬如，奖一床毛毯、几联肥皂、一支钢笔等。工资和奖金也在不断提高，以适应不断变动的物价。广州印钞厂来了一些人，他马上将他们编入车间，使身心疲惫的本厂职工，获得短暂休息。承印银圆券，使他成为国统区印刷系统的明星，却是一个骤然感到衰老的明星。他不信神仙，却到城里罗汉寺烧过高香，祈求上苍保佑，自己的风湿性心脏病不要复发。

朱懋禔更忙，心爱的桥牌也不打了。桌上的电话机中邪，响个不停。一会儿是财政部在催促，强调说《银圆及银圆兑换券发行办法》公布，广州市民排成长龙要求兑换，钞票供不应求。一会儿是重庆中央银行来电话，说市内兑换点已陷入人海，不得不延长营业时间。成都、昆明、贵阳也不停来电话，违规越过中央银行总行，要求直接派人到重庆来提取银圆券。

接到这种电话，朱懋禔鬼火冒。他没有三头六臂，印钞厂的员工也没有三头六臂，24 小时加班，印钞机一刻不停顿，产量已达历年最高峰，再催也是如此。原有上海、广州、重庆三个印钞厂，不觉得紧张，现在只剩重庆厂，独门冲。新印制的钞票，须经财政部、中央银行划拨，方能调运各地，他这个办事处处长，哪有调钞的权力，这不是强人所难吗。所以他但凡一听对方非财政部、非中央银行总行，马上轧电话。

院坝里又听见引擎响，接着便是厂长吕寿祥的叫骂：“谁叫你们几爷子今天这样早就跑来，急着投胎吗？明明规定了时间，你们就是不遵守，活像催命判官！”

那是重庆中央银行的运钞车，急不可耐来提运钞票。

烦死人。朱懋禔捂住耳朵。

7

选取西南战役的突破口，刘伯承考虑再三。

蜀道难，难于上青天。四川地貌东西差异大，地形复杂多样，位于中国大陆三大阶梯中的第一级青藏高原和第二级长江中下游平原的过渡地带，高差悬殊。其地势呈西高东低的特点，由山地、丘陵、平原盆地和高原构成。盆地东部没有道路，靠长江舟楫出入，水急浪高，又是逆流，不利于大部队调动。盆地南部、西部是云贵高原，高山大川，险阻重重。北部虽有秦岭之险，一旦越过秦岭，成都平原无险可守，攻取四川犹如囊中取物，手到擒来。

三国时期，魏国发兵进攻蜀国，便是自北南下。魏国兵分三路，发动了对蜀国的大规模进攻。邓艾率军从西路出击沓中，缠住蜀汉大将姜维；诸葛绪率军从中路出击，进攻汉中；钟会率军会战汉中。姜维扼守剑阁，挡住了钟会的进路，蜀军占上风，战争出现了转机。但邓艾的部队偷越阴平成功，直抵成都，后主投降，蜀国灭亡。

在这次决战中，邓艾的部队选择了正确的突破口，在姜维认为不可能出兵的阴平偷渡，凿山开路，修栈架桥，越过数百里无人烟的险域，出其不意地直抵江油，建立奇功。

明朝末年，张献忠第一次入川选取水路，从东面攻陷奉节，立足未稳，被女总兵秦良玉击溃。张献忠第二次入川，攻陷奉节，到万县时江水陡涨，三个月不能靠船只上行，改走陆路，沿梁平、忠县、涪陵，方才攻克重庆。

胡宗南的重兵目前麇集汉中，川北是国民党军防御的重点，若强攻，必招致重大伤亡。孙震的兵团扼守川东万县，国民党军已将船只撤到上游，解放军难以溯江而上，张献忠的进军路线不可取。川南方向，则必须绕过贵州，方能入川，耗时耗力。云南倒是空虚，却只有游击队，无力入川。

这盘棋，颇费周折呢。要向邓艾学习，出奇兵，惊敌胆，打它一个冷不防。

李达进来报告说，情报处收到来自重庆的情报，请刘伯承过目。

李达说：“这份情报是西南长官公署参谋长刘宗宽送出的，我先看过，很有价值。情报员说，沿途兵荒马乱，他在路上走了十多天，多次遭遇敌军盘查。”

刘伯承接过来看，读后连声叫好，叫李达取来地图，俯身查看情报指出的敌军布防漏洞。

李达在一旁说：“川东南方向虽无敌正规军布防，但道路崎岖，行军困难。又是少数民族地区，后勤补给困难。历史上，还没有大部队从此通过。”他是参谋长，事无巨细，都应该向首长提供各方面情况。

刘伯承抬起头说：“我们可以开个先例嘛。两点之间，直线最近。道路崎岖，我们进军困难，敌军增援也困难，各有利弊。”

“如果国民党军一夜猛醒，想起来要重新部署呢？”李达继续提出问题。“如果胡宗南集团调往川东，软泥巴就会变成硬骨头。”

刘伯承笑道：“那么，我们造成错觉，把胡宗南拴在陕南，拴住这头犟驴子，让他动弹不得。李参谋长，你去请邓政委来商量一下。”

待邓小平进来坐下，刘伯承谈了自己的战略设想。

邓小平赞同说："小时候在老家听猎人讲，狼是铜头铁尾豆腐腰，打狼要打它的腰部。打蛇呢，要打在七寸上。司令员选择的这个突破口，我看就是狼的腰杆，蛇的七寸。"

"为了把胡宗南拴住，使之无法调动，我想通过中央军委，商请一野部队在陕南发起佯攻，造成我军将从陕西方向入川的假象。"刘伯承说。

邓小平说："李参谋长，按司令员指示，给中央军委拍发电报，向胡宗南施压。"

过了两天中央军委回电，命令二野主力按既定战略，9 月向湘西开进。待广州解放迫使国民党政府迁至重庆后，当四野在广西发动攻势之时，进军川黔。毛泽东批示，对白崇禧和西南各敌，均采取大迂回动作，插至敌后，先完成包围，然后再用回打之方针。

二野前敌委员会在南京召开扩大会议，师以上干部出席。刘伯承传达了中央军委的电报内容，要求第三兵团、第五兵团厉兵秣马，准备前往湘西。

刘伯承说："中央军委给出了一个时间表，二野出场将在广州解放之后。白崇禧的部队还在两广顽抗，此人诡计多端，被国民党称作'小诸葛'，他的桂系部队能打仗。目前我军进逼长沙，白崇禧前往督战，估计他还要顽抗一阵子。至于广州解放的问题，请陈赓谈一谈。"

陈赓是黄埔学生，身经百战，现任二野四兵团司令员兼政委。他戴一副近视眼镜，显得文绉绉的。他说："这次不能跟大家去大西南战斗，很是遗憾。刘司令员、邓政委把解放广州的光荣任务交给我，我愿立下军令状，尽快拿下广州。都说白崇禧是只老狐狸，我这次去意在见识见识他，剥下他的狐狸皮，将他打回原形！"

陈赓的话引起哄堂大笑，伴随着鼓掌声。

邓小平说：“同志们都清楚了，9月份我军出动。这段时间继续休整，各部队都要做好战前动员。我在这里给大家提前打个预防针，苏州、杭州素来被称作人间天堂，同志们在这里吃鱼吃虾，坐小汽车，听收音机，洗热水澡，享受得很啊。向西南进军时，那就没有此等清福可享喽。汽车坐不成，要靠脚板走路，热菜热饭也莫想，有吃的就不错了。总之，要做艰苦奋斗的思想准备。”

刘伯承说：“我是四川人，从小习惯走山路，晋察冀的老同志是北方人，走惯平路，到西南有个适应过程。我相信，经过中原突围大血战的磨炼，二野部队一定能穿越千山万水，将红旗插遍大西南！”

第四章

1

享誉山城的“皇后”餐厅，以川式菜肴闻名遐迩，它的内部装潢也别具一格：酒吧设在门厅处，食客们可先在那里小憩，喝杯上好的饮料，啃几块喷香的点心。正厅设在台阶下面，类似一个大乐池，立柱漆成古色古香的朱红色，天花板上悬着一盏盏薄纱宫灯。餐桌铺着手工刺绣的白色台布，侍应生衣着的讲究足以跟绅士媲美，态度谦和随叫随到。从全套上等景德镇细瓷餐具，到红松木镶嵌的护墙板，从毛笔楷书的菜谱到电筒般粗细的红烛，无一不透出“皇后”餐厅豪华、典雅的气氛。

每周星期五，重庆工商界的实业家们，均要到这种大饭店举行聚餐会。

中国的民族工商业，一向在帝国主义和官僚资产阶级的夹缝中惨淡经营，艰辛备尝，因而自发地结成了自己的联盟，用以抗衡外商和官商的压榨。重庆工商界的“星五聚餐会”由来已久，可以上溯到抗战时期。那时的民族工商界人士为了自身发展，常聚在一处笼络感情，交换信息，拆借头寸，自有一番交道。

近年来，出席“星五聚餐会” 逐年减少，虽有好多人去向不明，却延续至今。聚餐者们有一个共同特点：拥有的企业规模在中等以上，资金和存款相当，思想相近，甚至嗜好也相同，故而十分投机。他们都曾在敌机轰炸中挣扎过，都经历过无情的竞争，都有幽静的别墅、佣人和私人汽车。

经济低迷，“皇后”餐厅生意清淡，餐厅老板非常在意这帮显赫的贵客，亲自出面来打躬作揖，趁机推销积压的高档酒。

川菜位列中国八大菜系，菜品名目繁多，据统计有 4000 余种，其中名菜有 200 多种。川菜历来按地区划帮，长期以来形成五个主要帮派：成都帮、重庆帮、大河帮、小河帮、自内帮。“皇后”餐厅属于川菜重庆帮，可制作烧烤席、鱼翅席、满汉全席。川菜珍品中的虫草鸭、贝母鸡、竹参鸽蛋、烤乳猪便是该餐厅的招牌菜。此刻，餐厅老板毕恭毕敬站在一旁，待蔡鹤年点过菜，他才一路高喊着菜名，亲自去监厨。

今天出席聚餐会的，有“美丰”银行董事长康心如、“聚兴诚”银行外贸部总经理杨粲三、“宝元通”公司总经理肖则可、“天府煤矿”总经理黄志煊、“华威”银行董事长黄墨涵、中国兴业公司总经理胡仲实等人，从事缫丝业的温少鹤也在座。

大菜陆续上桌，色、香、味俱佳，席上的气氛却相当沉闷。蔡鹤年举起酒杯说：“请诸公赏脸，多吃一点。今天鄙人舍命陪君子，与大家一醉方休。”

其实，蔡鹤年本人胃口亦不佳，重庆最大的三位实业家均未到会。“船王”卢作孚在香港接收加拿大新船，“猪鬃大王”古耕虞也在香港办公，实业巨子胡子昂去向不明，有人说他已去北平参加共产党的新政协会议。大老板都不在，好多事难以决断。

“美丰”银行董事长康心如呷了一口酒，懊丧地说：“这些天心情不佳，本不想来凑热闹，但是抹不过蔡理事长的情面，勉为其难。”

席中有人说：“康董事长财大气粗，哪里会有不舒心的日子？‘美丰’银行日进斗金，你数钱都忙不赢，说这话谁相信。”

康心如搛一只竹参鸽蛋到菜盘里，却又放下筷子不去吃。他说：“诸位不知道，家家有本难念的经。金圆券只跌不涨，人们手头只要有点钞票，就去买米买盐，多不愿到银行存款，储户直线下降，触目惊心。”

中国兴业公司总经理胡仲实说：“这年头，散户哪有余钱，贫困者甚至于寅支卯粮。‘美丰’是大银行，一向有大储户啊，康董事长哪里在乎这些散碎小钱。”

“你不提大储户还好，提起我的气就不打一处来。”康心如端起小酒杯，一饮而尽，气呼呼地说。“大储户有啊，还是‘美丰’的股东。此人名叫郭文钦，以前在军队任高官，每月都将军饷迟发半月，送到我这里来生息，捞去不少钱。近来风声紧，他老兄来找我，开口就要退出全部股份，而且要以黄金结算本息。我一时筹措不急，他见天就来纠缠。我忙，叫周襄理接待他。第三次谈，他竟然把手枪摸出来，对着周襄理恐吓，被一旁职员拉开，幸而没出人命。”

“后来如何？”蔡鹤年关切问道。

康心如说：“惹不起这种歪人，我惟有打掉牙往肚子里吞，如数向他奉上黄金。另一些大储户听说此事，也闹着来退股，‘美丰’门市部坐满人，差点砸掉我的牌子。”

胡仲实说：“你毕竟有底气，逢凶化吉。我那厂子里的工友，已经三个月没发工资。我可不是扣发，而是手头拮据。今天来这里，本想开口向诸位告贷救急，听康董事长一说，不好意思再开口。”胡仲实经营一家钢铁厂，因兵工厂还在开工，钢材有销路。但国民党兵工署老是拖欠钢材费用，派人去收钱，反而要求爹爹告奶奶。

温少鹤也大诉其苦：“春天我派人去南充、阆中收购蚕茧，拉了两批回来。等到再去进货，蚕茧已被投机者把持，囤积居奇。要买，他们只收银圆，不收钞票。我到哪里去弄银圆？银圆都在银圆贩子手里，我一个搞实业的人，岂有工夫染指银圆买卖？”

“皇后”餐厅老板再次现身，身后带着三四个歌女，笑嘻嘻地说：“各位大老板，本店的几位金嗓小姐为你们演唱几首歌曲。请允许我介绍，这位小姐的芳名是——”

康心如把脸一沉，用食指一挥：“去去去！不要来烦我们！”

“天府煤矿”总经理黄志煊接过话题说：“照说市民天天要用煤炭煮饭烧菜，发电厂也离不开煤炭，你们会以为我的日子好过。其实不然，黑不溜秋的煤炭，也成为投机家的筹码。我从北碚进城，去看了两家煤炭零售店，一问价钱，骇得我心惊肉跳，以为听错。再问一遍，还是那个价，比出厂价翻了几番。矿工累死累活，拿不到几个钱，坐在城里跷着脚开个煤店，比矿上的主任工程师还过得舒坦，成何道理呀，也没人来管一管。”

蔡鹤年说：“抗战时期虽然艰苦，各行各业好歹熬得过去，政府也有积极措施，大家还混得下去。今天听见这些，好像就是那句老话——‘王小二过年，一年不如一年’。我这个理事长也是泥菩萨过海，帮不上各位的忙，惭愧。”

酒过三巡，菜供两套，“宝元通”公司总经理肖则可开口了。他说：“这几年打仗，‘宝元通’连年出现亏损，几乎难以为继，我们把海外的资金抽回，抓沙抵水，保住了公司。不料年初公司召开股东大会时，爆发了退股事件。先是一些不在职的股东提出，迅即波及部分在职股东，进而传播到报纸，控告到法院。为了保全企业，我们只好忍气吞声，私自了结。敝公司共有股东 600 户，其中不在职的股东 100 多户退股，在职股东有三四十户退股，共退出黄金 3000 多两，公司元气大伤，处境岌岌可危。我们转而寻求出路，几次派人去香港，终于有所得。”

大家都放下筷子，竖起耳朵，欲听下文。

肖则可压低声音说：“找来找去，找到从前在重庆办《新民报》的陈铭德、邓季惺夫妇，由他们引见，与许涤新打了照面，交谈了半天。”

许涤新这个名字，对在座者来说并不陌生。从 1940 年到 1946 年，许涤新在中共中央南方局任职，曾写过《战时中国经济轮廓》《中国经济的道路》《现代中国经济教程》，是中共方面的经济学家。当年他在重庆常参加工商界的集会，在座者都见过他。

康心如问道：“许涤新谈些什么？”

肖则可说：“他明确表示，以后‘那边’的人来了，不仅允许民族工商业存在，而且还要借重民族工商业，一道建设。因此，敝公司的代表表达了今后愿意参加他们的国营企业，搞合作。许涤新表示欢迎，还让我们带话转告重庆的朋友，不要走，有奔头。我觉得办实业啊，小则为造福桑梓，大则为国富民强出力，人生才有意义。我经营‘宝元通’整整 30 年，从发展民族经济，到转而寻求同‘那边’合作，无不受这一人生观的支配。无论诸公作何打算，我肖则可决意留在重庆。”

这消息犹如一阵暖风，吹散了工商业者内心的阴霾，使他们产生了新的希望。

不用蔡鹤年再劝酒，大家都开怀畅饮，努力加餐。

2

人民解放军第一野战军从陕南发起佯攻，先后攻占安康、平利、石泉等县城。

胡宗南下令收缩部队，撤至汉中一带固守，前锋设在西乡县。

胡宗南是蒋介石最宠爱的将领，最看重的黄埔一期学生，历经黄埔建军、东征、北伐、抗日战争、内战。1947 年，他指挥占领共产党的首府延安，转战西北，官至第一战区司令长官、西安绥靖公署主任、二级上将。他统率 2 个兵团共 13 个整编军，外加 1 个骑兵师和战车部队，拥兵 30 万人，大部分是美式装备，乃是国民党军最强的主力部队。

淮海战役期间，国防部建议抽调胡宗南集团增援，蒋介石不同意。胡宗南管的是西北那一片，他一动，不但救不了华东的火，反而会丢掉西北，并且将西南和中南都暴露在解放军攻击范围。胡宗南不动还可以起到牵制作用，解放军的第一野战军也不能动。

像以往一样，胡宗南遇有军情先报蒋介石，后报国防部。蒋介石将他栽培为黄埔学生中唯一的上将，他感恩戴德，只对蒋介石负责。

蒋介石在台北，住在士林官邸。日本殖民统治时期，这里是总督府园艺所用地。台湾光复后，由台湾省政府农林厅接收，改为园艺实验分所。1949 年，台湾省政府在此兴建外宾招待所七幢。蒋介石败退台湾后，因这里距离国民政府大楼近，交通方便，指定这里作为自己的官邸。蒋介石喜欢中式花园，宋美龄喜欢西式花园，士林官邸里既有中式花园，也有西式花园，西式花园的面积比中式花园要大很多。

这天晚上，蒋介石与宋美龄在官邸内的凯歌堂做过基督教礼拜，回到房间捧读《曾文正公家书》，刚读完一页，侍卫官便送来胡宗南的军情电报。

虽然蒋介石已在年初辞去国民政府“总统”职务，由桂系李宗仁代理，但他仍是国民党的总裁，并通过黄埔学生牢牢控制了国民党军，一天也没有放松党政军大权。

读过胡宗南的电报，他走到金鱼缸去给金鱼喂食，看似悠闲，脑子里却在快速思考。

国民党统治区日益缩小，比较完整的只有华南、西南。近日，共军两个兵团从东西两面逼近长沙，并对其形成钳形包围之势。白崇禧率“华中剿匪总司令部”退到衡阳。华中地区朝不保夕。西北地区战事，在西安失守后平静了两个多月，此时共军在陕南异动，是否意味着他们将南下四川，把触角伸进西南呢?

西南是蒋介石苦心经营多年的腹地，地大物博，自给自足，坚持抗战长达 8 年。全国主要兵工厂集中于此，为国民党军提供不可或缺的武器弹药，必须拒敌于西南大门之外。他叫来侍卫官，口述电文，嘱咐胡宗南，在陕南构筑更多防御工事，严防死守，不放共军进川。

蒋介石回到安乐椅，捧起《曾文正公家书》，未读几页，又有急电送来。这次的电报是“代总统”李宗仁发来的，他请蒋介石去广州出席国民党中央常务委员会和国民政府联席会议。

战局愈加吃紧，国民党主战派和黄埔系将领一再恳请蒋介石再度出山，蒋介石也很想出面收拾残局。然而，“代总统”李宗仁把持着国民政府，无所作为，却不愿让出名义上的宝座，成为蒋介石发号施令的障碍。现在李宗仁邀请他，一定是混不下去，要找退路。也罢，蒋介石也正欲与李宗仁当面交谈，那就去吧。

蒋介石到广州，在联席会议上被选为国民党中央非常委员会主席，下午就召开非常委员会第一次会议，凌驾于李宗仁之上。这使李宗仁更疑心蒋介石要架空他。

会后，国民党元老吴忠信来访，向蒋介石进言：“今后用人，应以愿干、敢干及能干者为主要条件；其不愿、不敢、不能者，勿再强其所难。”

蒋经国在旁陪同，将吴忠信的话记在日记中。

蒋介石与李宗仁进行了恳谈。李宗仁说，国民党军将领不听招呼，国民政府官员对他也是阳奉阴违。言下之意，蒋介石干涉太多，手伸得太长，弄得他举步维艰。李宗仁说，他无意继续做“代总统”，要辞职，请蒋介石复任“总统”，或者另请高明。一脸的不高兴。

蒋介石挽留李宗仁，表示要说服老部下，服从李宗仁的命令。

两个人都言不由衷，说了等于白说。

3

重庆民主同盟的盟员也在秘密聚会。地点选在胡克林家中，地点僻静。

胡家有围墙，墙外是一条曲折的石板道，卖麻糖、炒米糖开水、盐茶鸡蛋的小贩们的兜售声，补铁锅、织篾席、修桶打箍的手艺人的吆喝声，常常在狭窄的巷头巷尾高一声低一声地远去。附近还有一家铁匠铺，夜来火光耀目红焰灼灼，叮叮当当的锤声常伴住户入梦。若是哪天手里拿着个铁夹子刮得嚓嚓响的剃头匠来了，家长就会大呼小叫，把贪玩的孩子找来剃头。

今天到会的有十多名盟员，以祝寿为名。未请鲜英，他的目标太大。

抗战期间风起云涌，多桩史实难以枚举，民主进程的推进，怕是谁也不能否认的事实。社团与流派，历来是推动历史前进的急先锋。此前，已涌现出所谓的“三党三派”，即中国青年党、国家社会党、中华民族解放行动委员会、中华职业教育社、乡村建设协会、统一建国同志会。1941 年，这些党派联合，在鲜英的“特园”集会成立，当时的名称是中国民主政团同盟，提出的主张是“团结、抗日、民主”。

抗战结束，张澜致函蒋介石：“必须实行民主，不能以国家政权垄断于一党。”“民主主义与共产主义，本有相同之点，国共合作，以往之历史亦无可循，设以建立真正主权在民的民主国家为目的，正应共同抗战，共同建国，以求政治民主化、经济民主化，而达到将来世界大同，岂可凭借武力以为内争之有？”

蒋介石听不进，我行我素。如果不争话语权，正好凑合了国民党“一言堂”。于是民盟拒绝参加“国民大会”，响应中共《五一口号》，与国民党分道扬镳。

根据鲜英指示，重庆民盟和青年民主社派组织委员赵一明、宣传委员冯克熙赴香港，向中共驻香港组织负责人乔冠华通报情况，并请示有关策反的问题。他们以商人身份，从白市驿机场登机，冯克熙因曾担任民盟中央机关报《民主报》经理，在机场受阻。赵一明只身到香港，与民盟四川支部负责人范朴斋一道去乔冠华寓所相见，将重庆的形势、民盟的工作、国民党上层人员的情况，以及准备策反的设想作了通报。

乔冠华高度评价重庆民盟，建议将工作重点放在策反国民党将领身上。

赵一明在香港还会见了胡克林的伯父胡子昂，他是重庆有名的工商业家，潜往香港，等待参加新政协会议。胡子昂与原成都市市长李铁夫私交甚笃，介绍赵一明去说服李铁夫。

赵一明昨天刚回重庆，由他报告去香港、成都的活动情况。

“乔冠华对说，民主党派出面策反，效果好，旁人难以替代。”赵一明回忆道。“乔冠华说，欢迎国民党军政人员脱离反动阵营，起义人员的财产除土地外概在保护之列。部队起义后不得另立番号，不得自行移防，就地维持秩序，供给就地解决，听候解放军改编。”

民盟还没获得解放军的《约法八章》，不了解具体要求，与会者对乔冠华所说很注意。

赵一明说：“我随后去成都，李铁夫见到胡子昂写的信，自称与刘文辉、邓锡侯关系密切，他可以转达乔冠华几条意见。我就住在成都等回音。”

“李铁夫与刘文辉、邓锡侯关系如何？”冯克熙问道。“我们对李铁夫不摸底。”

赵一明回答：“很简单，李铁夫做过成都市长，于公于私，常与刘文辉、邓锡侯有来往。所以我相信李铁夫，静候其回复。过了几天，李铁夫请我去见面，说是刘文辉、邓锡侯表态，中共提出的办法好，一定遵照执行，就是希望更具体一些，有细则。”

胡克林插话：“我的理解，刘文辉、邓锡侯这样说，其实想要得到更优惠的条件。但是民盟无权开价，要由中共提出才算数。”

冯克熙说：“无论如何，民盟要先做铺垫。赵一明的香港、成都之行，是一个良好的开端。”

刘文辉是国民党军第 24 军军长，有部队。邓锡侯旧部甚多。两个人都是实力派，重庆民盟将其列为主要策反目标。

支部委员潘大奎说：“刘文辉、邓锡侯的表态，说明国民党并非铁板一块，尤其在势若累卵之际。对他们的策反，还要加紧进行。同时，我们要积极寻找中共重庆地下党，与之配合。”

民盟支部会议定，派盟员胡克林常住成都，联系刘文辉、邓锡侯。派盟员李正清去找其老乡、原国民政府参军长吕超，想办法将死硬派王陵基、杨森调换到外地。派盟员任大义渗透到罗广文部队，策反中下级军官。派盟员范首明等人潜往下川东居住，寻机与解放军联络。派盟员冉庆之返酉阳，策反该区行政专员。其他盟员发展头面人物关系。誓与中国共产党共进退的民盟，作为最激进的民主党派，自觉自愿奔走呼号，要为民主革命贡献力量。

黄昏时分散会。贫困的街坊四邻收入微薄，为了避风寒，在竹片夹壁墙上糊满了旧报纸。煮饭烧柴灶，袅袅的炊烟像有根似的，不断从缝隙中长出来，然后弥漫了整条街。盛暑的傍晚，耐不住酷热的人们早早在地上洒了水，架起凉板凉床，摇着蒲扇纳凉闲话。婆娘嚷着叫着，把肮脏的孩子赶进大木盆去洗澡。

胡克林挤公共汽车去上清寺“特园”，向支部主任鲜英汇报。

鲜英说：“刘文辉、邓锡侯长期受蒋介石排挤，积怨甚多。他们愿意弃暗投明，本在情理之中。民盟要趁热打铁，把他们拉过来。我呢，拉杨森。”稍停，他又关切地交代，“最近军警宪特戒备更严，警察四处查户口，风声紧。徐远举这个大特务，遍布鹰犬，侦骑四出。曾经被捕的民盟盟员，最好转入地下，少出头露面。”

1947 年 6 月，国民党在重庆实行大逮捕，民盟多名盟员被捕。今年初李宗仁出任“代总统”，为求和，于 3 月底释放了 21 名民盟成员，却登记在案，随时监视。另有 27 位盟员，至今关押在歌乐山集中营。

胡克林说：“支部已采取防范措施，对暴露身份的盟员，陆续疏散到外地和乡下。”

鲜英说：“我接到消息，张澜主席已从上海去北平，参与新中国筹备。估计他还会给我来信，指点路径。重庆是民盟的发祥地，我辈生逢盛世，理应为新中国效力。”

4

上午不当班，王抡楦到中央公园去坐茶馆。

重庆人爱喝茶，茶馆遍布大街小巷，据社会局统计，全城新旧市区有街巷 300 多个，茶馆竟有 2000 多家，平均每条街巷有六七家。本埠各行各业、三教九流的人都到茶馆品茗、聊天、约亲、会友，使茶馆成了社交的主要场所。

中央公园的茶馆取名“葛岭”，座椅舒适，是用竹片串成的躺椅，取材于本埠盛产的斑竹、楠竹和“硬头黄”制作。这种躺椅轻便灵活可折叠，高矮适度稳定性好，茶客可坐可卧，闭目养神不虞摔跌。各种茶叶名，用绿漆写在黄色竹片上，颇为雅致。“葛岭”卖的茶主要是花茶、沱茶两大类。花茶被称为“香片”，以成都茉莉花茶为主，其他珠兰花、栀子花和玉兰花茶等，虽常备而未用或很少用。沱茶主要是云南下关、昭通一带所产。至于价格昂贵的龙井、蔷薇等品种，进货少。白开水也卖，称之为“玻璃”，适合于妇孺。

中央公园位于上半城高处，枕着长江水，看潮起潮落，远眺长江对岸，文峰塔披霞踩雾，含情于奇峰之上，真武山蕴雨含烟，缥缈在层林之间。凭栏眺览江山一片，四时八节景物不同，随心裁取，皆成画幅。

时常偷听北平广播，使王抡楦了解形势的严峻，忧虑自己的出路。他少时遇一麻衣相士，说他两眼间凹下，乃山根薄弱之相，没有凭依，活不过 30 岁。今年他正好 30 岁，难道老天爷要收他的命？他不再有奋斗的意志，仅仅想保住稳定的生活，不让妻子操心。

他曾与《中央日报》主笔王集丛商量，将来怎么办？王集丛是四川南充人，王抡楦的同乡，做过他的中学老师。王集丛早年在南充求学时，与罗瑞卿、任白戈友好，有联系，对共产党比较了解，所以王抡楦请教他。

王集丛说：“形势固然严峻，国民政府朝不保夕，气数已尽。

然而纵有什么变化，你作为一个文化人，不会有多大关系。将来你不搞报纸，可以去教书嘛。听说现在共产党的政策已有些变化，到了那一天再说吧。”

王抡楦问道：“王老师的去留呢？”王集丛笑而不答，高深莫测。王抡楦不得要领，今天另约两位朋友来讨教。还好，刚喝过两开茶，他的朋友如约而来。

瘦高个名叫王平陵，曾任《中央日报》副刊主编。1938 年初，此人奉国民党中央宣传部之令，在武汉成立“中华全国文艺界抗敌协会”，签名入会的文人有 500 多人，在共同抵御外辱的名义下，抗敌文协第一次将左右两派文人团结到一起。王平陵时任国民党军事委员会机关报《和平日报》编辑，消息灵通。年岁较大者名叫万籁天，剧作家、导演，时任中华戏剧专科学校教授。

王抡楦交友不多，一旦结交，便视为永久的朋友。他希望他们能指点迷津。

问起消息，王平陵说：“我哪有什么消息？我已摆脱《和平日报》的工作，到巴蜀中学教书去了。你做总编辑，何须我提供消息。”

“不知平陵兄作何打算，可否透露一二？”王抡楦求教道。“我一天昏昏然，昨夜审读大样差点出错。”论年龄、论资历，王抡楦都把王平陵作为前辈，对后者极为尊重，关系较好，无话不谈。曾有几个重大国际事件，与王平陵分析预测吻合，王抡楦更是佩服。

王平陵回答说：“不要紧，你不要乱说乱动，‘那边’的人来了也没有关系。”他指着万籁天说，“情况他了解，可做证。你莫要杯弓蛇影，妄自惊慌。”

万籁天微笑，轻轻点头，却不作声。

万籁天是电影戏剧界老前辈，王抡楦是通过王平陵认识他的，关系不深，本不便深问，却忍不住提问：“万先生，你看我这种人有无出路？”

“抡楦兄，你捧着《中央日报》金饭碗，吃皇粮，旁人求之不得，哪有后顾之忧。”万籁天故意开玩笑，避而不答。他已得到解放区熟人消息，共产党不追究非反共的文化人，吃了定心丸。

王抡楦说：“万先生莫讥笑我。生活在险境中，居住在楚歌里，我主编的那张报纸惹祸，我有危机感。”他把目光转向王平陵，意在求助。

竹帘一响，一个小贩提着装有瓜子、花生的竹篮进来，挨桌兜售。王抡楦用手指一敲，小贩便把一包瓜子、一包花生摆在桌上。他一看，小贩用来包零食的是《中央日报》的旧报纸，心中不悦。

待小贩走开，王抡楦说：“大家都是朋友，还望二位不吝赐教。”

王平陵低声说：“抡楦兄知道，我在上海时期与‘左联’论战，与鲁迅在报上对阵，完全撕破脸。他们揪住我不放，说我是国民党的御用文人，所写文章不过是十足的官话，骂得狗血淋头。我都不怕，你怕什么？”王平陵如是说，但后来他还是跑去台湾。

万籁天在一旁自言自语地说：“话说天下之事，合久必分，分久必合。”

这个边鼓一敲，王平陵也闭住嘴。

回到报社，王抡楦发现不该当班的老赵，坐在办公室抄录什么东西，反常。他明知老赵是地下党，一直未说破。今天趁办公室无人，他挑明说道：“老赵啊，你要搞什么事，最好不要在报馆里搞，出了问题不好办。你在外面随便做什么，我都不管。”

老赵不说话，收起桌上的东西，对王抡楦点点头，自顾去了。

王抡楦失神地坐下，脑海一片空白。

5

地下党员卢光特走进夜校，听见学员正在跟着老师唱《古怪歌》：“往年古怪少啊，今年古怪多。板凳爬上墙，灯草打破了锅啊。古怪古怪古怪多，月亮西边出啊，太阳东边落啊，天上梭罗地下栽呀，河里的石头，滚呀滚上坡。半夜三更黑哟，老虎闯进了门哪。我问他来干什么，他说保护小绵羊啊。古怪古怪古怪多，喜鹊嚎啕哭啊，猫头鹰笑呵呵，城隍庙的小鬼哟，白天也唱起了古怪歌。”

这首歌讽刺挖苦国民党的暴政，在重庆很流行。卢光特绕到教室后面，悄悄进去，坐在后排板凳聆听。

进步社团在重庆办起几所夜校，借用正规学校教室，夜间上课。夜校的学员来自社会底层，既有工人、店员，也有平民、小职员、服务人员等。他们没有文化，斗大的字不认识，有的连自己的名字也写不出，领工资需要签名，就摁一个手印。夜校免费扫除文盲，他们踊跃报名，劳累一天后，坐进课堂学习。地下党不定期派人来指导，以此联系民众。

唱完歌，李老师上台讲课。他本来是正规学校教员，不计报酬到夜校任教。他讲话剀切干脆，洪亮的声音里带有丰富的感情。

李老师今晚教几个新汉字。他在黑板上写出一个“工”，又写出一个“人”，叫学员记在自己的练习簿上，领导他们朗读几遍。尔后，把“工”字移到“人”字上方，使之连在一起，告诉学员说，这两个字加在一起就是“天”，工人抱成团就会成为天。又写一个“稼”字，说左边是禾苗的意思，右边是人住的家，有屋顶，下面还养着猪。

学员们一笔一画记下来，跟着李老师复习。

一个迟到的学员，上气不接下气跑进教室，说龟儿子的老板叫他加班，害得他迟到，对不起。李老师宽宏地挥挥手，叫他坐下。转身去黑板上写一个“牛”字，说：“这个字我教过，大家认得的。我出一个字谜跟它有关，谜语是‘一口咬掉牛尾巴’，大家猜猜它是什么字？想想，这条牛被一张嘴巴咬掉尾巴，会变得怎样呢？同学们随便猜猜，答错了也没关系。”

学员猜不出。

李老师用黑板刷擦去“牛”字下端，添一个“口”字，说：“一口咬掉牛尾巴，它就变成了‘告’字，告诉、告状、告别，它都在前面。”

学员们发出会意的笑声。李老师讲课深入浅出，他们听得懂。

学完几个新字，李老师拍拍粉笔灰说：“现在欢迎卢老师给我们讲几句话，他的学问比我大。”

卢光特登上讲台，清清嗓子说：“同学们，李老师讲的课很好，大家的学习也很好。我们认识几个字来做什么呢？只是为了在工资单上签名，在社会不受坑蒙拐骗吗？不是的，主要是为了擦亮我们的眼睛。”

学员们目不转睛望着卢光特，倾听着他的话。

“文化知识将引导你们步入一个崭新的人生境界，使大家认识到，生活中原来有那么多美好的东西需要我们去追求，有那么多问题需要我们去探索，有那么多权利需要我们自己去赢得，有那么多丑恶的东西需要我们去改变。”卢光特不紧不慢地说，“中国已如一朵凋谢的鲜花，现在需要重新结果发芽。同学们是劳苦大众，更是国家的主人。刚才李老师说工和人团结在一起就是天，天大地大，团结起来力量更大。祝愿大家学习进步，做一颗建设新中国的种子。”

若干年后，学员或许记不清这是哪一个夜晚，但却能记住，就是在这些夜晚，讲课人的话，犹如智慧的启明星，照亮过他们觉悟的拂晓。

大多学员散去，留下赵老师和几个积极分子。卢光特从提包里取出几本油印刊物，分发给他们。这些人并非共产党员，却是地下党外围组织的成员。

重庆地下党恢复了《挺进报》，它是老《挺进报》的继续。地下党吸取了教训，首先不再固定刊物名称，不标明《挺进报》，随机选一个名字，甚至不印刊名。内容却完全与《挺进报》相同，转发解放区新华社的电讯，来源是暗藏的收音机。印行过《中国土地法大纲》《中国新民主青年团团章》、毛泽东的《将革命进行到底》等文件。每期印数 200 份到 400 份不等。新刊物的发行范围超过老刊物，通过各种渠道散发，未被特务破获。

积极分子汇报了各自听到的消息，调查到的有关人物的底细，重要物资的堆放地点等等。

卢光特说：“曙光在望，却有黎明前的黑暗。工运、学运要停止，避免引起特务注意。工作以保护工厂、保护财产、保存档案材料为主。各种组织名称切忌显眼，不带政治色彩。可以取名护厂联谊会、应变委员会，或者是家属防盗队。积极分子最好不担任领导，在后台做调度。”

一辆警车从街头开过，发出刺耳的警报声，进行例行的巡逻。

“就到这里吧。散会。”卢光特说。

6

兵马未动，粮草先行。

邓小平要求二野后勤部部长段君毅，选拔有能力、有威信的干部，充实健全各级后勤机构。

二野后勤部在南京召开后勤工作会议，研究布置向大西南进军的后勤问题。调整充实二野后勤部和各兵团后勤部，设置了兵站运输线，集中所有汽车统一指挥，规定运输重点第一是鞋子，第二是棉衣，第三是弹药和药品。

刘伯承在会上说：“为什么把鞋子放在第一位呢？我看过国民党留下的档案资料，淞沪抗战期间，川军士兵穿草鞋，被称为‘草鞋兵’。他们作战勇敢，装备落后。该冲锋了，草鞋松松垮垮，跑路磕磕绊绊。该撤退了，草鞋已经穿烂，跑不动，平添了伤亡。西南山区多，坡坡坎坎，战士们急行军，鞋子缺乏，脚板磨破，进而导致脚烂，那就直接影响战斗。我们做后勤工作的同志，多为战士们着想嘛。”

邓小平说：“用老话讲叫爱兵如子，用新话讲叫阶级感情。前方留血，后方流汗。搞好后勤工作，是战争胜利的保障。”

二野后勤部在南京、上海、合肥、郑州、南昌、长沙、汉口、宜昌等城市设立了办事处和兵站。二野卫生部在长沙、南昌、安庆开设三所医院，负责收治伤病员，并有能力开展卫生防疫、防病。

在中央军委的统一筹划，以及华东、华中、华北各战略区大力支援下，参战部队提前领取到下半年的经费，筹集了比较充足的物资。据报告，二野获得各种被服146万套、鞋子300万双、各类药品100多万斤。各兵团后勤部贯彻落实二野后勤工作会议精神，采取在各地重点设站与远道采购相结合的措施，筹措粮食，采购补充油、盐、肉类等，适应沿途军用需要。

人民军队在解放战争中壮大，今非昔比。通过三大战役，小米加步枪换成战车加大炮，拥有庞大的战争机器，超过了国民党军。

在军事上，刘伯承要求二野根据湘西、川东等地的地形特点，有针对性地开展山地、河川战术演习和射击、爬山、急行军等项战前军事技术训练。

在政治上，邓小平要求部队进行城市政策、新区农村政策、统战政策、民族政策的教育。二野政治部发出“全野动员起来，加紧准备进军大西南”的号召，要求全军深刻认识进军大西南、解放全中国的意义。

邓小平出席了二野政治部宣传教育工作会议，谈中共七届二中全会精神，谈将革命进行到底的使命。

当邓小平听说五兵团的部分干部，不愿到“天无三日晴，地无三里平，人无三分银”的贵州去时，非常严肃地对西进支队政治部主任申云浦说：“五兵团进军贵州，这是党中央的战略部署，必须坚决执行，毫不动摇。你回去要明确告诉干部们，凡是县以上干部，不愿去贵州的，一律开除党籍。”

邓小平又说：“你们若问为什么要开除党籍？原因很简单，县以上干部大都是抗日战争时期参加工作的，吃的公粮多，受党的教育深，应该懂得这个道理，不该有怕苦的思想。党指向哪里，就要到哪里去。”

邓小平在二野直属党委党代会上讲话说：“违反整体观念的本位主义和个人主义现象，在不少角落都存在，要严肃认真地对待，给予纠正。要树立全局观念、整体观念，与兄弟部队共同奋斗。”他说，召开党代会好处很多，团以上党委都要学会运用党代会来贯彻党的方针，发扬民主，发扬积极性，克服官僚主义。

7

为进一步造成解放军将从陕西入川的错觉，中央军委将直属的第 18 兵团，划归第一野战军指挥。刘伯承与第一野战军司令员兼政治委员彭德怀通话说：“彭总，请你们这次佯攻动作大一点，敲山震虎，惊吓胡宗南。”

第一野战军向西乡县猛烈炮击，使用了大口径的榴弹炮、山炮。成群的炮弹带着密集的白烟，像烟火一样升上天际，又准确地落在县城周围的防御工事上。刹那间，硝烟便笼罩了西乡县，天日不辨。炮击刚停，解放军突击队发起强攻，在田野上排成散兵线，杀声震天。守城的国民党军也一齐开枪开炮，拼命还击。

国民党军第 3 军军长盛文，通过猛烈的排炮声判断，向他发起攻击的是解放军的主力部队。他摇通野战无线电话，向驻在汉中的胡宗南告急。

西乡乃汉中门户，胡宗南当然派兵增援。他担心自己已成主攻目标，解放军惯于包抄，说不定会截断他的后路，又转而向西南军政长官公署求援，请求派部队加强大巴山防守，免除他的后顾之忧。

张群接到胡宗南的求援电，叫刘宗宽去商量。

刘宗宽想到，罗广文的部队作为西南长官公署的机动兵力，随时可移动。如果解放军从川东南入川，该部可就近去堵漏洞。对张群的询问，他只有一个答案，叫罗广文增援。

张群素来优柔寡断，有些犹豫："刘参谋长，罗广文的部队，本是用于防守川东的。叫他分兵去川北，将削弱川东守备力量，这样做是否恰当，我吃不准。"

刘宗宽说："倘若胡宗南守不住汉中，天险全无，共军将长驱直入四川。古人云，唇亡齿寒，我认为应该援助胡长官。"

张群问起："你看派出多少兵力为好？"

"至少两个军，"刘宗宽的口气十分肯定。"胡宗南是总裁的心腹爱将，他难得开金口，我们要做个高姿态。一来可使总裁放心，二来可表明西南长官公署的诚意，我们是以大局为重的。"

张群觉得有道理，首肯。

罗广文适在重庆办事，刘宗宽打电话请他到长官公署相商。

罗广文杂事多，作为第七编练司令部司令官，他要跑来跑去，不时去检点新编成的部队。按国防部要求，两个月内将兵员补充整齐，三个月内完成装备，四个月基本可以作战。时间紧任务重，而要向国防部的官僚讨要武器、弹药、器材，费尽口舌，常使他焦头烂额。

罗广文非黄埔系出身，对胡宗南心存芥蒂，不愿支援。他说：“嫡系部队兼并其他部队，屡见不鲜。我把部队调去，万一他老兄居心不良，呈请蒋总裁，将我的部队划归其指挥，我岂不是弄得鸡飞蛋打。这种傻事我不干。”

刘宗宽婉言劝说道：“罗司令官，你看这样好不好，你先提出自己的条件，由我转告胡宗南。他若答应，你就出兵。不答应，此事作罢。”

罗广文思索一番，提出两个条件：第一，给养、弹药的补给补充，由重庆第四补给区提供，不接受汉中第五补给区的补给。第二，他只是暂时支援胡宗南，不脱离西南军政长官公署序列，一旦完成西乡解围任务，立即回川，不再请示。

“麻烦刘参谋长，一定要讨得胡宗南的承诺。”罗广文说，“只有在他作出承诺之后，我才会发兵。”

刘宗宽带着罗广文的参谋长赵秀昆、第四补给区司令邱渊、长官公署处长袁进机等人，乘专机飞往汉中。

运输机在大巴山上空的气流中颠簸，刘宗宽的心情不平静。胡宗南整过他，向蒋介石诬告他是杨虎城的外侄，害得他差点掉脑袋。他恨胡宗南。为了早日结束内战，破坏国民党军的部署，他才不计前嫌，前往汉中。

刘宗宽与胡宗南见面。两个老熟人，老仇人。

胡宗南装糊涂，好像过去的一切从未发生，又是握手，又是拍肩膀，说话比蜜糖还甜：“刘参谋长啊，我在陕西驻军时间长，听说你们陕西人‘十人九不通，一通便成龙’。你是陆军大学高才生，陕西的人中之龙啊，兄弟我对你一向极为钦佩。”

刘宗宽谦逊道："胡长官过奖，实在不敢当。胡长官才是了国军的人中之龙。"

双方分宾主坐定，刘宗宽如实转达了罗广文提出的先决条件。

胡宗南用两个手指头敲击着茶几面，面有难色。他一向骄横自大，罗广文明确提出不愿让部队接受他的指挥，挫伤了他的自尊心。他并不想吞并这两个军，但一旦有军情需要，怎么协调？人家想走就走，他管不了。

内心所想，上不得台面。胡宗南以补给问题作借口，意欲否决罗广文所提条件。他打着哈哈说："我看《三国演义》，书中有'千里馈粮，兵之大忌'之说。关于补给问题，与联勤总部的规定不合，舍近求远。罗司令官提出由第四补给区负责，是不是嫌第五补给区粗粮多啊？"

刘宗宽示意随行的第四补给区司令邱渊应对胡宗南。邱渊说："胡长官，罗司令官的部队一向由我部提供，年初已作预算。两个军有数万人之众，怕增加第五补给区负担，所以罗司令官说还是由我区直接补给。"

胡宗南沉吟片刻说："容我再细想一下，怎么办为好。"不作正面回答。

当天傍晚，国防部次长秦德纯也乘另一架飞机从重庆到汉中，准备中转前往绥远，安抚绥远省政府主席兼保安司令、西北军政长官公署副长官董其武。平津战役后，绥远孤悬华北，董其武部军心不稳。秦德纯此去，意在为之鼓劲打气。

胡宗南设晚宴，招待前来汉中的客人。

席间，刘宗宽抓住胡宗南虚荣心重的特点，向其大灌迷魂汤。他夸奖胡宗南治军有方，多年来独当一面，百战百胜，所向披靡，堪称党国栋梁。还要随行的赵秀昆、邱渊、袁进机向胡宗南轮番敬酒，他们对胡宗南也大加恭维，把他比作当代的赵子龙，攻取延安不费吹灰之力，诚为国军楷模。胡宗南听得心花怒放，云里雾里，不知自己有几斤几两。

酒至半酣，刘宗宽拉胡宗南到院子里肩并肩，肘挎肘，十分亲热地同他走来走去，说自己来汉中，就是为胡宗南办事的。又吹嘘罗广文如何英勇善战，很重义气，只要胡宗南以诚相待，罗广文定会听命于他，甘为前驱。

胡宗南沉吟说："罗广文是个将才，可以重用。但他心高气傲，与我素无瓜葛，又怎能使之心服口服？"

"我看未必。只要胡长官动之以情，晓之以理，他有可能为你用。"刘宗宽说。"士为知己者死，罗广文重义气，有恩必报，就看你如何去拉拢他。"

刘宗宽旁敲侧击，又从另一角度分析，如果罗广文不来增援，大巴山后方空虚，共军一部可能从甘肃南部绕道，从后方抄袭胡宗南部，与陕西共军合围，陷胡宗南部于绝地。

这是胡宗南最担心的问题。他停下脚步，对刘宗宽说："好吧，我答应罗司令官的条件，请他尽快派兵到我军后方布防策应，双方互派联络官，便于随时商谈。我胡某绝不会做出兼并罗司令官部队的事情。此心昭昭，天日可鉴！"

闻得此言，刘宗宽大喜，次日乘飞机返回重庆，向罗广文通报。罗广文如约调动两个军，往大巴山布防。川东的国民党军被削弱。

刘宗宽将调动情况、兵力数量告诉房显志，房显志派情报员送给解放军。

8

离开重庆 3 年之后，蒋介石重返这座城市。

8 月上旬，湖南省政府主席兼长沙绥靖公署主任程潜、国民党军第 1 兵团司令官陈明仁，接受解放军的协定，在长沙宣布起义，湖南全境解放。中旬，解放军攻占唐江，守军南撤，南康也随后失守，赣州地区国民党军向西南撤逃的道路被切断。

湖南与四川接壤，战火临近西南，张群六神无主，连接发电报，吁请蒋介石到重庆主持大计。为保住西南这块地盘，以实现其等待国际形势变化，趁机重整旗鼓，退居幕后的蒋介石再也不甘寂寞，决定再度出山，亲临重庆部署西南防务。

1949 年 8 月 24 日中午 12 点半，蒋介石乘坐“美龄”号专机，自广州飞抵重庆白市驿机场。蒋介石的高级幕僚黄少谷、陶希圣、谷正纲、俞济时、曹圣芬和蒋经国等人，亦同机到达重庆。

当蒋介石步下舷梯的时候，西南军政长官公署长官张群、重庆市市长杨森、在渝中央常委、各部队主官共 300 余人，早已恭候在机场。一支军乐队排列在红地毯前方，照例把鼓乐演奏得震天价响。重庆各报社的记者，争抢着拍照的最佳位置。

经过两个多小时的飞行，蒋介石感到有些疲倦，但他仍强打精神，力求步履轻快、神态怡然地走过欢迎者的队列。他一面向欢迎者点头致意，一面伸出手去跟站在队列最前面的人握手，表示亲热。现在正是需要人的时候。

除张群和在渝中常委外，前排大员大多是穿军服的，他们一齐举手向蒋介石行军礼，蒋介石也举手还礼，频频点头，以示对他们另眼相待。站在稍后一点的是厅长、局长、处长、主任之类的文官，不论他们穿的是西服、中山服，或者是长袍马褂，也不论他们行的是举手礼、拱手礼，蒋介石对他们一律只是颔首示意而已。至于那些站在更后面一些的，一大群国民党省、市党部委员，省参议会议员，各机关法团、学校，以及士绅名流等，不论他们是大是小、是高是矮、是老是少，尽管他们屏息凝神地注视着蒋介石，他却很难看到他们，只是挥挥手。

镁光灯闪成一片，重庆各报社的记者不顾侍卫官的劝阻，从四面八方围住了蒋介石，七嘴八舌地提出一连串的问题：

"总裁来渝，是否意味着西南诸省有着和平的前景？"

"据闻，广西军政首脑曾密谋与共军媾和，中央方面持何态度？"

"西南必须打下去吗？国府有无调停可能？"

"此间盛传，美国盟邦不日将再度出兵援华，总裁是否能予以证实？"

蒋介石虽已年满花甲，可他并不耳聋，记者们所有的提问他都听得一清二楚，然而他却只是以微笑，以"嗯，嗯"这两个最简单的应酬词作答。他知道这是一伙很敏感的人，此时此刻，他的每一句话，都会很快被新闻界传播出去。他得仔细斟酌措辞和应该说的话。

在记者们的包围下，蒋介石来到候机室内坐定。他拒绝回答记者们提出的传统问题：命运、前景、责任、打算，而是转弯抹角地说："早在民国二十四年我就说过，四川在天时、地利、人文各方面，实在不愧为中国的天府，是复兴民族最好的根据地。抗战时期，四川功冠神州，为海内外所瞩目，而陪都重庆，早已名列抗战史册。今日重庆势必将再成为反侵略、反共产主义之中心，重新负起戡乱救国之使命。所望我全川同胞，重振抗战精神，为保持抗战成果，完成民族革命大业而努力！中正愿与在座各位共勉，再次共赴国难。”

短短的几句话，虽没有回答记者们的一一提问，但也表示了蒋介石此次飞抵山城的来意。在一片嘈杂的议论声中，他抬头巡视着在场的人群，极力想在他们当中识别出几张抗战时期的熟面孔。他想到抗战胜利时那万众欢腾的情景，不由得联想起目前这一塌糊涂的军事形势。那不过是几年前的事，却如幻影一般。

“总裁，请上车，陪都市民还等着您。”张群费劲地挤到蒋介石身旁，对他耳语道。

“嗯，好，好！”蒋介石回过神来，再次向候机室的人群点点头，跨上小轿车。

一辆辆汽车如风驰电掣，车轮驶过铺在机场入口处的几张钢板，把路面低洼处的积水压得泥水飞溅，经过警戒线开出机场，顺着一条坎坷不平的山路，穿过一道道横七竖八的机场防卫工事，这才驶上市郊公路。

蒋介石把头靠在沙发座椅的软垫上，时值三伏，他也不开车窗，只是不时掏出手帕擦擦汗。李宗仁还是名义上的国民政府首脑，他想低调一点，张群却大张旗鼓，搞得如此隆重，生怕李宗仁不知道。

自国民政府还都南京之后，蒋介石一直没有回过重庆。现在他回来了，不是作为凯旋的英雄，而是作为战败的主将，不光彩地回到重庆来的。

张群请蒋介石巡视重庆市区，车队先进城。

城内有些店铺已经关张，另一些商店门前，则挂着五颜六色的招揽顾客的广告，“大拍卖”“大牺牲”“不顾血本，买一送一”，还有打鼓吹号，大吹大擂的，看来还热闹。在这一片貌似升平的景象中，却隐隐流露着一种紧张和不安的情绪。穿军装的军人满街皆是，市民在粮店门口抢购米粮，银圆贩子就站在马路边交易。人们的忙忙碌碌，交谈议论，都围绕着一个问题——明天。

尽管政府当局事前专门发了通告，但重庆民众对蒋介石的莅临，并没有什么反应，甚至冷淡得无动于衷。

抗战胜利之日，大后方民众都十分拥戴这位劳苦功高的蒋委员长，以为从此可以过上和平安稳的日子，至少能把吃杂粮的孩子拉扯大，能够领受一点劫后余生的欢乐。谁知日本鬼子大轰炸的硝烟刚随风飘散，战后元气未复，民众遭受战祸的创伤未愈，蒋介石又发动了大规模的内战，又是无以复加地抓丁派款，物价飞涨，民众又陷入了贫困饥饿、恐怖与危险之中。人们看清了这个即将土崩瓦解的王朝，再也不愿理睬曾对他们许下种种美妙诺言的蒋介石及其政权。

国民党重庆市党部和市政府，再也无法强制青年学生出来列队欢迎蒋介石，甚至连一些所谓的御用群众团体也动员不了。最后只好请本地一些帮会的袍哥大爷出面，率领徒子徒孙冒充市民代表，来给蒋介石接风。

从上清寺、两路口、七星岗到林森路，没有鲜花和仪仗队，没有五颜六色的标语牌，也没有民众的笑脸和欢呼，只有白底黑字的横幅，悬挂在电线杆上随风摇摆。在长达四五公里的主干道中山路两旁，稀稀拉拉地站着一些衣衫不整的袍哥队伍，呼喊着“拥护蒋总裁戡乱到底”“欢迎蒋总裁来西南主持军政大计”等口号，又是四川话，蒋介石听不懂。

一阵失意感涌上蒋介石心头。民心的背弃，使这个叱咤一时的抗战领袖的形象被完全扭曲，他感到多年的惨淡经营已遭到全盘的否定，从而使他怀疑再对这个残破的国家负责是否值得。蒋介石是不习惯于从自身找原因的。

突然，车队被一伙站在马路当中的人群挡住了去路。侍卫官急忙从警卫车上跳下来，走上前与为首的人交谈了几句，随后跑到蒋介石的座车前报告说："总裁，汉流代表要向您献旗致敬。"

蒋介石对"汉流"了若指掌，不过就是上海青帮一类人物。他们用这种附庸风雅的形式，要在大庭广众前，向蒋介石献旗表示敬意，这使他感到踌躇，一时难以裁定。

人丛中走出一个年迈的老者，双手捧着一面锦旗，执意要献给蒋介石。后来得知，此人名叫田德胜，仁字袍哥正伦社舵爷。蒋介石迟疑片刻，还是命令侍卫官收过那面绣着"泽被巴蜀"的锦旗，在一片吆喝声中车队又继续前行。

傍晚时分，车队又循原路驶到林园官邸，蒋介石在此下榻。

林园官邸位于重庆西郊歌乐山麓，距重庆市中区 25 公里。抗战初期，国民政府自南京迁都重庆，即在歌乐山双河街为蒋介石建造了这座官邸。官邸落成之日，国民政府主席林森及国民党要员前往祝贺，见此环境清幽，赞不绝口。蒋介石当即表示，将此名园让给林森居住，所以人们称这里为林园，并一直沿用此名。林森去世，复成为蒋介石官邸。蒋介石回到这里，林园又恢复了往昔威严的地位。

由于事前做了准备，蒋介石过去常住的林园一号楼早已整修一新。住房贴墙的一排书架，放满精装的书籍，他平日喜读的《曾文正公家书》《荒漠甘泉》，有意堆放在一尘不染的大写字台上，便于他随时翻阅。

晚餐过后，蒋介石的心境渐渐平静，他透过宽敞的窗户欣赏歌乐山多彩的暮色。在这座城市里，他曾几经挫折，制服了日本人，也曾利用美国的援助，占据了全国的重要城市。现在，他要向全世界再次证明：他将“力挽狂澜，保护自由中国”。

第五章

1

胡宗南的副参谋长沈策到重庆出席军事会议，刘宗宽尽地主之谊，招待他在“心心”咖啡馆吃西餐。

“心心”咖啡馆店堂内摆设一式小圆桌，铺亚麻台布，漂亮的女招待戴西式小花帽，可用国语和英语接待顾客。主打菜有黄油鸡卷、火腿沙拉、鲜烩大虾、双色牛排、奶汁烤鳜鱼、黄焖牛肉、炸猪排等。咖啡师英俊迷人，戴着手套用虹吸式冲煮法冲调咖啡，加入鲜牛奶和进口方糖块，异香扑鼻。开业之初，常来的顾客有美军“飞虎队”员、爱穿男装的孔二小姐、报社的记者和时尚男女。

沈策送来的见面礼，是一箱美国威士忌，联勤总部只向一线部队配送，地道的美国货，坐飞机从大洋彼岸飞来的。据沈策自称，他带来这点“小意思”，不仅是为了感谢刘宗宽提供增援部队，还因为今后的继续合作，需要多多借重刘宗宽的关照。

刘宗宽点过菜，叫侍应生过来，旋开一瓶威士忌，他一杯，沈策一杯。他举杯说道："感谢沈参谋长的厚礼，我借花献佛，敬你一杯。胡长官这次也来重庆了吗？"

沈策回答说，胡宗南也提前到了重庆，住在胜利大厦，蒋介石已单独召见了他。

沈策身材健壮，下巴刮得精光，穿着笔挺的将校呢制服，胸前别着一张白花花的识别符号，显得很有气派。沈策是浙江仙居人，黄埔军校第六期毕业，中将。他比刘宗宽小两岁，知道刘宗宽是黄埔三期毕业，口口声声称刘宗宽为老大哥。

沈策坚决主张由蒋介石重掌军权。他跟刘宗宽喝洋酒聊天，首先列举的都是李宗仁主政的某些弊端。他还找出种种例子，说李宗仁纵容白崇禧拥兵自重，一再退却，只想保住广西。这无论从哪一方面看，都是件有害民国的事。

"我个人觉得，白崇禧还算能打仗，退却也是步步为营，有条不紊。"刘宗宽说。

"老大哥没跟桂系打过交道，过些日子你就清楚了。"沈策不自在地说。"白崇禧和他那帮人是出了名的爱找岔子的人，是他们逼迫总裁下野。他们还没完没了地提出要求，把战局的失利推给黄埔系将领，把我们推上罪魁祸首的地步。哦，不提他了，不提他了，这种事一下扯不清。"

沈策转而吹嘘说，胡宗南部击溃了进攻西乡之敌，打破了"共军"不可战胜的神话，守住陕南有充分把握。他不知道，解放军本是示威性佯攻，打一仗主动后撤。他仰头灌下半杯威士忌，然后运用一大堆军事术语和夸大的数字，作了长长的说教，就像一加一等于二那样证明，“共军”已遭到惨重损失，短期内很难恢复元气，很难挑战胡宗南防线。他的论据那样充分，有谁还能对如此高深的理论表示怀疑呢？

刘宗宽装作漫不经心地问道：“胡长官认为陕南是否共军的主攻方向？”

沈策回答说：“胡长官还没有做出定论，他老是说，共军诡计多端，虚虚实实，还需进一步观察，方能摸清共军脉搏。”

刘宗宽说：“我倒认为，共军的主攻方向就在陕南。”

“那么他们为何迟迟不发动强攻呢？受挫之后，一下又退回对峙状态。他们会不会从另外的方向出现呢？比如说川东方向。”沈策问道。

“那是共军的缓兵之计，意在麻痹贵部，或者说是在试探你们抗击的力度。”刘宗宽说。“他们一定是在调集重兵，积蓄力量，然后如洪水一般倾泻到贵部头上。川东山高水深，共军不会从那里来。”

“老大哥，你真是这样看的吗？”沈策急了，他可不愿在主要打击方向担风险。他在椅子上不安地挪动他那圆鼓鼓的身躯说：“共军真的要拿陕南开刀？”

刘宗宽点点头：“中原有一条陇海铁路，运送兵员和武器舍此莫由。从历史上看，三国时期魏国灭蜀，宋初赵匡胤灭后蜀，明末张献忠图川，都选自北而南，都选陆路。还有，胡长官攻占过延安，共产党对他恨之入骨。”

沈策端起酒杯，悬在空中。如果“共军”从陕南主攻，必然引起蒋介石重视，援军和补给会源源不断，胡宗南集团将更加强大，也可说是利好之事。他对刘宗宽说：“老大哥分析得头头是道，开军事会议时，你可在会上讲讲，提请总裁决断。”

抓住沈策爱出风头，夸夸其谈的特点，刘宗宽怂恿沈策去发言。他说：“老弟，还是你去讲合适，你是胡长官的智囊，又在前线供职，说话令人信服，总裁定会采纳。”

沈策一听，未及细品，心已先醇。倘若西南会战成功，论功行赏，他算头等功臣，说不定要升上将呢。他已经评估了这个建议的重要性，他要发迹了。他喝光杯中之酒，假意谦逊道：“恭敬不如从命，那小弟就到会上去讲讲。全是老大哥的思路，小弟掠人之美了。”

刘宗宽笑道：“你我谁跟谁啊，都是黄埔同学，不用计较。”

沈策站起来说：“老大哥，小弟告辞。开会时见。”

2

银圆券在重庆发行之初，走势良好。

蒋介石 7 月访问菲律宾，与季里诺总统达成协议，以黄金交换银圆 70 万枚，第一批 42 万枚银圆已陆续空运广州、重庆。

银圆券发行之日，市民顶着大太阳，在几家银行挤兑银圆券。因兑换数额大，每天应市的银圆券份额不足，引起骚乱。那是第三天下午，当银行人员不得不宣布现存的银圆券已经兑完，明天继续兑换，请大家少安毋躁时，现场一片死寂，谁都不相信。中央银行不是信誓旦旦宣称，保证国民都能兑换银圆券，随到随兑换吗，怎么改口了？说是还要等，等什么？看来那个谣传是真的，兑换不了的金圆券即将变为废纸片，分文不值。

队列中猛然有人大吼一声道：“今天不兑现不行！没有银圆券就兑银圆，少啰唆！”

“轰”的一声，人群都往前面涌，嘴里嚷着：“兑银圆，兑银圆，不兑换不走。”

汹涌的人流涨潮般涌上银行的石台阶，用手去晃动铁栅栏，银行人员上前劝阻，马上遭到围攻。另一股人流转向后门，据说那边没有铁栅栏。人群不断地分散，又不断地聚拢。不一会儿，一扇铁栅栏哗啦作响，被人群拉翻在地，但这缺口立刻被手挽手的银行保安队堵住。在人头浮动的浪潮之上，内政部第二警察总队的士兵平端步枪，肃立在玻璃门外，守卫银行大厅入口。虽然，他们接到命令不得开枪，但从未见过这种场面的妇女和老人，尖叫着逃散，手里仍然死死攥着金圆券。

在街道旁闲看人忙的游民、乞丐，看到内二警不出手，便开始向银行大楼扔石子，吐唾沫。二流小报记者也闻讯赶来，一边用刺激性的语言向气愤的兑换者提问，一边不耐烦地等着军队开火，那样，他们就有了足以震惊中外的大新闻。

正在紧要关头，一辆鸣着警报器的货车驶来，车厢顶上架着机关枪。菲律宾的“帆船”银圆，及时雨似的运到。车未停稳，押运队长就跳下来，高声宣布道：“银圆运到，要多少有多少。大家闪开，闪开，让出通道，让我们把银圆搬进去。”

像电影镜头中的定格一样，骚动的人群僵立在四周，泥塑木雕一般。接着，他们为押运队让路。目睹一只只装满银圆的铁皮箱被送进银行，他们感到适才的冲动有些冒失，悄然回到队列，等着兑换。游民、乞丐溜走，踪迹全无。

一辆辆运送银圆的货车，在押运队的护送下，分送各兑换点。银行职员不用口干舌燥地叫唤，干脆把一封封银圆放在铁栏杆后面，堆得像座小山，人人都能看见。随后出面的财政部人员发表讲话，劝说善良的市民保持冷静，切莫冲动。

按公布的兑换率，5亿金圆券兑换银圆券1元，民众吃大亏。但银圆券1元立即可以换成1枚银圆，现过现，很诱人。狂暴的人群安静下来，变得心平气和，不少人还自动离去。既然迟早都能兑到银圆，何必在这儿瞎忙乎呢？像突然发作时一样，挤兑又突然平息下去。

本埠商户要去广州等地进货，银圆携带不方便，多反而用之兑换银圆券。有那么一段时间，现大洋兑换银圆券还要倒贴利息，最高时每元倒贴四五毛钱。

朱懋禔老讲这些事，好像是他的功劳。他说："看来这次政府下了大决心，终于想通要救市，办了件好事。早该如此了，一个国家其他事情不管好说，金融却不能不管，弄得民怨沸腾。老百姓骂街，公教人员也骂街，哪个人还跟你走？"

厂长吕寿祥这几天不再黑着脸，不大呵斥员工了。员工领到加班费，白花花的现大洋，拿一些藏在箱底，以备不时之需。拿一部分去买点日用品。市民增加消费，救活好多家小商铺，大商铺门前的洋鼓洋号奏得更响亮，重庆市面畸形繁荣，好像太平盛世又回来了。

客走旺家门。有一天，造纸厂的谢厂长拎着几盒糕点，到印钞厂来找朱懋禔。印刷同业公会开会时，他记住了朱懋禔的名字，朱懋禔也认识他。

谢厂长是一个传奇人物，是大户人家的独子，继承了祖宗三代积累的家业，本该发扬光大祖业，却偏偏嗜好赌博。不到几年，家产败得十去八九。老管家劝少东家，将剩余的钱投资实业，他盘进一家倒闭的印刷厂，改换门庭，稳住阵脚，却又积习不改，每天要去赌场一搏。他久经博弈，是个“人精”， 赌艺十分高超，别人整不了他，也不大敢整他。所以他总是赢的多，输的少。据说有一个月，由于下家没及时交款，厂里发不出工资，工人罢工不上班。他就下赌场去打麻将，会计就等候在他的赌台旁边。说来也怪，居然就赢钱了，支付当月工资绰绰有余。

谢厂长赌运亨通，到底也会走麦城。前几天去大赌场，手气背，一晚上顶多割几把小牌，结账时，输掉好几百银圆券。这不是一个小数，他在重庆虽然吃得开，凑这笔钱也得花点气力，兼之大输之后情绪低落，第二天没到赌场露面。赢了钱的是杨森部下的一个营长，怀疑谢厂长赖账，派兵一个班闯进印刷厂，限他三天之内还钱，不然就要砸厂。谢厂长走投无路，来向朱懋禔告贷。

朱懋禔听过缘由，出于同情，打算拉谢厂长一把。不过，丑话却要说在前头：“谢厂长，我可以贷点小额款项，你拿什么来做抵押品？”这年头，借钱后人就跑掉，遍寻不着的事情，屡见不鲜。

谢厂长说，他愿意将他的厂子做抵押。

朱懋禔摇头：“你那厂里都是些老掉牙的机器，破铜烂铁，我拿来没用。如果谢厂长按月给我一批包装纸，我还可以接受。”

病急乱投医，谢厂长立即同意，急匆匆要签合同。

朱懋禔是个细心人，盯着问：“你那厂子里有原料吗？”

谢厂长说：“我先前派人去江安县，预订了一批竹子，就要运到重庆。”

朱懋禔一想，远水不解近渴，厂里还有一库房未及投放市场的金圆券，干脆交给谢厂长，由他捣毁做纸浆。

朱懋禔叫财务科借支1000块银圆券给谢厂长，谢厂长千恩万谢地走了。

3

蒋介石来渝一周，召集多人私下交谈后，于8月30日上午在重庆城内储奇门西南军政长官公署召开军事会议。出席这次会议的，有张群、刘文辉、邓锡侯、孙震、谷正纲、钱大钧、胡宗南、宋希濂、罗广文、何绍周、蒋经国、俞济时、邱渊、程开椿、刘宗宽、徐远举、孙伯先、沈策等人。四川省主席王陵基、贵州省主席谷正伦到会，云南省主席卢汉派秘书长朱景煊做代表。

西南军政长官公署的会议厅是一所长方形的大房间，金丝绒的窗帘隔去了尘暑，打蜡的嵌花地板能映出人影。天花板上的八台大吊扇激起的阵阵凉风，吹拂着会议桌上熨烫过的白色台布，镀金的壁灯开了一半，散发着乳白色的柔光。

会场虽非战场，却有肃静之气，进得场来，无论是上智还是下愚，君子或小人，都会一改常态，人人脸上戴着面具，肚里敲着小鼓。佩戴着一排排勋标和上将、中将、少将军衔的军人，以及身着深色中山装的高级文官们，或坐或立，或吸烟品茶，议论着前方的战局，大都忧心忡忡。但他们对蒋介石的到来仍然寄予着希望，期待他创造奇迹，让国民党起死回生。

侍卫官在会议室门口高声通报：“蒋总裁到！”

蒋介石和张群来到会议厅。与会者立即各就各位，全体起立，交头接耳的议论声顿时中止。

“坐，大家请坐！”蒋介石客气地招呼说，“非常时期，就不必讲这么多礼节了。”

62 岁的蒋介石经过几天的休息，气色比刚下飞机那天好得多了，肤色红润，腰板笔挺。室外已是高温，他却照样穿一套军装，领口的风纪扣也扣得严严实实。

“各位，”张群开口说道，“在此国事艰难时刻，总裁不顾年事已高，再次肩起党国重任，亲临重庆运筹帷幄，以实现戡乱救国大业，实在可钦可佩。我们相信，在总裁的英明指挥下，历史还会重演，共军将遭到与当年日军一样的命运，大西南必将成为坚强的、牢不可破的反共堡垒！”

张群定过调子以后，西南军政长官公署第二处处长徐远举、第三处副处长孙伯先、胡宗南部副参谋长沈策先后在会上发言。

徐远举报告了保密局搜集的解放军在西北、华南各地的动态，报告重庆地下党已被摧毁，没有工潮、学潮，市内安定。孙伯先就西南军政长官公署所辖各部队的布防情况，以及一些在后方整补的部队的情况，作了概要的说明。刘宗宽早已明了，未做笔记。

胡宗南部副参谋长沈策，十分浮夸地报告，胡宗南部守备秦岭地区有充分把握，并说必要时还可向关中进击，收复西安。他同时提出，国防部应同意胡宗南部策应西北的马家军部队，确保甘、青两省作为反共根据地。最后他谈到重点，将刘宗宽提供的分析和盘托出，说是根据历史经验和陇海路交通便捷的条件，判断“共军”将主攻方向放在陕南，企图经川北入川。

与过去一样，会议置于蒋介石的绝对控制之下进行。在他看来，统帅部就是由他这个统帅来部署一切，就像一个乐团，只有他这位指挥才是定音者。此刻，他不动声色地倾听着部下纷纭的报告，心里早就打起了算盘。

其时，西南地区残存的国民党军队，包括地方团队在内，一共还有上百万人。但是，能够拿出来打一打的，只有胡宗南集团的 30 多万中央军、宋希濂指挥的第 14 兵团和罗广文指挥的第 15 兵团。如何协调这些部队的作战，服从调动，这才是他要费心思的。使他头疼的是，西南各部队的指挥官不仅互不通气，拥兵自重，还时常互相攻讦。

过去为了便于控制数百万部队，蒋介石一贯采取多种手段，制造矛盾和利用矛盾，以此实行双线以至多线的方式进行分化、拢络，从而驾驭各路人马。他时而利用嫡系部队监视杂牌部队，时而利用杂牌部队对嫡系部队施加压力，就是在中央军内部，他也人为地制造了很多派系。蒋介石通过这种手段，十分成功地在海、陆、空三军中确立了不可动摇的权威。殊不知到了解放战争的末期，蒋介石才发现内部的倾轧已成为他难以诊治的一个致命伤。

年初蒋介石辞去总裁职务，让李宗仁上台，其动机也是调动非嫡系部队的积极性。阎锡山坚守太原，到城破前夕才起飞，前不久还当上了行政院长兼国防部长。数月前桂系白崇禧多次拉宋希濂倒蒋，宋希濂暗中报告了蒋介石，蒋介石也只是嗯了几声没有深究。时至今日，他蒋介石手里的牌太少，不得不精打细算。

听沈策讲完，蒋介石这才发言道："各位，今天大家共聚一堂，商讨大西南保卫战，我是很乐观的，目前局势从整体来看已经稳定，情况即将好转。"至于是怎样的稳定和好转，他并没有举出具体的事例。他只是说："过去有些人投降共军，现在这些人都知道上了当，我相信今后不会再有变节投敌的事了。”

“适才徐、孙两位处长和沈参谋长的讲话，使我感到我们已接触到实质性的话题。”蒋介石说，“我们的确应该再一次明确一下职责范围。我已经强调过，在通常情况下各绥靖公署该管些什么事，但是你们为什么不能在重要问题上协调一致呢？我放手让你们来干，你们应该互相体谅才是嘛。”

张群插话说：“我们都希望总裁长期驻节四川。有总裁在，军心民心稳定。”

蒋介石似乎没有听见张群的话，接着说：“今春以来，国军迭遭失利，政局动荡不安，究其原因，主要是我党众多负责干部未能继承国父遗教，以实行三民主义为己任。为此，我已决定在台湾创办一所革命实践学院，由我亲自主持校政。让我们主管军政的人员，包括在座的各位在内，轮流前往受训。这个学院能否办好，关系我党的生死存亡，因此我要经常住在台湾，而不能长期留在四川。至于西南方面，只要大家同心团结，艰苦卓绝地撑持一个时期，我想不会等待多久，国际形势就一定会有变化，到那时，西南的部队就可以与台湾方面的力量配合起来，进行大反攻。”

蒋介石越说越有精神，声音也提高了八度，接着他如数家珍地向大家说道：“西南的部队、甘青的部队、白崇禧、胡宗南、宋希濂、罗广文的部队，加上地方保安团，我们还有百万雄师，足以御敌。目前的战局，有如昔年之法俄之战，拿破仑的雄师虽直捣莫斯科，最后胜利却是俄国夺得。欧战中威廉皇帝的大军，虽追近巴黎，结果胜利却属于法国。国军收缩到西南，看似地盘缩小，实则提高了防御密度。”

“诸位，精华这个名词，今天已不常用了，但是我想在此指出，各位长官就是精华！任何来犯之敌，都将在国军铁拳打击下被击得粉碎！”最后，他以斩钉截铁的声调宣称：“有陆、海、空军的国家，是绝对不会灭亡的。”

会上讨论“共军”主攻方向，大家都附和沈策的意见。

轮到蒋介石拍板，他也赞同沈策观点，因为这符合他自己的判断。川东人烟稀少，川湘公路破破烂烂，时断时续，不利于大兵团调动。白崇禧的部队尚在湖南、湖北部分地区抵抗，可为川东屏障。陕西交通条件好，陇海铁路有利共军调动。

蒋介石拿定主意，宣布道：“共军主攻方向一定在川北。请胡长官固守秦岭防线，以陕南作为决战地带，拒“共军”于川境之外，不放其入川周旋。还望胡长官经常发动小规模反击，以求战场主动权。请罗司令官增防陇南，沿白龙江、米仓山、大巴山构筑第二道防线，策应胡长官。第七编练司令部其余部队亦向北移动，配置在南充、大竹一带，作为机动兵力。”

蒋介石想想又说：“至于川东方向，由宋司令官负责，保持与白崇禧部的联系。”

胡宗南、罗广文、宋希濂站起来行军礼，接受任务。

刘宗宽则已笔录蒋介石的部署。

4

重庆地下党将彭斌作为主要策反对象。

彭斌是川军将领出身，时任内政部第二警察总队总队长，中将。内二警编制有两万多人，属于内卫部队。中央军在外线布防，重庆城的治安保卫，交由内二警和宪兵团负责。歌乐山集中营的警卫，便是内二警的部队。地下党设想，如果彭斌起义，不仅可救出集中营关押的同志，说不定还可发起兵变，活捉蒋介石。

地下党知道参议员廖石城与彭斌侄子彭万高有关系，委托彭万高去露个口风，试探彭斌的态度。

彭万高把话带给了彭斌。彭斌的态度模棱两可，既不接受，也不明确拒绝。

彭万高说："廖参议员说，只要叔父点头，他们就派负责人来，与你商量细节。"

"你年轻，不晓得社会上的复杂。"彭斌说，"树大招风。我坐在这把椅子上，不可随便与人交往。谁知道廖参议员是什么人，受何人指使？我不认识这个人，叫他不要来找我。"彭斌警惕性高，他与特务头子徐远举打过交道，万一是徐远举派人设的圈套，他不是自讨苦吃嘛。

彭斌在早年就读于四川陆军讲武堂，毕业后进入熊克武部第二混成旅做营长，当时在第二混成旅做团长的刘伯承是他顶头上司。大革命时期共产党发动泸州起义，刘伯承派彭斌同学许剑霜动员彭斌到泸州参加革命。彭斌放弃营长职务前往，担任起义军政治军事学校训练主任，但未加入中共组织。

泸州起义失败，彭斌辗转回到老家，经同学推荐进入刘湘部队任上校，抗战时期擢升旅长。还都南京前，蒋介石应地方名流要求，将彭斌部改编为内政部第二警察总队，长驻重庆，维护社会治安。并升任中将。

地下党员陈维成奉派打入内二警做参谋，被特务头子徐远举识破抓走。彭斌赶到徐远举办公处，拍桌子摔板凳，强行带回陈维成。地下党员许剑霜两次被捕入狱，也是彭斌保释出狱。许剑霜转移外地，行前说要派人来联络，一走便如泥牛入海无消息。

民主党派国民党革命委员会四川省委派两个人到重庆，介绍彭斌加入民革组织。到了关键时刻，也是去向不明。

彭斌想到过起义，主要考虑的是自己和两万余名内二警官兵的前途和性命。同时，他对蒋介石有感恩之心。蒋介石把他从一个杂牌军将领，提升为内二警中将总队长，部队地位和装备不亚于中央军，他自然视蒋介石为国君。他那代军人大多读旧学，对君臣、父子、师生关系看得很重，思想有局限。要他下手捉蒋介石，是绝不可能的事。

地下党加紧做工作，找到六条渠道。中共川东特委四条渠道：刘兆丰经胡子昂、卢子英等人关系，廖石城经彭斌侄子彭万高关系，樊恒才经彭斌叔父彭应昌关系，蒋仁风经内二警副总队长张佐斌关系。川西地下党先遣工作组两条渠道：陈显志经彭斌之弟彭勋武关系、杨子明经彭斌少校副官陈廷栋关系。

通过这些关系，地下党数次派人与彭斌接触，他都不予回应。少校副官陈廷栋去游说彭斌，被其大骂一通，叫他不要惹是生非，小心掉脑袋。

好兆头是，彭斌也不向特务告密。

几次接触的结果，都向刘兆丰汇报。刘兆丰说："中医开药，要听病家口述病情，方能对症下药。这个彭斌，老不开口，我们无法了解他的内心想法。他太重要，必须与之保持接触，不轻言放弃。他不向特务告密，说明他犹豫不决。"

歌乐山集中营买通一个看守，带过两次信，通报了狱中情况。

不久那个看守换防，地下党与狱中失联。

摸不清彭斌虚实，地下党不能直接出面，通过间接关系兜圈子。

彭斌则不见真佛不烧香，也在兜圈子。因无法与许剑霜联系，彭斌跑去试探顶头上司张群的态度。张群只是搔首慨叹，不作具体表示。他感觉张群不可能效法程潜在重庆起义，决定暂时按兵不动。

蒋介石到重庆，彭斌更不敢动。他做了两手准备，一是时机成熟起义，二是留后路。趁银圆券坚挺，他去兑换了银圆和金条，交给目不识丁的发妻杨素波收藏，以备不时之需。

5

二野司令部会议室，走廊上的仙客来、瓜叶菊、蒲包花、四季海棠等室内花卉，开得一片灿烂。刘伯承、邓小平并排往会议室走，三兵团司令员陈锡联、政委谢富治，三兵团副司令员兼第 10 军军长杜义德、政委王维纲，第 11 军军长曾绍山、政委鲍先志，三兵团副司令员兼第 12 军军长、政治委员王近山；五兵团司令员杨勇、政委苏振华，所属第 16 军军长尹先柄、政委王辉球，第 17 军军长王秉璋、政委赵建民，第 18 军军长张国华、政委谭冠三等高级干部，已先行进入会场。

蒋介石召开军事会议的详细情况，刘宗宽已经反馈到南京，是制定我军战略的时候了。

参谋长李达手执教鞭，在敌我态势图上指点："第 18 兵团发起佯攻，采取突而不破，攻而不克的作战方针，导致胡宗南部在一线增加了兵力，并向我军反攻。目前，双方在汉中、西乡、石泉、汉阴、安康对峙。罗广文部北上，在巴中、万源、宣汉布防，后续部队在大竹、垫江集结。川东方向部署不变，宋希濂部孤立于川、湘、鄂边区突出部。"

刘伯承笑道："好啊，蒋介石上当了。他果然误认我军将从川北入川，把主力都往这边调，为我军大迂回、大包抄的计划创造了条件。陕南那边好比一个篮球场，在双方队员互相牵制中，我以主力队员趁机在川东南钻空投篮。"

邓小平说："老蒋没有长进，长征时期被我们牵着鼻子走，三大战役被我们牵着鼻子走，西南战役又被我们牵着鼻子走。他是一条最听话的老牛啊。"

大家笑。

李达报告说："根据刘司令员的设想，三兵团、五兵团向湖南常德、邵阳集结。尔后，五兵团第 16、17、18 军附三兵团第 10 军，解放贵阳、遵义，进而迂回川南，占领宜宾、泸州、纳溪，切断敌军退往云南的通道。三兵团第 11 军、第 12 军直出川东，占领黔江、彭水，牵制川东之敌，待五兵团从贵州北上，合围重庆。三兵团、五兵团完成上述任务，再会同第 18 兵团围剿胡宗南，占领全川。我军出动总兵力为 60 万。"

刘伯承说："做事要有计划。计就是计算时间，划就是规划路线。我的设想，离不开时间和空间。"

"关门打狗，就是我军的战略意图。中央军委指示，通过西南战役，基本消灭国民党正规军，不让蒋介石死灰复燃。"邓小平说，“敌军还有上百万，数量超过我军，但他们心理脆弱，预计其抵抗不会很坚决。”

刘伯承插话说：“国统区民众盼望解放，地下党同志做了策反工作，届时敌军会出现分化瓦解，进一步削弱其抵抗。中央军委预计战役发起两个月左右时间，即可解决西南之敌。”

干部们倾听并记录着首长讲话，茶水忘记喝。

邓小平想到政策问题，免不得又交代说：“不可笼统提出打击中央系的方针，例如贵州，多年以来就在中央系统治之下，这样的口号可能形成打击面过大的结果。而在事实上，现在的所谓中央系中的极大部分人，都在动摇。我们的策略，应是给予改过自新和生活之路，借以分化反动营垒，孤立最反动的分子，减少革命阻力，以便于我们迅速建立革命秩序和发动群众。所以，你们应三番五次地告诉各级干部，在进入新区后，一开始就要注意团结一切可能团结的人，中立一切可能中立的人，分化敌人营垒中一切可能分化的人，这个策略应包括中央系。应明白宣布，凡愿意悔过者均予以自新之路。”

邓小平又点燃一支烟，这有利于他的思索。他接着说：“在处理杂牌武装时，要依据不同对象，权衡利弊，审慎行事。我们的目的是达到全部的改编和掌握，但这要有策略、有步骤、有方法，才能做到。在解决某一部分武装问题时，还要考虑到对其他部分的影响，不要贪小便宜，不要因小失大，对少数民族武装，尤其要防止这点。”

会后，刘伯承、邓小平、张际春、李达等人又反复研究，拟定了《川黔进军的基本命令》，发电报上报中央军委并告华东局。该电报第一项是通报敌情。第二项是二野的基本任务：“在于攻略贵阳及川东南，以大迂回之动作，先进击宜宾、泸县、江津地带之敌，并控制上述地带以北地区，以使宋希濂、孙震及重庆等地之敌，完全孤立于川东地区，而后即聚歼这些敌人，或运用政治方法解决。”

6

四川省主席王陵基、贵州省主席谷正伦出席了西南军事会议，唯独云南省主席卢汉称病，只派秘书长做代表。蒋介石起了疑心。他对张群说：“卢汉不来开会，恐有异动。”

蒋介石说，云南是西南的后方和退路，十分重要，他也想到卢汉不能完全相信，曾经打算让那个为堵击红军卖力、做过兵团司令、做过东北省主席、绝对忠于党国的云南土著孙渡，去接替卢汉。但这样做也不是好办法，会影响云南的军心，云南部队只听卢汉的。

“云南一定要成为牢固的后方基地，设法稳住卢汉是重点。所以一定要让他来见我，当面交换看法。他一定对我们不放心，不敢来，不愿来。我们不妨施加点压力。”蒋介石这样说，“你们明白我的用意吗？”

国防部次长肖毅肃考虑了一会儿，这样说道：“要卢汉来重庆，必须给他一点颜色看，调中央军到昆明。现在只余程万一个军在云南，力量太单薄。”

“这个意见很好。”蒋介石说。“查一查李弥兵团的情况，让他开进去，他也是云南人，情况熟悉。叫朱景煊给卢汉打电话，就说我要见卢汉。”

卢汉接到了云南省政府秘书长朱景煊的电话，回复说医嘱他静养，一时仍然不能来重庆。

自从前任龙云被蒋介石逼走国外，卢汉就存有戒心。他不愿为蒋家王朝殉葬，地下党派人劝说他起义，他也犹豫不决。他不敢去重庆开会，怕被蒋介石扣留，然后叫人取而代之。

卢汉的确也在静养，但不是疾病，而是戒除大烟瘾。他置身滇军多年，染上鸦片瘾，每天要吸一两。现在要干大事，怎能再吹烟枪，共产党那边还让吸大烟吗？不如主动早戒。

他把昆华医院的徐大夫请来咨询。徐医生说，比较舒服的办法叫作“毒素递减法”，先把烟膏渗兑在药水里喝，逐渐减少分量，直到药水里没有烟毒，大功告成。同时也要打点补针，吃点补药。

“很好，我就用这种办法。大约要多少时候方能戒除呢？”卢汉问道。

“按卢主席的用烟量，至少也要三四个月。”

“不行，我等不了，能不能快点？个把月的时间。”卢汉说。

徐大夫说，快点是可以的，但陡然减量恐怕卢汉受不了，很遭罪。

卢汉说，张学良能戒烟，他也能戒烟。他叫副官取出一包烟土，重赏徐大夫，烟土值钱。他请徐大夫立即配制戒烟药水。

隔两天徐大夫送药水来，卢汉开始戒烟。他把秘书马子华叫来说：“我要戒烟，每天中午以后闲着没事，你来给我讲讲共产党的革命理论。”

马子华回答：“卢主席，共产党的革命理论博大精深，可不是短时间可以掌握的。我想就讲一点基础知识，讲一点毛泽东的著作吧，你认为可以吗？”

卢汉问：“你准备给我讲些什么内容？”

“我想先讲讲唯物论、辩证法，用我们云南人艾思奇作的《大众哲学》来讲，另外再读一些毛泽东的著作就够了。”

学习时间多半是下午，地点在青莲街公馆。卢汉躺在逍遥椅上，秘书马子华坐在圆桌边。卢汉叫上两碗茶，倒两杯洋酒，各一杯。他喜欢酒，却喝得不多。他家地下室有一个酒窖，藏有不少外国酒和中国名酒，他以美酒待客。

马子华讲课，卢汉总是闭目静听，偶尔也提出些问题。卢汉悟性好，对于政治、经济、军事、社会、历史，他能很快接受和理解。他一面听一面点头，在思想上是起了变化的。有时他有不同意的地方，提出他的看法。马子华直言不讳加以纠正。争论到实在不能相让时，卢汉就笑笑，指着书说：“算了，以书为准。讲下去。”

卢汉佩服两个人，一个是龚自知，一个是缪云台。有一次正在讲课，龚自知来了，坐在旁边聊天。马子华讲毛泽东的《矛盾论》，龚自知就为卢汉解释，举一些云南当前的问题为例，卢汉能听懂，也清楚了什么叫作“外因通过内因起作用”。

但凡龚自知、缪云台上门，卢汉高兴，留着吃晚饭。卢汉喜欢美食，可惜身体发福，不敢多吃油腻的食物。他家中西餐厨师都有，他喜欢吃西餐，学洋人。但他发胖，只能多吃点蔬菜，尤其是越南出产的“樱桃辣”或“细米辣”，大多数人受不了，他却吃得津津有味。他每天离不得浓咖啡，自己动手煮。凡有刺激性的食品，他都有强烈嗜好。

开始戒烟那几天，卢汉的精神好像还很好，没有什么不舒服的反应，依旧去省政府办公，依旧专心听讲。八九天左右，他就有些打熬不住，脸色变灰，两眉颦蹙，精神疲惫，话语也少了。他以香烟替代大烟，不断地抽。有时候课文内容深奥，或是他不感兴趣，便沉沉入梦，鼾声大作。

戒烟半个月以后，卢汉愈更痛苦，停止办公，停止听课，大半天躺在床上，老说全身尤其是肚子疼痛。额头上粘满冷汗，神思都有点恍惚。

有一天，众人忽然听得楼上“咚”的一声。卢夫人惊叫起来说：“糟糕，卢主席可能出事了！”

大家都跑上楼去，只见卢汉已从床上滚到楼板上，幸而楼板铺着地毡，未摔伤。他十分痛苦地蜷曲着身子，接连呻吟。大家七手八脚把他抬上床，他体重，三四个人才抬得起来。卢夫人看卢汉受不了，说要不然就吸一两口大烟止痛。卢汉大骂。

就这样，卢汉咬紧牙关忍受痛苦，戒烟即将成功。他再次向蒋介石请假，以为能混过去，却不知道中央军正在急速开往昆明，意在逼宫。

7

为笼络人心，蒋介石连日召见重庆地方人士。

他召见了重庆及附近县城的国民党市、县党部主任，要他们整顿党务。他说：“四川省本党组织松弛，萎靡不振，各位要设法提振党员信念，为国效忠。我听说地方上许多分子态度暧昧，懒于党务。共产党如水银泄地，无孔不入。以至于凡有会议，必为共党所渗透与利用，我甚为忧虑。”

他召见了重庆袍哥帮会首领，夸赞他们过去投身辛亥革命，现在又拥护政府，维持地方，劳苦功高。他呼吁他们准备应变，组织队伍打游击，可向政府申领武器弹药。

他召见了重庆的高级文职官员，王抡楦在被召见之列。

那一天，被召见者在西南长官公署集合，由专车送往西郊林园官邸。

被召见者坐在侍从室等候，点一个名，进去一个。

王抡楦与蒋介石曾有谋面之缘。他入读的国民党中央政治学校，其前身为中央党校。该校 1938 年秋迁到重庆南温泉，由陈果夫担任教育长，学校各部门负责人统统换上陈果夫的亲信，其中绝大部分是中央党校和中央政治学校毕业的。1941 年扩大范围，成立大学部、专修部、公务人员训练部等，进入全盛时代。沿南温泉五里花溪河，从小温泉到仙女洞，全部划入学校范围，虎啸口上的百鹤林还设立了研究部，是抗战时期内迁学校规模最大的一所。

蒋介石兼任中央政治学校校长，教育长陈果夫特意在花溪河畔建起西式平房一幢，供蒋介石办公及休息之用，称作校长官邸。中央政治学校每期开学或学生毕业，蒋介石都要前来训话，王抡楦见过他。

有一年中央政校开学，蒋介石来主持开学典礼。散会后他到花园散步，学生们群集园门口。后来蒋介石步上图书馆台阶，回首向学生点头微笑，忽然问新任教育长张道藩：“怎么这些学生仔这样矮呀？”张道藩慌忙答道：“因为校长站得高，学生们在下面，看他们就显得矮了。”蒋介石听完，含笑而去。王抡楦在场，佩服张道藩机灵。

抗战胜利，蒋介石还都南京，王抡楦在重庆供职，再未见过蒋介石，一晃数年。

当侍卫官点到王抡楦的名字时，他应声而入，晋见了独自枯坐室内的蒋介石。他记得，当年蒋介石来学校讲话，神采飞扬，踌躇满志，学生环绕。如今神色萧索，目光黯然，孤家寡人，找人来凑热闹。有那么一瞬间，王抡楦竟有些怜悯蒋介石，也为之惋惜，好端端一手牌，输得一塌糊涂。

蒋介石翻看侍卫官放在桌上的名单，那上面有王抡楦的姓名和职务。他随口问道："王总编，你是哪里人呀？"

王抡楦恭敬地答道："报告校长，小地方，四川南充。"

蒋介石一怔："你是哪所学校的学生啊。"蒋介石兼任多所大学校长，记不清有哪些学生。

"我是中央政治学校学生。"王抡楦回答，"听过校长训话。"

蒋介石脸上有了笑容，他喜欢被称为校长。他记起中政校，他每年去，那里有一条清幽的花溪河。

蒋介石又问道："那么，你是哪一年从中政校毕业的？你的年岁不大啊。"

王抡楦答道："报告校长，我是民国三十二年毕业的。"

蒋介石点点头说："嗯，你提升很快，想必极有建树，我这个校长脸上也增光。"他拿起笔来，在接见名单上做了一个记号。

蒋介石身边的文职人员，皆由时任中央政治学校教育长的陈果夫、张道藩，从该校成绩突出的学生中挑选，经过考察，毕业后推荐给蒋介石。中央政治学校毕业生肖乃华、肖自诚、曹圣芬、周策纵等人，都是选拔推荐进入侍从室工作的。所以，蒋介石比较偏爱中政校的学生。

接下去，蒋介石简单勉励了王抡楦几句，无非是要他恪尽职守，效忠党国云云，召见便结束了。

离开林园官邸，王抡楦非但没有兴奋的心情，反而有一种凄凉之感。他无端想起川剧《杀家告庙》，剧中蜀汉皇帝刘后主要投降，其子刘谌不愿意投降，杀掉自己全家，到昭烈皇帝刘备庙里自刎的故事。难道，历史还将重演吗？大太阳天，王抡楦却打了一个寒噤。

8

鲜英在达观楼临帖。

他幼读私塾，有童子功，墨香浸透了他的整个少年时代。经多年研习，他于楷、篆、行、草、隶均烂熟于心，尤其精于隶书，几可与古人媲美。他还学着绘画，从《芥子园》入门，从《三希堂》取法，上承唐宋画学，下继明清绘艺，且向声律诗韵学步。国风雅颂，唐宋诗词，遍览通读，打下坚实的古文根底。他以诗入画，以画咏诗，渐渐形成将诗、书、画融为一体的风格，既有前人风范的沉淀，又是自己画品人格的凝聚。

他做重庆铜元局长时，奉刘湘之命去万县，时任万县驻军司令的杨森请他留墨宝，他欣然题写“坐观泉涌”四字。杨森派人将这四个字镌刻在当地太白岩，至今犹存。

夫人金竹生走来，用毛巾给鲜英拭拭汗，帮他掖掖衣领。嘴里念叨："写一阵子要歇歇，年岁不饶人。早也写，晚也写，白发从生，莫非还要做书法家？"

鲜英未搁笔，却回头笑笑致意。四川军阀个个有姨太太，唯有鲜英和刘湘未置偏房，仅一位发妻。他觉得男人三妻四妾，对女人不平等。所以他对金竹生感情专一，从来不在外面拈花惹草。有时军界里的弟兄们在一起喝花酒，需要叫几个姑娘来陪酒，鲜英就故意找一个又黑又不漂亮的。喝酒后要看戏，鲜英就吩咐勤务兵在半途对姑娘说："不好，太太来了。"那个黑姑娘一听，撒腿就跑。

老家来了几个远亲，金竹生说要去厨房备饭，边说边走了。

趁着热手，鲜英写了几张条幅。刘管事进来，带来张澜的又一封信。密信是那个年代最流行的通讯方式，无声地来，无声地走。

张澜在信中说，时不我待，叫鲜英尽量策动昔日袍泽，如川军将领刘文辉、邓锡侯、潘文华等人起义。

刘文辉、邓锡侯在成都，潘文华在重庆。

鲜英换一件衣服，乘人力车去潘文华公馆，就在中山四路，很近。

潘文华在四川军阀中人缘不错，与人交往憨直，不藏奸，关键是大方，舍得花钱。他做第一任重庆市长，军阀们开会都喜欢到重庆。不是重庆风水好，而是因为潘文华舍得出钱，又吃又喝又看戏，请来陪酒的女子也漂亮。虽说军阀们不缺钱，抠门的人却也不少，碰上这样的冤大头，大家乐得享受。

那都是过去的事了。如今潘文华窝着一肚子气，闭门不出。潘文华手下本来还有一个军，却被国防部借口整顿，派人来任职夺权。他可以指挥的，只有儿子潘清洲的一个师和地方团队。职务呢，挂一个重庆行营副主任，有名无实，开会奉陪末座。

潘文华也是弁目学堂同学，与鲜英说话不顾忌：“想我潘文华，堂堂国军二级上将，‘草字头’（指蒋介石）到重庆不召见我，开会也不跟我说一句话，完全忘记老子的集团军为他卖命拼光，那是我的血本啊。”

鲜英说：“仲三兄，你并不是第一个坐冷板凳的人。王陵基他们也是老本拼光，失去兵权，屈就文职。你们吃亏就吃亏在不知保存实力。”

“是啊，我应该拜白崇禧为师，向他学习。淮海战役后期，杜聿明求救，‘草字头’叫白崇禧就近增援，他老兄也做得出来，只调川军一个师去敷衍。”潘文华说，“一个师去救援几个兵团，岂不是笑话吗？好酸楚的笑话。”

鲜英说：“中国的事情坏就坏在一个‘钱’字和一个‘权’字上。国军呈江河日下之势，也就坏在这上面。孔祥熙和宋子文弄钱，不顾老百姓死活，搞得怨声载道。白崇禧任国防部长，欺上压下，嫉贤妒能，也搞排除异己那一套。”

潘文华叹道：“特生兄，我们是回天乏术啊！眼看这条船下沉，我们也只有同归于尽了。”

鲜英说：“这恐怕不是仲三兄的心里话吧？人生走到秋季，约莫都能找到自我，发现值得奋斗的目标。有了明确方向，方可像艳阳下的向日葵，生机勃勃。仲三兄做重庆市长时，架桥铺路，拓展城区，废寝忘食，费尽移山心力，本埠方有今日规模。难道，你愿意抛下这些，跟着‘草字头’去台湾吗？”

潘文华讶异，已隔多年的往事，老同学仍然清晰记得，如知音在侧，如不断温习的旧文。他感动，去保险柜取出一份文件，让鲜英看。

那分明是解放军的《约法八章》。原来，那也是张澜派人送来的，渠道不同而已。

潘文华说：“在人生的下半场，我唯一能够做的事情就是：在茫茫的前行中，分清哪里是大道，哪里是歧途。正如我站在长江、嘉陵江边，眺望着两条河流，常想分辨哪些是飞溅起的浪花，哪些是随波泛起的泡沫。我突然感到，世事本简单，一个老母亲，两碗白米饭，就很盈满了。”他指着《约法八章》说，“他们给我指出一条路，我认为是正道。”

鲜英说：“你我只有一种办法才能找到自己的归宿，那就是接受他们的《约法八章》，待机响应。”

捅破薄薄的一层窗户纸，接下去的事情就好商量了。

潘文华说，他择日去成都，鼓动刘文辉、邓锡侯。那两位川军将领跟他想法差不多，亦打算弃暗投明，惟因胡宗南、罗广文的大军云集川北，投鼠忌器，不敢贸然行事。

“蓄之既久，其发必速。川军多年受排挤，早就不耐烦。共产党登高一呼，正合众人心意。”潘文华说，“杨森这边，就要偏劳特生兄了。”

两位老同学紧紧握手。他们都走过弯路，今日殊途同归。

第六章

1

蒋介石受了一场虚惊。

9 月 2 日这天，天气特别干燥、炎热，几个小孩子玩火，引发火灾。一霎时火借风势，风助火威，火舌从东水门一直蔓延到朝天门，从陕西街到千厮门，几十处火蛇连成一片火海，无情地吞噬了成片的民房。

滚滚的浓烟烈火，铺天盖地，连太阳光线也被遮挡。一幢幢楼房被烧得火舌四喷，屋梁带着整堵墙壁轰然倒塌，市民们扶老携幼，哭爹喊娘，有的无路可逃，不顾死活跳入洪水滔滔的长江和嘉陵江中。救火车喷出的一股股水柱，仿佛是给那火海解渴似的，根本无济于事。尤其是油库爆炸后溢出的油料流到江中，几十艘轮船、汽艇和帆船，还来不及解缆，顷刻间也着火被烧得焦头烂尾。

这场大火持续了三天三夜，数十条街道化为白地，数百幢房屋被毁、数千人死亡，民众的生命财产遭受了重大的损害。

蒋介石非常恼怒，这场大火破坏了原定在次日举行的10万人“反共”大游行，因而认定这把火是共产党放的，下手令严缉凶手。

重庆卫戍司令部为了交差，胡乱地抓了几个人，冠以“纵火犯”的罪名就地正法，算是上复总裁之命，下塞受灾民众之愤。可怜在这些无辜被枪决的犯人中，还包括一个十来岁的孩子。

过了几天,中央军包围了云南省政府,卢汉不得不到重庆现身。

蒋介石在林园接见卢汉，云南省政府秘书长朱景煊、云南省政府委员杨文清陪同。西南军政长官公署长官张群在座。

分宾主坐定，蒋介石就说：“卢主席在百忙之中来重庆，我感到高兴，有机会与卢主席恳谈一番。”他的话中含有讥讽，谁也听得出。

卢汉捏着一把汗，免不得解释一番，说是种种琐事和疾病缠身，延误至今。

蒋介石尽量温和地说：“卢主席啊，学生闹事，你放任自流；报纸蛊惑人心，你不查禁；省参议员反对政府，你不管；滇南土共闹得很凶，你也不镇压。这，未免说不过去吧？”

卢汉闻言大惊失色，立刻站起身来，立正说道：“总裁有所不知，云南情况复杂，派系甚多，各自为政，不听招呼。再说，当年的‘李闻’事件有教训，国际国内千夫所指，龙云主席都摆不平。我因顾虑激起民变，给土共造成可乘之机，一般采取怀柔政策，息事宁人的做法是有的。事实如此，还望总裁明察。”

蒋介石又说：“据传，滇军中某些人密谋勾结共军，卢主席知道这些事吗？”

“这话纯属谣传，意在离间云南与中枢的关系。”卢汉连忙矢口否认。他说，“我是效忠总裁的，绝无二心。”

见蒋介石不作声，卢汉接着说：“报告总裁，昆明那边还算安定。毛头娃娃闹事，新闻记者耍烂笔杆，参议员搬点口舌，成不了大气候，我正筹划取缔。至于云南土共，仅有数千人枪，无非虚张声势，余军长所部早已采取行动。等保安团的力量再充实些，我就会同余军长予以剿除。”

“乱世用重典，重病还须猛药医！”蒋介石说，“我们过去就是手软，放任自流，致使共产党坐大成势，贻害民国，教训深刻。此点，提请卢主席参考。”

云南省政府秘书长朱景煊在一旁帮腔说：“报告总裁，云南的军心、民心很不稳定。连日来，卢主席夙兴夜寐，苦于应对，衣带渐宽，我们都看在眼里，痛在心里。”

“云南地处边陲，内忧外患，卢主席操了不少心。”云南省政府委员杨文清接嘴，为卢汉辩护。“日前卢主席已派保安团上街，昼夜巡逻，且在各学校大门设立岗亭，阻止社会人员进入校区，防患于未然。”

卢汉说：“我已遵照总裁指示，采取一定防范措施。检讨起来，主要是掉以轻心。”

西南军政长官公署长官张群也为卢汉说情：“总裁，卢主席对党国是忠贞的，这我可以担保。他之所以不能及时取缔昆明的危险分子，我看正如他自己所说，可能是太轻敌，今后倒是真应当纠正纠正。”

蒋介石脸色缓和了许多，发话说：“卢主席，请坐下吧，谈谈你今后的打算。”

卢汉坐下说："我是这样思考的，鉴于共军西进，我想提请国防部给予6个军的编制，将云南保安部队编为正规军，名正言顺，可安军心。另外，今年云南财政困难，军费开支入不敷出。我想请求中央拨款2000万，最好是银圆，不要纸币。"

蒋介石觉得卢汉真是狮子大开口。听说卢汉最近四处招兵买马，扩充实力，但云南并不是一个大省，急切中，恐怕也招收不了多少兵员。动辄就要6个军的编制，还不是想多争取空额。不要纸币要银圆，中央银行的钞票信不过吗？这些话蒋介石没说出口，他只是说："卢主席，容我考虑一下，稍后答复。卢主席远道而来，先到四号楼休息一下。各位都不要走，今晚我在林园招待大家吃一顿便饭。"

蒋介石回房，叫侍从室打听硬通货存量。很快有人报告上来，说是因共军逼近两广，中央银行拟搬迁重庆，第一批黄金、白银后天运抵重庆。蒋介石心中有数了。

蒋介石午休刚起来，侍卫官通报行政院院长兼国防部长阎锡山求见。

阎锡山刚从广州飞来，见面就向蒋介石出示一张李宗仁手令，上面写的是："着即扣押卢汉。"又说："其实另外派人来抓卢汉也可以的，李代总统非要我到重庆来抓人。"

蒋介石把李宗仁的手令放在桌上道："这个李德邻，惟恐天下不乱。现在是什么时候啊，敌军未至，先斩大将。扣押卢汉，昆明人人自危，不知酿成何等大乱。这位李代总统，凡事也不动脑筋，不知是谁给他出的主意。我上午费尽口舌，好不容易把卢汉安抚下来，云南局势有望好转，他老兄又来这一手，不是拆台吗？"

"那就不抓卢汉？"阎锡山要讨个实在话。从道统上讲，他这个行政院长兼国防部长，现在毕竟是李宗仁的下属。

“不能抓卢汉，起码现在不能抓。”蒋介石明确回答，“请你给李德邻发电报，就说蒋某人已做通卢汉工作，云南局面很快会有改观。向他说明，是我本人不同意扣押卢汉。”

阎锡山照办。在他的天平上，蒋介石的分量超过李宗仁。

在林园的晚宴上，蒋介石把卢汉安排在自己身旁。席间，他开诚布公地对卢汉说：“卢主席一定明白，云南和台湾，现在已经成为两个重要的反攻基地。你和陈诚这两位省主席，都是党国的柱石，我绝对信得过。我已下手令给财政部，三天内先给你空运100万银圆，余额日后拨付。”

“部队编制呢？”卢汉趁热打铁。

蒋介石回答说：“川、滇两省都在扩充兵员，新增加番号须经国防部统筹编制。这样吧，我决定，将现已进入云南的中央军划归卢主席统一指挥，你的保安团，可参照正规军先行整编，待番号下达，即行更换装备。”

卢汉心想，中央军哪里会接受他的指挥，无非说说而已。不过蒋介石同意保安团整编算是实惠，哪怕有一个在编的军也好。于是带着笑容说：“感谢总裁对云南的关照，卢某心存感激。”

蒋介石嘱咐卢汉：“此时云南问题实为国家存亡、革命成败之最后关键，卢主席如能建立巩固基地，保障西南后方，殊为最大之幸事。卢主席公务繁忙，明天就可以自行回昆明。”

卢汉紧张的心情终于松弛下来，端起酒杯，与蒋介石手中的白开水碰杯。

2

不到9点钟，重庆总商会已经涌进一大帮人，接待室里，阅览室里、过道里、楼梯口上，许多人和许多说话声，汇成嘈杂的声浪。还有一些年迈者，拄着拐杖，顾不得体面，也慢吞吞踏上总商会的台阶。

总商会理事长蔡鹤年挤过人群，不消说，今天又是他的忙日。

“九二”火灾给重庆工商界造成了惨重损失。据重庆市仓库业同业公会初步统计，烧毁棉花4.5万件、棉纱2000件、烟叶1.5万件、香烟10000件、猪鬃5000箱、汽油5000桶、布匹5000件、纸张5万令。重庆市救济委员会根据工商界呈报，统计损失总计约4200万元。非商会会员储存的货物、各机关所损失物资、居民的财产，以及某些物主不愿公布的财产损失，皆无法估算。

受灾商家有些是保了险的，承保者是外资经营的保险公司。大陆打仗，洋人不愿来，委托香港英商“三义公证行”秦季翰等调查员来重庆，调查此次火灾所保客户损失情形。

秦季翰等人到火灾现场查勘，朝天门地区是银行、大公司、航运业、糖业集中的地方，大火烧过，到处一片焦土，街道两旁的房屋、铺面无一幸免。劫后余生的灾民，在废墟中搭建窝棚，苦苦等着救济，惨不忍睹。

估算后，秦季翰压低损失数字，对《中央日报》记者称：这次损失确实很大，折合银圆约150万元。其中以“保丰”保险公司保额较大，10万元左右。各保险公司根据调查结果，表示情况属实，承认照赔。

不料国民党政府却颠倒是非，混淆黑白，企图嫁祸于中共地下党。运用广播、报纸、告示、壁报等形式，进行蛊惑人心的宣传。西南长官公署长官张群、重庆市长杨森、军警宪特头目带头宣讲，电台多次广播他们的讲话。国民党重庆市党部宣传部，在纪功碑周围办起宣传栏，连续展示壁报700余幅，火灾照片数十幅，扰乱视听，血口喷人。

香港洋商保险公司，遂以此为借口，提出起火原因与火灾保险规章第六条相抵触，应由纵火者负责，迟迟不履行其赔偿责任。

重庆工商界、金融界人士被激怒了。

蔡鹤年刚在会议室坐定，棉花商人就接连诉苦。棉花、棉纱仓库多在朝天门一带，火灾中历年存货被烧掉八成。市棉花业公会会长何荣尊说："那些当官的，本应为商家做主，催促洋人赔付。偏偏跳出来杀腰枪，说是共产党放火，罪魁祸首。请问，我们到哪里去找共产党来赔款？"

市棉纱业公会会长何文瀚说："听说洋商本已划款到重庆，表册都造好，马上就要发钱。当局这么一搞，全部作废泡汤。棉纱业同仁本想等赔款到手，立马去补货，多少挽回几个钱，殊不知竹篮打水一场空。还进什么货？连吃饭都成问题。"

民生公司轮船、趸船被烧，损失约200万元。民生公司代表说，已通知总经理卢作孚，请示理赔事宜。

中南橡胶厂存储在朝天门仓库的橡胶毁于一旦，损失约500万元。厂方代表说，如果拿不到赔款，该厂只得停业。

市糖业公会会长刘万廷年在耄耋，裹着一身绸缎，说起这事就掉泪珠："几百麻袋内江白糖，上等货，又甜又香，中秋节可以做多少月饼，通通烧成焦糖。你们没做过糖业，难以体会，眼见白糖随烟而逝，心如刀绞啊。”

“九二”火灾也给重庆金融界造成了惨重损失。银行、钱庄、中资保险公司等 33 家受灾，房产、营业部、仓库建筑及设备，共损失约 563 万元。“美丰”银行董事长康心如说：“这次敝行仓库损失最大，约为 25 万元。若不是敝行大厦结实，阻挡了火势，恐怕现在我已跳楼。”

大家越说越气愤，热血的怒潮，不时在胸中沸腾，眼里含着仇恨，声音含着杀气。大家都诅咒国民党，滥政府。大家都指望总商会去市政府请愿，吁请扶助，公推蔡鹤年出头去找杨森。

蔡鹤年说：“不是我想推辞，实在是于事无济。当局的注意力，放在打仗上，顾不得商家死活。杨森是何许人，大家还不了解吗，找他救济，无疑是与虎谋皮。他都还想从光脚杆上刮油，怎会放款出来？莫想，莫想。”

大家面面相觑，有人又出主意，说是要不然聚众去找洋商理论。

早年储奇门也发生过大火灾，那里是药材交易中心，重庆药材帮首当其冲，不少人倾家荡产。有些商家是向英商“太古”保险公司投过保的，于是提出索赔，按投保额计算，一共是 50 万银圆。洋商见索赔数字巨大，不免心痛，耍赖拒赔。被激怒的药商们，公推代表与上海派来的英商经理乌特谈判。乌特一会儿说忙不过来，一会儿又说有要事要办，总之隔三岔五地找借口，一个星期过去了，也不出来打照面。

洋人的无赖行径，激起药商的公愤。有一天，他们得知乌特的藏身之处，一同上门，二话不说，拉着乌特到药帮茶馆吃讲茶，评理谈判。乌特仍然强词夺理，说是还要进一步调查核实。药商代表大怒道："今日你愿意赔偿要赔，不愿意赔偿也要赔偿！"其他人满腔怒火，群起打翻茶桌，七手八脚揪住乌特，说是反正一命抵一命，要拉他下河吃水。这样一来，吓得乌特全身发抖，当众告饶，乖乖地在赔偿协议上签字。

蔡鹤年只是摇头。洋商远在香港，到哪里去找他们讲道理？洋商派出的调查员虽然在重庆，却没有决定权，找到他们也没有用。

众人一时沉默下来，只听见报丁、报童叫嚷着，从窗前跑过去："看报，看报！市府秘书长李寰报告救灾工作，谓系共匪有计划放火，今后绝对严密防范。""看报，看报！经治安当局严密侦察，确系奸匪阴谋，已有纵火犯多名落网。其罪证确凿者吴朝实、童登里两名昨枪决。"

有人大声说："看个屁的报！把责任往共产党身上一推，我们的银子就要化成水！"

有人小声说："此路不通，去找毛泽东。"

蔡鹤年闻言一震。抗战结束后，被遣散的数千名四川籍军官，因遣散费微薄，生活无着，包围军政机关，并在"精神堡垒"（即后建成的抗战胜利纪功碑）绝食请愿。要去找毛泽东的口号，就是他们喊出的。

眼下，说这话要杀头。蔡鹤年忙岔开话题说："诸位，急也无用，大家等一等，说不定有转机。据我所知，洋人还是讲信用的，可能多少要做些赔偿。"

众人无可奈何，唉声叹气地走了。

3

和平路是重庆城内的一条主干道，呈斜坡状，上行通过和平隧道与中山一路相接，下行可到较场口。马路两边散布着商店、餐馆、职业介绍所、银行门市部和邮电所，一些富豪的高墙大院，鹤立鸡群般与平民住宅相邻。消防队也在和平路，救火车有时就停在马路边。地下党员蒋仁风，装扮成一个生意人，此时就在和平路行走。

做上层统战人士工作，需要广泛的人脉。中共川东特委主动寻找一批曾参加中共组织、后因各种原因脱党的人，吸收他们参加工作。

根据刘兆丰提供的线索，地下党派蒋仁风去找人。

"立信"会计学校设在和平路一条巷子里。这所中等专科学校小，只有三个班，白天行课。这天上午，曹德渊为学生讲授税务会计课程，刚下课从教室出来，蒋仁风便迎上前去问道："你是曹老师吗？敝公司要培训几个学员，有人介绍我来找你。"

"我就是曹德渊，有话请讲。"曹德渊停下脚步答道。私立学校缺乏生源，招收学生不易，有人送上门来，何乐而不为。

蒋仁风说："此处说话不方便，麻烦曹老师动步，我们到外面去喝一杯茶。"

在小茶馆里，蒋仁风出示了曹德渊的熟人刘绍富写的介绍信，后者也是地下党员。

曹德渊惊喜交加。他惊骇的是，隐藏多年的行踪被人那样突然提到，袒露在一个素不相识的陌生人面前。他埋头曲颈，好像暴风雨中的一株黄葛树，珊瑚坝边将被淹没的一丛小草。20 世纪

30 年代，他曾在成都加入中共组织，后脱党，隐姓埋名到重庆工作，以为无人知晓。他欣喜的是，地下党派人来找他，说明自己还有用。他渴望戴罪立功，求得党组织的谅解。

蒋仁风表示，对曹德渊的过去既往不咎，欢迎他参加迎接解放的工作。曹德渊便将他知道的脱党人员的姓名，如竹筒倒豆子全部报告出来，一共有二三十人。曹德渊说："老实说，我们最近常碰头，大家都盼望早日找到党组织，做点力所能及的事情，就是不得其门。你来找我太好了，我要转告那些老同志，服从地下党的领导。"

地下党分析，曹德渊提供的名单中，高允斌、张晓云、汪克明等人社会关系广，或在社会团体负责，或在国民党军队任职，价值大，要去找他们。

曹德渊自告奋勇去找汪克明，此人 30 年代初参加过暴动，被捕后叛变，现在某私人银行做会计。汪克明表示要跟地下党走。

但高允斌和张晓云对曹德渊提出，要与"真正的共产党员"见面，不放心由曹德渊作中介，怕他说话不算数。经与刘兆丰商量，蒋仁风分别与高允斌、张晓云见面，使他们放了心。

高允斌见到蒋仁风，激动万分。他说："为找党组织，我的头都碰肿了，望眼欲穿。请地下党给我布置任务，我一定完成。"

高允斌大革命时期毕业于武汉中央军校，受党派遣回四川，在邝继勋部当排长。1929 年邝继勋发动武装起义，高允斌在撤退时掉队落伍，脱离革命，以后参加国民党，此时任《商务日报》总经理。高允斌曾与八路军驻渝办事处有联系，安插过部分地下党员在其报社工作，还冒着戴上"红帽子"的风险，为《新华日报》购买过纸张。

张晓云 30 年代初脱党，加入军阀刘湘的"清共委员会"，很卖力，但有时也留一手，时任重庆某部上校参谋。

这些脱党人员发挥了桥梁作用。

通过高允斌，地下党接近了工商界头面人物。

高允斌与市参议会议长范仲渠、市商会理事长蔡鹤年、理事温少鹤、秘书长柯尧放等工商界人士素有交谊，柯尧放也是高允斌所推荐。川东特委派蒋仁风与他们建立初步联系，蒋仁风分别与范仲渠、温少鹤、柯尧放、蔡鹤年等人相约，就在街头见面立谈。他们均表示，愿意接受地下党组织的领导，为迎接解放出力。工商界这条路走通了。

通过高允斌，地下党接近了国民党军军官。

高允斌在商业场里安排了一个幽静房间，蒋仁风代表地下党，与川军唐式遵部师长陈鸿模、参谋长张云会见商谈，陈鸿模表态届时起义。陈鸿模师驻扎江津县北岸，蒋仁风提出，当解放军到达时，将防线拉开一道缺口，让解放军渡江。请该师随后撤至璧山、永川一带，切断成渝公路，阻止国民党溃军西逃。及时发表宣言宣布起义。严格约束官兵，不得扰民害民。陈鸿模一一接受。通过汪克明，地下党开始策反国民党城防部队。

中共川东特委的工作，开展得有声有色。

4

刘宗宽埋头办公，突然听见一阵喧哗声，以为是那群女职员又在分享八卦新闻，并未理睬。喧哗声却越来越大，而且好像来自张群的办公室，不禁走去一探究竟。

张群的办公室，被罗广文和他的部下填得满满的。第 72 军军长郭汝瑰、第 44 军军长陈春霖，带着各自的参谋长、副官，毫不客气挤坐在豪华的牛皮沙发上，跷着二郎腿。他们中不乏烟鬼，叼着香烟吞云吐雾。雾一样的气体不断上升，向着天花板凝聚，在昂贵的水晶吊灯四周结成一片烟云，又从办公室冒出来，侵入过道，空气中充斥着呛人的烟草味。

西南军政长官公署副长官钱大钧充当和事佬，力不从心。他刚拦住 72 军的一位少将，44 军的两位上校又跑进屋去，增添新的混乱。他还没回过神，屋里的军官又在传唤道："把证人带上来！"

过道中走来一个士兵，套着一件又脏又破又不合身的军装，本该有一条武装带的腰部，捆扎着一条麻绳。他脚下是一双露出脚趾的破胶鞋，生了虱子的乱发，像帽子一样盘绕在头上。

罗广文冷冷说道："张长官，这就是他们干的好事。我的忠勇士兵吃不饱穿不暖，活像乞丐，怎么与共军决战？"

72 军军长郭汝瑰义愤填膺："太不像话，弟兄们提着脑袋在前方卖命，王八蛋竟然把手伸到血盆里捞钱，丧尽天良！激起兵变，哪个负责？请张长官立即抓捕严惩，杀一儆百！"

44 军军长陈春霖大叫大嚷："狗日的沈同尧、张慕亮家住哪里？老子要带人去，当场枪毙他！"他在气愤中摘下军帽，重重摔在办公桌上，吓张群一跳。

从零零碎碎的话里，刘宗宽听出一个大概。

肇事者名叫沈同尧，是联合勤务总部派驻重庆的财务署收支处处长。他对罗广文的部队实行克扣，每月扣发二成军饷，次月才补足，短期存入张慕良私人开设的银行，折放比期牟取暴利。因物价不时变动，回扣最多的达到三四成。官兵们要寄钱养家，军饷每次推迟一个月才拿到足额，缩水太凶，遭不住。终于有人闹事，反映到军部，反映到罗广文那里。其实，并非所有官兵都像此刻那位“证人”一般邋遢，是故意找一个农民来装扮的，演戏给张群看。

张群听到众人的叙述，胸脯起伏，很生气。抗战结束，国民政府向沦陷区派出接收人员，那帮人如饿虎下山，刮地皮比日伪官吏还厉害，个个“五子登科”：金子、票子、车子、房子、女子应有尽有，肥得流油。国民党丧失民心，与此有极大关系。没想到泰山崩于前，还有人冒天下之大不韪，中饱私囊。

张群见刘宗宽挤在门口，命令道：“刘参谋长，立即派人逮捕沈同尧、张慕亮，依法论处，绝不宽恕！”

张群这么一说，众军人方才散去。

沈同尧有靠山，不但未治罪，不久又扬长出现在重庆街头。高等法院的判决为：“事出有因，查无实据。”张慕良也被释放，判决书为：“不合利欲熏心，私存私贷。”罚款若干了事。此是后话不提。

办公时间，驻长官公署的罗广文部参谋长赵秀昆，间或来找刘宗宽聊天。从赵秀昆口中，刘宗宽又了解不少其他情况。

胡宗南到重庆参加蒋介石召开的军事会议，罗广文设宴招待。席间，众人七嘴八舌，攻击张群是政客，不懂军事，西南军政长官公署形同虚设，对大巴山防务毫无部署，通信设施不合军用等等。商议写一个报告给蒋介石，建议由胡宗南接替张群，出任西南军政长官公署长官。胡宗南假意推辞，其实也想取代张群，趁机入川总揽一切。

半推半就中，胡宗南默许。众人公推赵秀昆、郭汝瑰拟稿，推宋希濂、罗广文去面呈蒋介石。蒋介石未采纳，他信任张群，办事公允。张群是四川人，熟悉西南情况，同刘文辉、邓锡侯、卢汉等人皆有交情，搞协调得心应手。而胡宗南要防御陕南，重任在肩，不可分心政务。此举无疾而终。

赵秀昆说，敲诈之风盛行，敲诈者更是八仙过海各显神通。国防部第一厅厅长毛景彪，系蒋介石远亲，也是他在陆军大学时的同班同学。毛景彪借口遣散经费未到，而又必须先处理部分人员，向第七编练司令部借5000块银圆。赵秀昆不敢得罪，派军需官如数送去，收到的凭据只是一张毛景彪的个人收条。那一笔大洋，就此石沉大海。白崇禧的副参谋长赖大光来电话，称其岳父在重庆办银行，系为白崇禧部队筹集经费，希望支持。赵秀昆发动第七编练司令部同仁去该行存款，颗粒无收。

有一天赵秀昆来串门，透露罗广文召集郭汝瑰和他开小会，商议根据地问题。罗广文认为川南宜宾一带可攻可守，万一不利，部队可退向云南、缅甸边境。郭汝瑰驻军宜宾，便于经营，罗广文决定以川南屏山县、马边县、雷波县为根据地，先将教导总队、干训班、后勤人员向根据地转移。罗广文任命郭汝瑰为第七编练区副司令官，就地策划此事。

国民党当局不知道，郭汝瑰实为中共秘密党员。

刘宗宽听到此消息，回家后都告诉房显志。房显志写成情报，通过交通员黄克孝送往解放区。因战区阻隔，情报送达时间滞后。没有电台，真不方便。

房显志与刘宗宽时常分析到手的情报。房显志说，种种情报表明，国民党军内部分化严重，将领各怀鬼胎，绝对经不起解放军的致命一击。

5

9月10日，在蒋经国的陪同下，蒋介石重游重庆黄山。

重庆黄山原系南岸玄坛庙夏姓的产业，前临长江，右通黄葛垭，左傍老鹰岩，林幽谷静。做洋行买办发财的本地人黄云陔看中此地，从夏家手中购得此山，修建起第一幢别墅，培植花木，人称黄家花园。久而久之，人们又以他的姓氏为名，将这座山称为黄山。

随着资金的充裕，黄云陔在黄山陆续修建高级宾馆、餐厅、弹子房、网球场、游泳池等设施，接待游客上山避暑消夏。开业之日，他不惜花重金，聘请上海“梅花”歌舞团到黄山表演，放映国内外无声电影。从此，黄山名声鹊起。

1938年冬，蒋介石迁渝办公，初期率侍从室驻城内曾家岩官邸。后因日军飞机常来轰炸，城内不安全，侍从室派人另觅地点，选中黄山。侍从室第一处主任林蔚找到黄云陔，面商征地事宜，表示全款收购，请他务必割爱相让。黄云陔不仅满口答应，还拒收购房款，表示愿捐献出来，为抗战效力。

获得黄山后，国民政府拨款，陆续另外又建了十多处建筑物。幢幢小巧的别墅，掩映在绵延起伏的小丘绿树丛中，条条鹅卵石铺筑的小径高低错落，通往幽深的花圃，恍若世外桃源一般。

国民党还都南京前夕，蒋介石将黄山官邸的全部房屋捐赠给基督教会，因为他本人笃信基督教。教会利用这些房屋办起一所孤儿院，收养无家可归的孤儿100多名，并将这里命名为“中正福幼村”。由于时常有人使用，各幢建筑物基本保持完好。

旧地重游，蒋介石无限感慨。四年前抗战胜利之日，他一出现就伴随着“万岁”的欢呼声，此时此刻，冷清的山道两旁空空如也。

走进黄山官邸旧址，蒋介石遍游各处别墅。云岫楼是蒋介石当年办公的处所，他回忆起在此筹划桂南会战、长沙会战、滇缅作战和湘西会战的往事。莲青楼是美军顾问团住所，他怀念自己出任同盟国中国战区统帅，美军将领如众星拱月般环绕着他。“松厅”是宋美龄住所，蒋介石停留时间长。他坐在侍卫官搬来的一张藤椅上，讲述夫人宋美龄从美国争取到大笔的贷款和军援，使中国战场起死回生。他说，只要国际形势发生突变，抗战的一幕还将重演。他一时心血来潮，命令侍从室派人打扫各幢别墅，说是要在此小住数日。

下午，蒋介石参观了“中正福幼村”。上百名孤儿穿上了院方事先特意准备的新装，却掩盖不了脸上的菜色。在牧师的带领下，孩子们举行了唱诗表演，将一幅圣像献给蒋介石。蒋介石与孤儿合影，并向孤儿院捐款。

晚间，蒋介石、蒋经国父子驱车外出散心，经山路下行，最远到了放牛坪、广阳坝，遥望滔滔长江，然后折返黄山官邸，在云岫楼下榻。

阎锡山从广州发来密电，通报衡阳失守，白崇禧遁入广西。绥远、宁夏、甘肃、青海均落入“共军”之手，西北新疆、陕南尚在国军控制下。蒋介石对此一筹莫展，回电称“知道了”。

次日清晨，身着长袍马褂的蒋介石，在“云岫楼”虔诚地做着基督教的晨祷，他的嘴唇在悄然翕动，但谁也听不清他在说些什么。门厅里只有几位高级别的将领，正襟危坐，连咳嗽也尽量憋着。他们怕打扰了总裁。

早餐后，蒋介石召见了被傅作义驱逐的中央军将领，听取北平方面的情况，认为还有挽回余地。他派前任国防部长徐永昌做自己的代表，前往包头游说傅作义。蒋介石明明知道，傅作义已于今年初率25万北平守军起义，但保密局侦知，傅作义的嫡系部队、原第9兵团虽已改编为解放军第36、37军，但仍由傅作义直接指挥。最近，傅作义驻包头，相对自主。蒋介石遂幻想鼓动傅作义反水，在内蒙古起事。

接着，蒋介石召见保密局局长毛人凤，听取云南情况。毛人凤报告说，据保密局云南站密报，卢汉的确做出“清共”姿态，解散了省议会，逮捕了一些人，但均未枪决，估计是故弄玄虚，麻痹中央军。其重要标志，是保密局重点缉捕的民革领导人杨杰出逃香港，他进出昆明机场，非有卢汉手令不可。毛人凤请示暗杀杨杰，蒋介石点头。

“对卢汉如何处置？”毛人凤请示道。

蒋介石说了一句话：“留以观后效。”

午休后，蒋介石捧读《荒漠甘泉》，那书里讲的是关于精神奋斗。以往他心烦意乱时，这本书总能起到镇静剂的作用。今天不行了，他翻来翻去，一个字也读不进去。

晚间，蒋介石、蒋经国父子驱车外出，在汪山变龙井土地祠前山坡下车，遥望重庆市区夜景。只见万家灯火，艳丽夺目，但却不知何日丢弃，目光怅然。

9月12日9时蒋介石下山，10时半搭机飞往成都，策划川西防务。

5天后蒋介石复飞重庆，仍下榻黄山旧官邸。

蒋介石最后一次派徐永昌去张家口游说拉拢傅作义，但傅作义及其部下军、师、旅长均表示要拥护和平，不愿意再回到国民党阵营打内战。蒋介石犹抱幻想，亲拟电文，指示还在张家口游说的徐永昌："切记，以在西安事变时对共党问题所得之教训，转告傅作义，不可重蹈覆辙，后悔莫及。"

9 月 18 日，蒋介石在黄山官邸研读《中美关系白皮书》，琢磨如何利用美国右翼参议员，修补中美关系。美国期望第二次世界大战后的中国成立联合政府，建成欧美式的民主国家。蒋介石却一意孤行，不顾马歇尔将军多次调停国共争端，发动内战，且在国统区搞独裁，镇压民众。马歇尔调停失败，标志着美国既支持蒋介石，又企图避免国共之间的大规模内战，避免美国直接卷入这场内战的政策破产，于是抛弃了蒋介石。

9 月 19 日，新疆警备总司令陶峙岳来电，称解放军已从青海突击到张掖与武威之间，切断新疆与内地的联系，10 万部队孤悬万里，请予接济。蒋介石无兵可派，下令空军空投物资，稳定新疆驻军。

中午，蒋介石委托蒋经国，到重庆城内慰问战死的军长杨干才的遗属，动员他们去台湾。他还指示，将高级将领的家属陆续迁往台湾。

下午，徐永昌从张家口来电："绥远局势已无可挽回。"傅作义表示坚决与国民党决裂，命令驱逐徐永昌，并不再接待任何说客。

9 月 20 日，第四届联合国大会在美国纽约开幕，国民党代表团向大会提出《控告苏俄赤化中国案》。蒋介石关注大会情况，要求国民党代表团随时通报。稍后，蒋介石在黄山官邸签发由他署名的《告全党同志书》，号召全体国民党党员研究改造国民党的方案，以新组织、新纲领、新风气重新奋斗，实现第三期国民革命之胜利。

9月21日，国民党代表团从纽约来电称，美国参议院、众议院正在审核7500万美元的援华法案，可望近日通过。同时，因联合国内反共国家的支持，《控告苏俄赤化中国案》亦可望获得通过。蒋介石的精神为之一振。

9月22日上午10时，为解决云南问题，蒋介石离开重庆飞往昆明。

6

关饷那天，王抡楦如以前那样，先到冠生园买一斤妻子爱吃的绿豆糕。回到家中，又如以前那样，把工资全部交给妻子。

王抡楦的妻子名叫莫珣，珣者，指美玉也，典故出自《淮南子》：“东方之美者，有医无闾之珣玗琪焉。”

莫珣出自本埠名门望族，青年时代毅然冲出闺阁，翩翩迈进学堂，学文化求知识，算得上旧时代的新女性。中学毕业，她考取女子师范学院，成为一名大学生。

大学时代的莫珣爱穿流行的白衣黑裙，有着海豚般动人的线条，小鹿般扑腾的心跳，风烛残年的老教授见到她，也会想起载酒放歌的昔日浪漫，露出仁慈的笑容。她人才出众又有修养，自然会吸引一群异性崇拜者，他们争先恐后追逐莫珣，仿佛觊觎稀世珍宝，其中几个甚至在女子师范学院附近租房守候，大有志在必得的架势。然而，莫珣把自己的感情吝啬地存进冷漠的银行，绝不支取半分。追求者们碰了壁，酸溜溜地说她是个冷美人，不通人情世故。

大学毕业后，莫珣应聘到菜园坝黄沙溪小学做校长，身居陋室有雅趣，登上讲台常飘逸，既受学生欢迎，也受校方好评。她喜欢读报，她发现《中央日报》副刊经常发表一位名叫“能掀”的作者的散文，妙语连珠层层托喻，赋比寄情水乳交融，可谓妙笔生花。她禁不住好奇，有一天直接去《中央日报》社打听，提出想要见见那位才思敏捷的作者。

王抡楦在办公室接见这位女读者，第一眼，他就被女子的美丽击中。

抱着干一番事业的雄心，王抡楦兀兀穷年爬格子，写作代替了一切，写作就是一切。同事们先后结婚成家，他也早过了论及婚嫁的年龄，却依然固守在单身汉的行列，无暇他顾。他对同事说，选择了一种生活方式，就得放弃其他九十九种。他的夜生活，便是掀动一页页稿笺纸，不停码字；便是浏览一本本文学作品，直到半夜三更。他自认为一个坚毅者，我行我素，既没有动力，更没有行动，来改变自己的生活状态。

莫珣的出现，击破了王抡楦顽固不化的堡垒。他竟然丢下当晚就要交稿的急件，愉快地与莫珣交谈。莫珣这才知道，“能掀”是王抡楦的笔名。她原以为《中央日报》的总编辑，定然是一位老气横秋的大爷，没想到却是一位白面小生。她还得知，王抡楦尚未婚娶。守身如玉的她，不知不觉暗生情愫，含羞而去。

王抡楦也很快就对莫珣流露出毫不掩饰的倾慕。不然就很难解释，为什么每隔几天，《中央日报》总编辑就会往黄沙溪小学跑，每次都带去莫珣爱吃的零食。

人非草木，孰能无情。短短几个月，禁锢在莫珣浅色西装里的爱就爆发了，爆发在王抡楦可靠的怀抱中，爆发在枇杷山遮天蔽日的桉树林里，山雀的鸣叫淹没了莫珣幸福的呻吟。

一年前，美女莫珣下嫁王抡楦，令单身多年的他如坠温柔乡，喜不自胜。他们情投意合，恩恩爱爱，养育了一个女儿，尚不满周岁。看到孩子，王抡楦觉得生活简直太圆满，官场上的多年驰骋，写作上的种种努力，一切的一切，都无法与这个小天使相比，女儿是他最好的作品。

夫妻感情好，每当公余课闲，就一同外出游玩。莫珣挽着丈夫的手臂，脚步款款裙摆摇曳，行走在珊瑚坝的沙洲上，从此不让相思遥望。王抡楦则笑口常开如饮春醪，身心俱醉，对天发誓要与她厮守终生，白头偕老。

花好月圆，不料转头间遇上一个寥落的季节。

像其他有担当的丈夫一样，王抡楦将自己的忧愁隐藏，闭口不谈。回到家中就露出惯常的笑脸，装作什么操心事也没有，该吃多少饭，还吃多少饭，该去看川戏，还去看川戏。

细心的莫珣终究看出一些端倪，好几次她发现王抡楦精神恍惚，有一次差点摔掉孩子的奶瓶。他最喜爱女儿啊，怎么会粗心大意。

“抡楦，你一定有事瞒着我，告诉我，或许我能替你分忧。”莫珣温柔地问道。

王抡楦笑着说：“没事。就是昨天的报纸出了一点小纰漏，已经解决。”

第二次，王抡楦居然忘记锁门，还好，小偷未上门。

莫珣问起王抡楦，他的解释仍然是报纸出纰漏，他不善于编造谎言。然而，他将忧愁隐藏得更深，装得更正常。他幻想，他的小家庭会在巨变之外泰然保存，会有一扇神话里的屏风，将所有纷繁杂芜的烦恼，都阻挡在门外。他要拿起一方凝重的镇纸，稳稳压住轻飘飘的日子，让他看得淡，想得开。

可是不行。鼎革正在急速地降临。

7

刘伯承、邓小平在北平，作为解放军界别代表，出席新政协会议。筹备会议一个接一个，讨论中国人民政治协商会议组织法、中华人民共和国中央人民政府组织法、定都北京、以《义勇军进行曲》为代国歌、中华人民共和国的国旗为五星红旗。中南海勤政殿的灯火，直接把夜晚拉到白天。

毛泽东主席在新政协开幕会上致开幕词："诸位代表先生们，我们有一个共同的感觉，这就是我们的工作将写在人类的历史上，它将表明：占人类总数四分之一的中国人从此站立起来了。中国人从来就是一个伟大的勇敢的勤劳的民族，只是在近代是落伍了。这种落伍，完全是被外国帝国主义和本国反动政府所压迫和剥削的结果。一百多年以来，我们的先人以不屈不挠的斗争反对内外压迫者，从来没有停止过，其中包括伟大的中国革命先行者孙中山先生所领导的辛亥革命在内。我们的先人指示我们，叫我们完成他们的遗志。我们现在是这样做了。"

邓小平当选第一届全国政协委员。他那年 45 岁，一切都正好，有看云的闲情，也有犹热的肝胆；有尚未收敛，也不想收敛的魄力；有霍然而怒的盛气，也有平凡敦实、友爱别人的余裕。他很投入地用他的学识、他的智慧、他的精力、他的热情，为解放全中国推波助澜。

刘伯承、邓小平出席了开国大典。在那难忘的一天，他们并肩走上天安门城楼。

下午 3 时，毛泽东主席登上天安门城楼，紧随其后的有朱德、刘少奇、宋庆龄、李济深、张澜、高岗等人。当中央人民政府秘书长林伯渠宣布典礼开始后，毛泽东站在麦克风前庄严地向世界宣告："中华人民共和国中央人民政府已于本日成立了！" 54 门礼炮齐放 28 响，在《义勇军进行曲》的激昂旋律中，毛泽东亲自按动升旗电钮，一面鲜艳的五星红旗冉冉升起。

在军乐队的连续鸣奏中，朱德总司令由聂荣臻总指挥陪同乘车，检阅肃立受阅的三军部队。当朱德向指战员问好时，指战员齐声响亮地回答："祝总司令健康！"

接着，朱德总司令重登天安门城楼，宣读《中国人民解放军总部命令》。他说："我们中华人民共和国的武装部队，在反对美国帝国主义所援助的蒋介石反动政府的革命战争中，已经取得了伟大的胜利。敌人的大部分已经被歼灭，全国的大部分国土已经解放。"

"但是现在我们的战斗任务还没有最后完成。残余的敌人还在继续勾引外国侵略者，进行反抗中华人民共和国的反革命活动。我们必须继续努力，实现人民解放战争的最后目的。"

"我命令中国人民解放军全体指战员工作员，坚决执行中央人民政府和伟大的人民领袖毛主席的一切命令，迅速肃清国民党反动军队的残余，解放一切尚未解放的国土，同时肃清土匪和其他一切反革命匪徒，镇压他们的一切反抗和捣乱行为。”

刘伯承心潮起伏。朱总司令那炙热的目光、激越的话语，让人们知晓，人民军队多么热爱自己的祖国，多么忠实于民族解放事业。

刘伯承仰望着迎风飘扬的五星红旗，不禁思绪万千。毋庸讳言，金水桥边的狮子，曾经打过盹睡过觉，经过那场鸦片烟火的熏烤，竟昏睡百年。沉沉睡梦中，丢过帝都，烧过皇苑。许多狮子，没有在兵火官灾、风雨剥蚀中湮灭，却在昏睡中消失在西洋的鸦片、东洋的炮火硝烟中。

他想起灾难深重的中华民族，想起自己多年的求索，想起八路军的奋战，想起晋察冀抗日战场。他怀念热血洒疆场的战友们，正是他们用热血染红了这面鲜红的旗帜。

阅兵式开始。最先通过天安门广场前的是人民海军的水兵分队，他们以“八一”军旗为前导，由东向西行进。紧接着陆军多兵种入场。步兵师踏着《八路军进行曲》的节奏，雄赳赳地走过来。在《军队进行曲》和《坦克进行曲》的伴奏声中，炮兵师、战车师的队伍也相继隆隆地开过来。当战车师行进在长安街中段时，人民空军的战机分别以三机和双机编队，一批又一批地飞经天安门广场上空，天上地上，浑然一体，形成雄伟的立体武装阵容。

飞机影子还未完全消失，激越的《骑兵进行曲》引出了壮观的骑兵师队伍。三个骑兵团，后面还有一个挽拽野炮的炮兵营，共 1900 多匹战马，以六路纵队前进。各梯队装具整齐划一，军马的毛色或全红，或全白，或全黑；骑手们握枪挎刀，威风凛凛。

在这幅壮美的图画面前，刘伯承、邓小平激情澎湃。或许他们的心灵之树有着共同的年轮，世纪的风雨雷电在上面留下过共同的瘢痕，他们相视共勉，要以战斗下酒，赚一世风流，酿一出红色大戏。

中华人民共和国成立的消息，通过北京电台的短波频率，迅速传到莫斯科、华盛顿、伦敦，传遍世界。这消息传遍全中国，也传到蒋介石那里。蒋介石面对崩溃的旧世界无法坦然。

第七章

1

解放军发起广东战役，兵分两路合围广州。从南京迁到广州的国民政府，又不得不从广州迁往重庆。跑到重庆的国民党军政人员和商人，带来大批银圆券，消费和抢购物资，导致问世不久的银圆券陷入灭顶之灾。银圆券急速贬值，与银圆的比价很快从一比一，贬值到三比一、五比一，十比一，没过几天，银圆券一元只值银圆八九分钱。

商家出售货物收进的银圆券，一面送银行进账，一面拿到市场上去换成银圆；较大的商店还要专门安排人员跑投机市场买银圆。米店、肉铺、油蜡铺、煤炭厂拒收纸币，要银圆。老百姓吓破了胆，纷纷到银行挤兑银圆。大家都不认纸币，只认金属硬币，银圆买卖蔚然成风。

重庆的银圆交易市场，起初在米亭子，后来向两端延伸，一头伸展到石灰市，一头延伸到民国路、棉花街、小什字，绵亘几条街。从早到晚，满街一片“开眼”“闭眼”的叫卖声。那是指民国三年铸造的有袁世凯头像的银圆，俗称袁大头，一种眼睛是睁开的，一种是闭眼的，含银量高，比其他银圆好。满街听得银圆叮叮当当敲，不绝于耳。市场上有专做银圆买卖的贩子，有从中找佣金的掮客，更多主顾则是公教人员、家庭主妇，有白发老者和翩翩少年，有云游方外的和尚、道士，还有工商行业人员。“宝元渝”百货公司，派专人到这里购买银圆。

西南长官公署大伤脑筋，发布公告，明令“不得歧视银圆券，不准与银圆有差别”。中央银行也拿出部分银圆，在第一模范市场、大梁子设立专柜，兑换银圆。其价格却步步高升，与黑市价格相差无几，尽管如此，民众还是不要银圆券，要金属硬币。

旧中国金属硬币品种繁杂，市面流通银圆、银辅币、铜圆、铜镍辅币等硬币。银圆有前清的龙洋、墨西哥鹰洋、英国站人洋、袁大头、川版汉字大洋、云南银圆、孙大头、吉林大圆、渝版银圆、各色杂版光洋。银辅币有川龙、汉字、袁大头、云南龙纹、唐头、渝版、杂版，面额均为半元。一角二角的银辅币，有龙纹、汉字、袁大头、杂版等。这些大小银币真假难辨，使用时不得不采用敲击、牙咬、称重量来鉴别，以免上当。

国民政府 1935 年颁布币制改革紧急法令，统一货币，以纸质法币取代金属货币。国民党发动内战，纸质金圆券、银圆券币先后贬值，民众提心吊胆，承受着难以想象的惊涛骇浪。

电话铃响了好几秒钟，朱懋禔才拿起话筒接听。线路不通畅，杂音嗡嗡响，电话那头的声音受干扰，听不清。朱懋禔压下电话。但铃声却再次顽固地响起，他不耐烦地又拿起听筒。

这次听清楚了，通话者是财政部长兼中央银行总裁关吉玉，他到了重庆。

关吉玉在话筒里说：“朱处长吗？财政部搬迁重庆，广州印钞厂关闭，只剩你一家，责无旁贷。希望朱处长鼓动员工，努力生产。”

朱懋禔提起种种困难，人手少，纸张不足。

关吉玉说，广州印钞厂员工多数退职，只有少数人愿来重庆，他已要求他们即日到重庆印钞厂报到。广州印钞厂还有几十吨印钞纸，他通过国防部请空军协助运送。

朱懋禔反映，市场对银圆券失去信心。

“那多是一些无知愚民，受投机者挑拨，见风就是雨。”关吉玉说，“银圆券后备充足，除有黄金 40 万两做后盾，财政部又新近从墨西哥交换鹰洋 130 万枚。台湾尚有大量生银准备运来，在重庆就地铸造银圆，来源充足。重庆市面流通的银圆券只有一千多万，足可应付，朱处长尽可宽心。”

朱懋禔把厂长吕寿祥、工务科长查云良等人召来开会，传达财政部长的电话内容。

厂长吕寿祥揉着因睡眠不足而发红的眼睛，捧着宜兴紫砂壶小口喝水。他那光秃秃的脑门在灯光下闪闪发光，圆圆的面庞把脑袋勾勒成球状，脸色像砖瓦一样发红。他抬起胖得圆滚滚的手，指指电话机说：“朱处长，你不要相信关吉玉的鬼话，他在广州也是这样打胡乱说。即便运来墨西哥鹰洋，一百多万哪能支付一千多万纸币？我这几天发现，有的班组偷奸耍滑，当班时抽出一个人，上班时间跑去兑换银圆。”

朱懋禔说：“他们可以叫家属去呀，班组缺人影响生产。”

吕寿祥回答说："到重庆的员工多半未带家属，不弄几个银圆心头慌。大家都不容易，我也学做袁大头，睁只眼闭只眼。"

工务科长查云良的西装有污迹，衬衣领子发黑，颈子上系着皱巴巴的斜纹领带，显出他在星期天也没有空隙去洗染店打整一下。广州不断新来员工，简易工棚又不够安置，他们找查云良扯皮，还有人故意在他家门口打地铺。建筑材料要银圆支付，厂里虽有充足的钞票，银圆却是不多。

查云良说："我的要求只有一个，废话少说，叫财政部拨付银圆给我们，便于支付。若要维持生产，拿硬通货来。"

朱懋禔抓瞎，连印钞厂本身也要银圆，不要银圆券，骇人听闻。他安抚部下说："既然上峰把印钞任务托付下来，我们也只好负重前行。还请两位多费心，本月的生产一定要完成。"

朱懋禔话音未落，外面有人一路高嚷着闯进办公室："不好了，不好了！包装车间有人晕倒，请你们赶快去看看。"

几个人都站起来，一起去包装车间。

一名女工倒在地上，又瘦又弱，如同细软的藤萝，弱不禁风。她四肢扭曲，脸色灰暗，嘴唇上有一道道横裂口，手背上青筋毕露。另一位女工说："郑大姐昨天值两个班，今天又值两个班。大家劝她不要太辛苦，她说男人失业，家中困难，非要来加班。"

朱懋禔走到女工跟前蹲下，用手指摸摸女工的颈动脉，还在跳动，吩咐吕寿祥给医院打电话，要对方派救护车来。

吕寿祥说："朱处长，我先说清楚，医院也要收银圆的，拿支票去不认账。"

"你去财务室支取，款项先记到特殊开支栏。救人要紧。"朱懋禔说。

查云良回过神，一见包装车间停顿，陆续运来的钞票堵住了过道，马上大声呵斥女工们：“好了好了，各自摸着活路做啊。包装定额完不成，工资照扣不误！”

2

南京火车站彩旗飘扬，万头攒动。各界群众敲锣打鼓，举着“把红旗插遍大西南”“将革命进行到底”的大幅标语，夹道欢送第二野战军出征。工商界慰问团占据了有利位置，摆放了一溜长桌，桌上有凉茶，有新做的小点心。学生联合会与之紧邻，长桌上放着盛有热水的面盆，毛巾就搭在面盆边。一群小学生背着手，在老师指挥下齐唱《解放区的天》。车站广场对面，市工会的干部向工人分发小旗。起义不久的“总统府”军乐队鼓着腮帮，起劲吹奏解放军的各种进行曲。

这时开来了惯于打硬仗的“红军团”，他们军容整齐，胸佩大红花，肩上挎着美制汤姆式冲锋枪，雄赳赳、气昂昂。然后开来一队“淮海突击团”组成的步兵，举着光荣的战旗，雪亮的刺刀在阳光下像一团火似的闪着光。西南服务团的青年青团员，背着捆扎得如同豆腐干似的背包，在轻风中走进火车站，前面两个队员捧着素描画，上面是毛泽东、朱德的头像。

邓小平还在二野司令部收拾东西，检查组长走进来，行礼报告说：“首长，可以进行检查了吗？”

邓小平说：“可以。”这个任务是他本人下达的。

检查结果，灯罩不太干净，厕所里有块玻璃有裂缝。邓小平表扬了检查组的认真，喊来勤务员擦扫灯罩、更换玻璃。

邓小平说："这不单是军风检查，也是纪律的检查。纪律是军队的荣誉，没有纪律就没有群众。我们解放了城市，更要爱护和建设城市。我们要走了，也要走得干干净净，利利索索，这是解放军的好传统。"

刘伯承在他的办公室召见南京市军管会各部门负责人，向站成一排的干部交代，南京是六朝古都，文物古迹甚多，要好好保护。中山陵原有国民党军一个护陵大队拱卫，我们不一定派那么多人去接班，但今后要派专人管理。

二野领导机关和直属队乘专列行至徐州，沿陇海铁路西进，开往郑州。

火车头在铁轨上低沉地吼叫着，喘着气。兵车，兵车，兵车，一列列开过陇海铁路。

在摇晃的办公车厢里，邓小平惬意地吸着烟，刘伯承捂着热茶杯。

专列停在一个小站，加水加煤。刘伯承打开车窗望望外面，缩回头，又把茶杯捧在手里。他对邓小平说："陈赓的四兵团与四野合作，直捣广东，国民党政府又在挪窝喽。中央军委的战略决策非常正确，拿下两广，就截断了敌人从海上逃亡的退路。这次二野摆一个大动作，少不得要惊动蒋介石。"

邓小平说："有同志反映，说我们这样大张旗鼓，会不会暴露目标。我说啊，只嫌其少，不嫌其多。就是要给国民党军造成错觉，并促其形成定论，认定我军主力将从陕西南下。"

刘伯承说："我已嘱咐各军、各师，近期相互多发不相干的电讯，吸引国民党军监听。并提请沿线各地方部门，张贴《中国人民解放军总部命令》，张贴我军进军大西南的标语。请他们大造声势。”

汽笛发出几声鸣叫，咔嚓咔嚓前行。

坐在一列列火车上的二野部队，此时也并不明确目的地，以为可以坐着火车直接到西安。

专列开到郑州，此日正是解放郑州一周年纪念日。按预定计划，郑州市召开了欢迎刘伯承、邓小平及二野部队的大会，刘伯承、邓小平与郑州各界人民见面。

民众拥护解放军，各单位都有代表派来。参加过“二七”大罢工的工人弟兄，穿着破旧但洗得整洁的工作服。豫剧团的女演员，穿了花花绿绿的戏装，唱着豫剧《穆桂英挂帅》《花木兰》。饮食部门做了稀罕的白面馒头、烧饼，向入场的官兵发放。商业部门送来梨、山楂、石榴、柿子，慰问亲人解放军。

刘伯承胸佩红绸带，在欢迎会上发表演说，高音喇叭播放出他豪迈的四川话：“同志们、朋友们，遵照朱德总司令的命令，中国人解放军第二野战军将要发起大西南战役，解放受苦受难的西南人民。经过休整和补充，我二野大军从未如此强大如此团结。我们有理由相信，在广大人民群众支援下，我们解放大西南的战斗一定胜利，红旗一定插到巴山蜀水！”

新华社记者采访刘伯承，刘伯承答记者问，称解放军西进陕西后，将南下入川，围剿胡宗南部。中央人民广播电台，向全国播报新华社记者采访稿，报道刘伯承、邓小平率部准备西进四川的新闻。

当天，刘伯承、邓小平，以及第三兵团领导陈锡联、谢富治联名，秘密下达了一系列命令。指示各部队，到达湖北孝感地区下车，再秘密西进，到达湘西常德地区集结。二野四兵团随四野从江西南部进入广东，然后大迂回，经广西百色入云南，切断敌军逃往国外的退路。二野五兵团以四野在湖南发起的衡宝战役预备队的姿态，由江西上饶地区向湘西隐蔽集结于宝庆地区。

当晚，刘伯承、邓小平从郑州秘密南行，第二天不是到武汉，而是到孝感车站下车。为了保密，二野直属机关暂驻孝感县农村。

保密局特务侦知解放军大部队不断在陇海铁路调动，报告国防部，转报在台湾的蒋介石。蒋介石在陕西南部地图上画了一个大红圈，那是他拟定的决战地带。他下令在原有基础上，再给胡宗南集团军群补充两个基数的弹药。

发动内战之初，蒋介石在山东战场上总想与解放军决战，筹划过好几个决战地点。而解放军总是与他兜圈子，在运动中冷不防聚歼国民党军。这一次，他精心筹划了又一个大决战，希望解放军钻进他用重兵编制的口袋。他默默祈祷：上帝保佑，上帝保佑。

3

王陵基的公馆命名“王园”，修建于20世纪20年代，那时枇杷山荒凉，如今绿荫环绕。院内略有几点山石，种着芭蕉，回廊悬着各色笼子，罩着鹦鹉黄雀。错落的石阶旁有凉亭、鱼池，葡萄架下安放着石桌石凳。公馆的主楼为西洋式，红砖砌成，小巧玲珑，名为红楼。

两广告急，又听说解放军向陕西结集，王陵基出于自保，到重庆来拉拢杨森和孙震，欲组成一个小联盟，互壮声势。

川陕鄂边区绥靖公署主任孙震先到，此人字德操，毕业于保定陆军军官学校。他与黄埔系的赳赳武夫不同，外貌纯朴温和。他那气色很好的脸上，留着短短唇髭，身着剪裁合体的军服，佩戴着上将军衔。他指挥着一个兵团，兵团司令孙元良是他的侄儿，绝对控制部队。

杨森随后赶到“王园”，参加三人会谈。他曾在王陵基手下做营长，开口就称呼王陵基为老长官。王陵基谦逊说：“子惠兄如今也是上将，咱们平起平坐，不必拘礼。”

宾主坐定，王陵基开言道：“惊动两位仁兄大驾，实为时局紧迫，安川应变迫在眉睫。我想与两位携手，达成精诚合作。就四川政局而言，有句老话叫作‘抓住成（都）渝（重庆）万（县），啥事都好办。’子惠兄在重庆坐镇，德超兄雄视三峡，兄弟我在成都任职，正好是一个金三角，动静相闻。一方有难，其他两方驰援，共军奈何不得。”

其实，王陵基有求于杨森和孙震。三人相比，王陵基实力最弱，手下没有正规军，唯有保安团，乌合之众。他既要防堵解放军，又要处心积虑对付派系的倾轧，力不从心。若能与杨森和孙震结盟，就有坚强后盾。

孙震掏出手帕抹抹小胡须，不紧不慢地说：“方舟兄是川中俊杰，德高望重。闻得方舟兄召见，我昨天就从万县赶来，听候法旨。我大略记得，庚子年间八国联军直入京津，天下骚然。李鸿章、张之洞等人搞了一个所谓的‘东南互保’，隔岸观火，坐视北京陷落。事平之后，西太后也并未降罪下来。所以，方舟兄提出携手互保，我绝对赞成，惟方舟兄马首是瞻。”

孙震有孙震的考虑。虽然他在三峡设置了几道防线，配置了重炮，用以封锁江面，却顾虑起义的海军。国民党海军海防第二舰队司令林遵，率该舰队起义，其属下有最大的巡洋舰“重庆”号，幸而后来被空军炸沉于葫芦岛。但是，该舰队仍有舰船多艘，若是开来为共军助战，几座炮台绝非其对手。一旦万县失守，他的退路只有重庆，能与杨森结盟，他心中才踏实。

杨森说：“德操兄大可不必顾虑什么降罪不降罪，李宗仁到重庆，三天两头找人开会，大家都不听他的。说到结盟，于三方都有利，我百分之百赞成。”

杨森有杨森的小算盘。国民政府迁重庆，重庆必然成为解放军的首要目标。未来战局难以判断，假若解放军围攻重庆，他上可以撤往成都，得到王陵基呼应，下可以撤往万县，得到孙震支持。他疑虑的是，王陵基到底有多少兵力，于是问道：“方舟兄，你的扩充计划进行得如何？”

王陵基说：“云南不过是一个边远小省，卢汉就编成 10 多个保安团，据说还向总裁要几个军的编制。虽然总裁并不认可，他却大肆张扬，先声夺人。兄弟我的保安团不如卢汉多，但我已下文叫四川各县成立‘反共救国军’。号召各县的一切豪门大户、袍哥土匪都来参加，人枪由他们自己去组织。弄得到一团人的，委任他当团长；弄得到一师人的，委他当师长；有本事组成纵队的，就做纵队司令。”说着，他把心腹王崇德叫来，后者出示了一个大皮包，解开一看，里面塞满了空白委任状，填上姓名就算数。

王陵基抓抓头皮说：“实不瞒两位仁兄，最近两个月我颁发的委任状超过了国防部，连我自己也记不清，总共委任了多少上校、少将。我原本打算封一两个中将，开个先例，国防部出来干涉，说我这个上将最多只能委任少将。不过这样一来，各县都有我的团队，一个县就算三四百人吧，四川 108 县，你们算算我有多少人枪？”

王陵基有些事没对客人说。他招收的民团，成员多为社会渣滓。通缉在案的匪首，摇身一变当上了师长旅长；杀人放火的歹徒，做了保安司令；算命先生出任参谋副官；一贯道头目成为政工部主任。更可笑的，一个惯于绑票的歪人，因为生财有道，竟然被任命为后勤部主管，坐享清福，不用再去绑票“捉肥猪”。

杨森、孙震连称佩服，对王陵基刮目相看。

王陵基兴致愈高，言犹未尽：“我们成、渝、万通力合作，抱团取暖，首尾相顾，力量空前壮大，完全可以自保，安川应变。”他进而拍着胸脯对杨森说，“川西的防务由兄弟我负全责，绝不食言。子惠兄，重庆铜墙铁壁，万夫莫开。你需要军粮什么的，打个招呼，我一定支援。”他转向孙震说：“德操兄，川东有你，大家高枕无忧。只要用得着我王陵基的事，但请德操兄开口，不敢说有求必应，我也要两肋插刀。”

王陵基越说越兴奋，叫佣人拿出红酒，满斟三大杯，人手一杯。他举起酒杯说：“昔有刘、关、张，今有孙、杨、王，本应歃血为盟，今日从简，以薄酒相代，请两位仁兄满饮此杯！”说完他就咕隆隆地喝下去，把酒杯翻个底朝天。杨森、孙震也端杯肃立，一饮而尽。

饮过红酒，王陵基说：“两位仁兄，你们看需不需要搞一个盟书？”

孙震反对说：“不搞书面东西，免得贻人口实，密告总裁，怀疑我们有异志。口头达成协议就行，大家都不是外人。”

杨森也说：“虽无盟书，大家今后也是亲兄弟。方舟兄运筹帷幄，兄弟我愿生死相随。”他恭维王陵基，实则贪图王陵基的保安团，可以作为他的补充兵源。

三人又说些闲话。

王陵基说，川军将领王瓒绪和唐式遵眼红他的成功，也在招兵买马，跟他对着干。王陵基委任一个泼皮做中校营长，王瓒绪和唐式遵就给此人发一张上校团长委任状；王陵基委任一个上校团长呢，他们就给一个少将职务，总之把人挖过去。

王陵基挖苦道，王瓒绪他们封一个妓院老板做副官，那个人问副官大还是参谋大，招兵的说参谋大，妓院老板死活要做参谋。还有一个鸦片贩子，手下有十来个搞分销的，王瓒绪他们封他做连长，他一把将委任状扯掉说起横话：“你几个也太看不起人了，我随便到哪里，起码都要做营长。”

杨森说：“成都那帮人我打过交道，熊克武已经过时，不必说他。只有王瓒绪过场最多，不好打整。我在重庆这边呢，偏偏遇到一个张群，来做我的顶头上司，一天到晚拈过拿错，摆出一副臭架子。方舟兄在成都，卢汉在昆明，谷正伦在贵州，张群鞭长莫及，就拿老子顶缸出气。不是看在党国面上，我就要把部队拉起走人！”

王陵基、孙震同声谴责张群。

王陵基心腹王崇德进来报告说：“王主席，李代总统打电话过来，请各位下午出席会议。”

“我不去。请假。”王陵基回答说。

杨森也不去，说：“懒得去听李宗仁的空话，东拉西扯，说不到点子上。”

只有孙震愿去参会，他想通过李宗仁压国防部给他增加经费。

4

广州解放，国民政府“代总统”李宗仁、行政院院长阎锡山相继来到重庆，称重庆为“新行都”。国民党新闻机构随同迁渝，王抡楦见到几年前离开重庆去南京的不少熟面孔，犹如见到一群死而复活的鬼魂：程沧波、何浩若、陈博之、刘光炎、陶百川、胡健中。这帮人当年去南京、上海谋肥缺，趾高气扬。如今似丧家之犬，垂头丧气，与王抡楦套亲热，称兄道弟。

杨森为笼络新闻界，在国民党重庆市党部召开新闻党团聚餐会，邀请重庆各报社负责人出席，王抡楦在被邀请之列。杨森不邀请具有进步倾向的《大公报》《新民报》《国民公报》人员参加，也不说明原因。

市党部餐厅有10多张圆桌，新闻界人士照例聚在两三张圆桌周围。几年未见，同仁似乎都有一匹布那么长的话想说。行客拜坐客，王抡楦的前任胡健中问起：“抡楦兄，记不清你青春几何？”

王抡楦回答说：“虚度30个春秋。”

胡健中：“正当年，三十而立，事业有成。抡楦兄近况还好吧？”

王抡楦答道：“托老社长的福，我的现状嘛，良心无愧，身体无病，胸中无累，肩上无债。”

同样做过《中央日报》社长的陶百川竖起大拇指：“这话就有几分潇洒，非文人雅士难以企及。我早就看出，抡楦兄非等闲之辈，后生可畏。”

王抡楦拱拱手说：“过奖，过奖，自当鞭策。老社长这几年好吧？”

胡健中说："以前倒也将就，今春以来则如同难民，到处流浪。这不是，又跑回重庆来讨饭，愧见故人啊。"

杨森到会，全身戎装。他掏出秘书准备的讲话稿，照本宣科："四川古称天府，山川雄伟，民物丰殷，而重庆绾毂西南，控扼江汉，尤为国家重镇。国民政府于近日迁渝办公，树决战之基局，建巩固之后方。恢闳建置，民意佥同，蔚成军事政治经济之枢纽，今后自更为西南建设中心。西南民众同仇敌忾，竭诚纾难，矢志不渝，决心捍卫巴山蜀水，抗击暴敌。"

念着念着，连杨森自己也觉得拗口，丢下稿子，即兴发挥："国民政府移驻新行都，对保卫大西南，已有缜密部署，国军精锐开赴前方，捷报频传。兄弟我可以负责地说，重庆城防固若金汤，民众安全已有确实的保障。近日社会上出现种种流言蜚语，谣言满天飞，企图动摇军心民心。经查，显然系共党地下分子散播，我已下令通缉。"

他转而加重语气说："在座诸公都是新闻界的翘楚，文采远播，言行素为民众关注。发表文章，希望以中央通讯社正规消息为准、为依据，不要天马行空，节外生枝，发出噪声，那就不好了。现在戡乱第一，重庆各报绝不允许出现同情共党的新闻和言论，否则以通匪论处，勿谓言之不预！请各位自重！"

听过杨森训话，大家噤若寒蝉，低头吃饭。

最后奉上的小吃，是重庆的担担面，新闻界同仁的集体记忆。餐厅里的气氛回暖。

王抡楦眼尖，看见重庆市党部宣传处处长吴熙祖坐在那边一座，走过去拉一张椅子，与之说话。王抡楦兼任重庆建国新闻专科学校教务长，该校一个学生参加集会，不久前被捕，新闻专科学校同学来找王抡楦设法营救。抱着不介入政治的观点，王抡楦不赞成学生运动。然而，不赞成是一回事，学生出了事要营救是另一回事。

王抡楦打电话告诉吴熙祖，吴熙祖说要先问清楚是哪个单位逮捕的，才好想法。几天过去，却没有下文。

王抡楦问起此事，吴熙祖说："我打听过了，你提到的那个学生，是被保密局抓走的，连关在哪里都不知道。保密局是个什么单位，王总编心里有数。那个学生惹上了大麻烦，你少管闲事。"

"学生被抓，我这个教务长袖手旁观，不好向家长和同学交代。"王抡楦说，"吴处长手眼通天，还望你与保密局商量，从中转圜，我愿意做保人。"

吴熙祖一反常态，板着脸说："哪个敢去找保密局要人？你那个学生说不定是共产党，谁也不能担保，搞得不好把王总编也牵连进去。你没听见刚才杨总司令是怎样说的？现在是什么时候，你还这样糊涂！"

吴熙祖不帮忙，却透露出学生是被保密局逮捕的，王抡楦就从这条线去找。

徐远举的公开身份是西南长官公署二处处长，实为保密局西南特区区长，他是个赌徒，喜欢打麻将，常约人聚赌。徐远举的牌友中，有一个人名叫邱甲，是潘文华的心腹。王抡楦通过种种关系，转弯抹角找到邱甲。

邱甲习惯于在上司跟前只听不说，在下属跟前只说不听。他认为人的见识本领，自古以来就与官阶大小成正比例，官越大，见识本领也越大，即便上司讲的话有时听起来好像不大对头，他也只管服从，即便错了，他没有责任。他以此律己，也以此衡量别人。他每每召集下属，总是要求别人少说话。比如这时，他接过王抡楦的名片，就在估算来者的官阶。

国民党文官分为特任、简任、荐任、委任四个等次，共 37 个级别。王抡楦属于第三等次荐任文官，是由单位主管向国民政府荐报，请求任命的官员。荐任官共分 12 级，省辖市市长、县长、省以上政府机关的处长等。王抡楦相当于县团级，他还有《中央日报》总编的实职，由国民党中宣部主管，背景硬。

邱甲觉得王抡楦上了等级，放下王抡楦的名片问道："王总编大驾光临，不知有何指教？"

王抡楦道出缘由，请邱甲帮忙捞人。他知道官场打点规矩，时兴送钱物。他没有余钱，将友人送他的一幅晚清翰林院庶吉士赵熙的字画，转送邱甲。王抡楦崇拜赵熙创作的川剧《情探》，更喜爱赵熙的字画，为救学生，忍痛割爱。

邱甲思忖，王抡楦既然知晓他是徐远举的牌友，想来也不是等闲之辈，答应为之帮忙。

有一天打麻将，徐远举赌运亨通，连割几手大牌。邱甲见他心情好，借机说道："徐处长，《中央日报》总编王某，有一个学生被捕，他托我代为致意徐处长，愿意担保他的学生。"

徐远举在兴头上，又不愿扫邱甲的面子，漫声应道："好吧，你把那个学生的名字写给我，我回去查查。"

徐远举回去查材料，那个学生是在其江津仁沱镇老家被捕的，目前关押在江津县监狱。卷宗里注明他的罪名是"编辑非法报刊"，刊物名叫《每日新闻》，宣传左倾言论。抓捕时没有查到秘密文件、信函、武器等物证，徐远举推断该学生可能不是共产党员，但起码属于地下党的外围组织，不然，此人不会利用自己的暑假回家编辑激进报刊。这种人不能释放，徐远举批示在江津继续关押，严加看管。

王抡楦忐忑不安，一面催促邱甲，一面发动南充同乡会人员游说。

徐远举始终不开释那名学生。直到解放军攻占江津，才把面临死刑的学生解救出狱。

5

“迁川大厦”建于抗战年代，其时物力艰难，建房因陋就简，除底楼是双层砖墙，二、三楼均为单砖墙。短短几年，这幢房屋便显出陈旧的景象，木框窗户遭到虫蛀，掉木渣，靠外一面的油漆剥落，斑斑驳驳。底层未铺地板，人们直接踩在石灰地面走，踩得乌黑。工商界同仁曾打算凑钱维修，却因战事频繁，心绪不宁，懒心无肠搁置下来。老房子的好处是房间大，空间高，又在上半城，走路方便。因此，总商会理事长蔡鹤年有时在这里开会。

三楼之上是几间小阁楼，窗户突出在屋檐外，视野开阔。蔡鹤年叫勤杂工来，在其中一间阁楼里摆了几张方凳，预备了茶水。待约定的七八个人到齐，《商务日报》总经理高允斌就指着屋里一位陌生人说：“各位，我来介绍一下，这位就是地下党派来的蒋仁风先生。”

闻得此言，众人都注目蒋仁风。工商界同仁一直在寻求地下党，望眼欲穿，谢天谢地，地下党终于现身。

蒋仁风穿灰麻布长衫，戴老式礼帽，胸前别着一枚某学校的校章，作为幌子。见众人向他拱手，他便取下帽子，理一理头发，向众人点头。原来，地下党并非《中央日报》描绘的强盗，也就是普普通通的人，且相貌端正，彬彬有礼。

蒋仁风说："我奉地下党领导的指示，来与诸位先生见面，共商大计。我听高总经理介绍说，你们都是爱国爱乡之人，倾向进步，反对内战。我代表地下党，向你们表示欢迎。"

蔡鹤年环顾一下到会者说："蒋先生，我们都拥护共产党，愿意跟共产党走光明之路。"

蒋仁风把双手平放在膝盖上，和颜悦色地说："我想先听听工商界的情况。"

对现状了如指掌的蔡鹤年先发言。他说："因受到经济衰落和通货膨胀影响，重庆的商业陷入萧条，乃至于大批歇业或关闭。我略算了一下，本市经营原材料的商家，由将近7000户减少到2600户。经营日用杂货的商家，由30000多户减少到16000户。只有经营进出口业务的商家，因猪鬃、药材、生漆、桐油为外商青睐，出口需求大，反而增加51户。"

总商会董事温少鹤接口说："听康心如讲，全市原有的102家银行，18家倒闭。连两家外商银行'汇丰'和'麦加利'，也把资金抽走，宣布停业。幸存的银行被迫紧缩开支，勉强维持，重庆金融业实际上已陷入瘫痪。银圆券又来折腾一番，更是雪上加霜。"

参议会秘书长柯尧放说："国立教育学院的教授来找我诉苦，买不起书，买不起报，吃不起饭，一个月的薪水抵不到两枚'袁大头'。他解嘲说，'教授教授，越教越瘦'。我另有一个亲戚，在中学教书，说是工资到手，半个月都撑不过去，靠典当衣物苟且度日。”

蔡鹤年又说：“不久前‘九二’火灾受灾商家甚多，保险公司原说要赔偿，却因当局造谣系共产党所为，迟迟不赔付。大家都来总商会，叫我想办法，我哪有办法可想，只好劝慰一番，大事化小，拖一阵再说。”

参议会议长范众渠叩叩烟斗，把烟灰倒进烟灰缸，慢条斯理地往里填烟丝。他说：“前几天我接到农会方面议员的一个议案，案由称本埠农村今年先遭春旱，五六月间又连遭暴雨洪水袭击，人畜房舍冲毁甚多。而今年的田赋征收，又达历年最高数额，农民口粮无以为继，哀鸿遍野。农民的怨言，归结为‘天灾越重，人祸越惨’。这份议案提请向市政府呈报，我第二天就转送过去，市长杨森迄今并不回复。在他眼里，市参议会不过是个体现民意的摆设，可有可无。”

蒋仁风说：“从大家讲的情况来看，国民党已彻底丧失民心，失道寡助。俗话说得好，墙倒众人推，地下党要借助诸位的力量，为迎接解放做点切实的准备。”

蔡鹤年提议说：“我们酝酿成立一个组织，由地下党领导。这个组织的名称叫啥，请大家议论一下。”

蒋仁风说：“就叫‘迎接解放筹备小组’，大家看好不好？”

众人赞同。

蔡鹤年说道：“那么，小组长一职，就请蒋先生担任。”

众人又赞同。蒋仁风不赞同。他说：“我不便公开出面，小组长由你们推选出任为好。”

到会者推选范众渠做组长，高允斌、蔡鹤年做副组长，柯尧放做秘书长，李和甫做秘书。对外用市参议会、市商会名义活动。

他们还提出了一些可以参加筹备小组的成员，一共 10 多人。蒋仁风记在一张便笺上，准备带回去与刘兆丰研究。

蒋仁风说："我来与诸位见面，意味着地下党对你们的认可和信任。今后我还将不定期与诸位见面，随时互通情况。地下党接到消息，广州已经解放，解放军封锁了蒋匪军逃亡海外的通道，重庆解放也指日可待。在这样的时刻，大家要积极行动起来，联系各自的社会关系，筹集应变生活物资、控制交通运输、保护水电厂，迎接解放大军。"

蔡鹤年说："地下党信任我们，是我们的荣幸。为重庆解放略尽绵薄之力，早就是我们的心愿。有地下党的领导，前进方向当更为明晰。"

直到重庆解放，工商界头面人物无一人去香港或台湾。

6

二野大军开始向湖南隐蔽开进。三兵团向常德、江陵运动。五兵团从上饶出发，经湘潭向邵阳集结。中央军委考虑到二野四兵团两广作战，二野建制不全，将四野第 47 军拨归二野指挥，第 47 军军长名叫曹里怀，参加过辽沈战役和平津战役，是林彪手下的悍将。

山沟中散发出清新潮湿的泥土气息，水田里倒伏着收割后的水稻桩。茶山还是绿油油的，林中的草叶和树枝上，缀满颗颗水珠儿，被阳光一照，宛如串串银珠，闪闪发光。蜂群从木板箱钻出来，搜集和储存蜂蜜，准备越冬的食粮。黑色的牛群，散在各处悠闲地啃草，不时摇动着尾巴。

田坎上出现了一个穿绿军装的人影，然后两个，三个，五个，十个，接踵而至的便是成百上千个人影。他们占用的不止一条田坎，而是许多田坎，在山沟里形成一条条绿色的浪潮。在稍微宽敞的山道上，驮着山炮和无后坐力炮的骡子呼哧呼哧喘气，战士用手推着炮筒，给牲口加劲。三五成群的通讯员，骑着马从队列边上跑过去，马蹄嘚嘚响。这些队伍有南来北往的，东走西去的，看似混乱，却是按统一号令向各自的目的地走着。这好像一盘变幻莫测的象棋，其实它有规律。

高级指挥员半道从马背下来，掏出地图看，部队是否偏离了目标。为保密，无线电台处于静默状态。

半个多月时间，20万先头部队、7000匹战马到达指定位置，其他部队还在陆续开进。军歌和战歌，把好儿郎凝聚在一起，为民族解放秣马厉兵。

常德位于湖南北部，江南洞庭湖西侧，武陵山下，史称“川黔咽喉，云贵门户”，是一座拥有2000年历史的文化名城。这些天，常德县城变成了一座兵山。居民在街上走，时时会听到外地口音。山东、山西来的老兵，讲着北方话，与迎面走来的老乡打招呼。刚从河南参军不久的新战士，口音与当地差不多，居民能听懂。西南服务团的团员，讲着吴侬软语，走路喜欢吹口琴、唱歌。小酒馆里坐着河北、察哈尔的干部，他们的零用钱比战士多。

常德“白云”中学停课一天，把大教室腾出来，供部队开会。军队和地方干部先走进会场。会场里没有沙发，没有麦克风，没有茶水，更没有热毛巾。这是一个讲求实干的会议，一个舍弃了一切形式，只剩下思想的会议。大家来这听首长指示，是为了接受新指示，并通过交流碰撞产生新思想，其他都是多余的。

刘伯承、邓小平刚到常德，征尘未洗，就召集常德党政军领导开会，听取各方面的情况汇报。

常德支前司令员孙云英是理想的后勤干部。他在汇报了支前准备情况后表示：二野需要多少民工，需要补充多少粮草，支前司令部都会想方设法保证供给，并立下为路过和集结常德的大军和战马提供足够给养的军令状。

常德地委书记和行署专员汇报，通过全区各县的积极努力，已为二野补充大米 1048 万公斤、柴草 2008 万公斤、食油 1 万公斤、食盐 2.3 万公斤，以及大量其他食品。地方上还为部队赶制了大量冬装、被服，补充一些弹药、装备等军需物资。

他们没有说，常德承担的运输极为艰巨。常德的交通情况并不好，浩浩千里的沅江没有一座桥梁，汽车仅靠一艘轮船过渡，船员连轴转。从常德辐射出去的五条公路，均遭到国民党军不同程度的破坏。支前司令部动员民工，用简陋的工具，靠肩挑背扛，在一个多月时间里修复路面 5860 米，修复桥梁 31 座、浮桥 10 座。特别是大军开到沅江南岸时，地委组织 3000 多名码头工人和船员，日以继夜地转运军需物资过江。架浮桥木板不够，千家万户拆下门板，自行送到江边。

也许，数字是乏味的，但是，为解放战争作出的贡献，却是可亲可信的。

邓小平表扬了孙云英，表扬了常德地委和行署。当他要他们介绍一下经验，以供推广时，几个人却你推我让，嗫嗫嚅嚅说不出话，神情紧张，满面通红。邓小平笑着，带头鼓掌，让他们下台阶。

邓小平说："同志们，当我听到刚才几位干部的汇报时，我想到了什么呢？我想到了长征。英勇的红军战士，用民族的希望，支撑着极度饥饿与疲惫的衰弱躯体，将革命的种子播种在干旱的陕北黄土高原，播种在骇浪滚滚的黄河东岸，以至于播种到全国。那时我们可说是没有吃、没有穿，没有任何后勤补给，尚能走到延安。今天，我们有这样充足的供应，打倒蒋介石，解放全中国的任务，定会很快达成。"

刘伯承接过话题说："没有绝对闯不过去的难关，但首先不是一味凭靠运气，而是靠足以粉碎任何险关的钢铁信念和意志。在这方面，红军无愧是万世之师。记得当年血战之前，领导最爱问的一句话是，'明白了吗？'而真正明白这句话，不是当时，而是多年以后。解放军就要向西南进军了，广大人民的意识和生活，正在发生普遍变化，因为大家看到了中华民族百年憧憬的繁荣曙光。"

邓小平说："如果让时光倒退，便会察觉我们走得多远多快。策划战略大反攻之初，预计5年左右时间可以推翻国民党政权。哪知仅用了3年时间，我们已解放大半国土。于是，我们发现了一个简单的真理，那就是得道多助，失道寡助。"

散会后，干部们在学校食堂用餐，萝卜白菜豆腐汤，主食为米饭、馒头。

二野大军像一阵浩荡的风，播扬过一种轰轰烈烈的意志，从常德吹过去了，却让湘西保留着仰慕和记忆。那些魁梧矫健的身影，燃烧过千万颗心灵，永远那么年轻有力。随着这些故事的流传，人们记住了两个名字：刘伯承、邓小平。

7

鲜英去拜访杨森。

初秋的“渝舍”，地上已有一些发黄的枯叶，红果树被秋风弄得厌倦，随意产下它们烂熟的果实。鱼池里的红色鲤鱼、黄色金鱼，都游到假山下去产卵，水面泛着串串水泡。

杨森穿着居家的长袍马褂，背着手站在窗台前，不知在想什么。听见副官把鲜英引进房间来，这才转身回头，客气让座。

鲜英说：“子惠兄，秋高气爽，风和日丽，哪天我们两个老弟兄相约，到涂山寺去喝茶，偷得浮生半日闲。”

“我哪里还有那个闲情逸致，”杨森说，“时局如此，我愁都愁不过来。”

鲜英问道：“李代总统发表广播讲话，说是局势有望稳定，不可失去信心。”

杨森不屑地说：“李宗仁吹牛不打稿子，特生兄不要听他瞎念经。”

“难道局势又在恶化？”鲜英问道，“这几天重庆房价急速下跌，如同白菜价钱，我正准备收购几间出租。”

杨森说：“岂止恶化。共军占领广州后继续推进，将国军第21兵团围歼于阳江。守备潮汕地区的第12兵团，好不容易乘船从海上向金门和台湾撤退。广东可说是没戏了。广西方向呢，白崇禧退居桂林，正做困兽之斗。原指望他固守湖南，与四川呼应，他倒溜之大吉。唉，时至今日，西南已四面受敌。我这两天右眼皮直跳，一跳就没有好事情，很应验。”

“子惠兄，我有一件事，不知当说不当说？”鲜英道。

杨森挥挥手屏去左右，然后说道：“你我情同手足，又是亲家，但说无妨。”

鲜英说：“有人从共区过来，托我给子惠兄传个口信。”

“哦，那边还有人给我带口信，不知是哪一位？”

鲜英低声说道：“朱玉阶、刘伯承问候你。”

杨森把刚端到嘴边的茶杯放下，神色骤变。鲜英所说的朱玉阶，是朱德的字。朱德毕业于云南陆军讲武堂，1917 年任滇军旅长，在四川参加反对北洋军阀段琪瑞的护法战争。杨森时任滇军第 2 军某部参谋长兼独立团团长，与朱德比肩作战。第一次国共合作，杨森任川军第 2 军军长，朱德到川军中来做政治工作，天天打照面。刘伯承担任四川督军署警卫团团长时，与杨森也有交往。症结在于，杨森与他们站在不同阵营，早已分道扬镳。话说回来，故人毕竟还记得自己，杨森感到几分欣慰。

杨森坐不住，站起身来，在室内来回踱步。随口应道：“难为他们记得杨某，麻烦特生兄转告来人，就说我杨某心领了，也请代我向他们问好。”他又忍不住问，“他们想叫我做什么事情？”

鲜英说：“八个字——捉蒋、起义、救人、保城。”

杨森断然答道：“第一条绝对办不到。蒋带来的航空警卫旅装备精良，密集在沙坪坝至林园一带，凡是求见他者，一律不准携带武器。第二条我也办不到。汉烈的部队在涪陵，一动，长官公署就会知道。”汉烈指杨森的儿子杨汉烈，第 20 军 79 师长，铁杆部队。

“第三条是啥？刚才未记住。”杨森问。

鲜英说：“第三条是救人。”

“救人？救什么人？”

“被徐远举抓到歌乐山集中营关押的政治犯。”鲜英答。

杨森又是摇头：“守卫部队是内二警，我跟彭斌说不上话，也没有借口派人去换防。”

鲜英说：“至少第四条你能做到，保全重庆城。”

杨森不作声。

鲜英动员说：“子惠啊，我们是多年老同学，你听我一句劝，那边主动伸手拉你，你莫要坐失良机。”

杨森停下脚步，注视着鲜英说：“特生兄，你看共产党容得了我吗？”

鲜英说：“我看不会容不得。傅作义围攻张家口，与共军打得你死我活，血流成河。他起义保全北平立功，据传已被任命为水利部部长。陈明仁与林彪血战四平，大量杀伤共军，起义保全长沙，共产党委任他为湖南省临时政府主席兼解放军第1兵团司令。子惠兄与共产党的老账，与他们相比，可谓无足轻重。那边的带话人说，只要你起义，老账一笔勾销不说，还要给你安排职务。”

杨森思索一阵说：“我还是不踏实。当年朱德在22军任党代表，要我参加北伐，我却出任吴佩孚的‘讨贼联军第一路总司令’，与之反目成仇。我参加过围剿红军川陕根据地，参加过围堵长征中的红军，我的双手沾满共产党人的鲜血，他们不会放过我。”

鲜英又劝说一阵，杨森仍然不为所动。

“那就这样，子惠兄可以退而求其次。”鲜英说，“共产党要你保全重庆城，说是也算一个功劳。傅作义、陈明仁他们，就是这样做的。”

杨森还是不作声。

鲜英苦口婆心："子惠啊，你是四川人，四川是你的桑梓之地，老祖宗的坟墓所在，你不要做对不起四川父老的事，重庆绝不能破坏。朱玉阶与你到底是老同事，过去虽然彼此都有点不愉快，人家主动问候你，说明确有诚意。你做点好事，以后故旧重逢，当有握手言欢的一天。我与你相交数十年，此举是为你好。还请子惠兄三思。"

杨森又在屋里转圈，心事重重。末了回答鲜英说："事关重大，我一时难下决心，容我考虑考虑，再作答复吧。"

鲜英起身告辞道："子惠兄深明大义，无须鲜某赘言，还望早定大计。"

第八章

1

11 月初的一个早上，太阳刚露出地面，朝霞和浓密欲滴的紫色云朵，飘浮在恩施县城。另一大片天空，还没从夜色中苏醒过来，展现着一片暗蓝。川黔湘鄂边区绥靖公署主任宋希濂，带着睡眠不足的惺忪，嘴里嚼着厨师送来的油煎荷包蛋，手握餐刀，往面包片上涂果酱。

军用电话铃声急促响起，宋希濂拿起话筒，听到一个惊慌的声音："宋主任，共军向我部发起猛攻，我部在收缩中。"那是花垣县驻军的师长打来的。宋希濂命令该师长固守，不得后退。电话刚放下，驻咸丰的第 15 军军长来电话，报告该部受到攻击。稍停，泸溪县、辰溪县驻军也打电话报警。早餐吃不下去了，宋希濂叫第 14 兵团司令官钟彬来议事。

划归宋希濂防守的川黔湘鄂边区，东起湖北恩施、西迄四川酉阳、北至湖北巴东、南到贵州铜仁，共计 32 个县。由于判定解放军主攻方向在陕南，配置的部队只有 2 个兵团共 6 个军，建制不全。这么多地方有敌情，机动部队开到哪里去增援，使宋希濂一时难以做出抉择。

钟彬赶来，宋希濂与之商议："钟司令官，共军向我防区发起多路攻击，你分析分析，其用意何在？"

钟彬说："总裁判定，共军主攻方向在陕南，其主力部队正向陕西开进。我认为，他们在湘西发起的攻势，可能是佯攻，借以吸引胡宗南长官的主力来援，趁机从陕南总攻。"

宋希濂搓着汗津津的手，拨弄着军用地图，狐疑地猜测解放军的意图。从他内心讲，他惟愿钟彬的判断正确，那样，主要的打击就不会落到他头上，他可以苟安一时，对蒋介石也好交代。

商议一阵，两人认为情况不明，暂且命各部就地应战。其间不断有电话打来，声称解放军攻势猛烈，难以抵抗，只得后撤。

宋希濂不可能知道，人民解放军发起了大西南战役。

在刘伯承、邓小平的指挥下，在南起贵州天柱、北至湖北巴东约 500 公里地段上，对国民党军实施多路进攻。二野第三、第五兵团和四野一部，从国民党军意料不到的，也是其防线最薄弱的四川、贵州边境突进，展开凌厉的攻势。担任战略迂回任务的第五兵团等部，分别从湘西邵阳、桃源地区出动，挺进贵州，迂回包抄，断敌后路。

解放军的突然进攻，打乱了宋希濂的阵脚。吉首县、花垣县很快失守，宋希濂率绥靖公署仓皇后退至武陵山区，沿川湘公路布防，将绥靖公署设在秀山县城。

川湘公路建成于抗战前夕，全长 879 公里，由川段和湘段组成。川段从重庆綦江县起，经南川、武隆、彭水、黔江、酉阳、秀山与川湘边境的茶洞相接。湘段由茶洞经花垣、吉首、泸溪至三角坪，与湘黔公路连接。它是四川、湖南两省之间唯一通道和大动脉。在毫无机械助力的年代，修筑这条公路千难万难。通车之日，四川公路局局长魏军藩曾感叹道："川湘公路咸为崇山峻岭，高岩深涧，工程艰巨，罕有其匹。"

这样一条宝贵的公路，国民党军正在破坏它。大卡车从重庆拉来地雷和炸药，工兵连在路面挖坑，掩埋地雷；爆破队在桥梁安放炸药，布设电线，随时准备起爆。

公路两侧的高地上，穿皮鞋的中央军一队队散开，组成一条极长的防卫线。步兵在挖战壕，垒泥土包。炮兵在山炮周围卸炮弹，炮长校正瞄准镜。通讯兵满山坡跑，铺设军用电话线。炊事班用几块石头搭起灶台，蹲在地上做饭。

宋希濂的吉普停在公路旁，他手握一根指挥棒，到阵地巡视。他不怕打仗。抗战初期他指挥一个师，在虹口、杨树浦一带与日军短兵相接，杀得血流成河。他参加过南京保卫战，坚守到接到命令才后退。他与共产党也交过手，参加对中央苏区的第五次大围剿，中弹负伤，却大难未死。蒋介石命令他防卫川黔湘鄂边区，他要血战到底。

此时，留守恩施县城的钟彬，领教了解放军的神勇。他固守了两天，第三天顶不住了。

火光第三次照亮了古老的恩施城，解放军逼近了机场，迫击炮弹在跑道上制造出大大小小的弹坑，从重庆飞来接送钟彬等将领的一架小飞机被炮弹击中，汽油箱爆炸，飞机燃烧得像一根蜡烛。

在机场防守阵地内，守军互相拥挤着，从伤亡者身上踏过，向县城溃退。

顽抗的团长率领残存的部下，与解放军展开贴身肉搏。他以80公斤的体重，扑向第一个冲进碉堡的解放军。在半空中，正当他的牙床要合拢咬人的时候，他受到猛然一击，上下牙齿极痛苦地合拢起来。他翻了一个身，让背脊和腰部跌在地上。他有生以来从来没有挨过枪托打，他不懂。他又跳到半空里，而那种猛然的一击又来了一次，将他击倒在地。在一次特别凶猛的打击之后，血从他的鼻子、嘴巴和耳朵里汩汩流出来，他再也爬不起来了。

解放军连长走过来，用脚踹了踹敌团长，见此人还活着，笑了。是连长命令不开枪，他冲进地堡就看见这个佩戴上校军衔的敌军官，他要留活口。俘虏团长以上敌人，可以立功受奖，他还想增加一枚军功章。

每隔几秒钟，便飞过一颗炮弹，压缩着空气，在恩施县城守军中炸开一颗榴弹，炸死几个人，并将血液溅在附近的人身上。

解放军肯定会从机场那边冲过来。此时不走，更待何时。钟彬率领他的将校，分乘吉普夺路而逃。解放军随即攻占恩施，好险。

孙震部队也遭到攻击，还好，起义的海军没有开来，进攻的解放军只在陆路推进。他派出一个团，加强奉节的防守。他给王陵基、杨森发过电报，后两者承诺要接应他。

2

西南服务团团长曹荻秋，率领团队徒步兼程。

这是一支担负接管重庆的队伍，在常德整编时被列入第三兵团序列，整编列为川东支队、重庆支队、公安支队、政法大队、财经大队、职工大队、工会大队、技术大队、青委大队、文艺大队、新闻大队，以及按专业对口组织的房地产、税务、粮食、贸易、银行、邮电等专业中队。全团接近 2500 人。

湘西和川东南山峦连绵，壁立的山峰，简直高耸到天上去了，从头到脚，全是苍黑的岩石。有些地方非常突出，岩石好像就要坠下一样；有些地方，又凹了进去，里面有很深的岩洞。岩石上下的缝隙里，到处生长着枝丫弯曲的野生杂木，看来极像巨人身上长的粗毛。再涂上一层苍茫的暮色，抹起向晚的阴影，就更加显得凶残吓人。最陡的山坡。两边都是无底深渊。无论向右或向左一滑脚，人都要跌伤跌死的。

山峰连着山谷，沉没在树梢后面的太阳，使得这些道路呈现出一片奇特的、又幽雅又荒凉的景象。翡翠般绿色的林子，把人们引到迷途，引到死水潭或者急转的斜坡那里去，那些斜坡马匹一走下去，再上来要绕很大的弯路。

每天规定行军 100 华里，天刚黎明便开始行军。在带有寒气的尘土中，驮着辎重的毛驴、马匹的下肢陷到足踝，焦躁地嘶叫。地上的尘土，被人脚和马蹄搅拌着，云一样飞到队伍的上空，弥漫到行走者和牲畜的眼睛、毛发、耳朵、鼻孔里，特别是肺里。太阳升得愈高，尘土云升得愈高。队员用手巾捂着鼻子和嘴巴走着。到了宿营地，大家都朝水井跑，拿过水瓢来灌水，一直喝到瓢底的泥渣。

下雨天更遭罪，遍坡的泥泞，走一步滑一步，冷不防摔成大花脸。

可以想见，西南服务团的队伍中，不免有意志动摇者。

服务团离开南京，历经半个多月越过苏、皖、豫、湘，两渡长江，一渡洞庭湖。少数人未牢固树立将革命进行到底的信念，乡土观念、家庭观念严重，想回家，认为南京解放就该复员返乡，不愿再到离家越来越远的西南地区，有人在离开南京时就开小差逃跑了。进入川湘边界行军，有的大城市来的城市兵经不起艰苦生活的考验，情绪低落，纪律松弛。

曹荻秋集中政工干部，边走边做思想工作。从常德出发前，他邀请随军东下的原重庆市参议会议长、爱国实业家胡子昂给财经大队、银行中队作《重庆经济、商贸和金融情况》的专题报告。组织学习党的七届二中全会文件，观看反映进城执政后防止腐败的京剧《北京四十天》。

行军途中，他要求政工干部多做鼓动。

“走好、走远、走快、不掉队”的标语牌，随处可见。文工队员手执竹板，沿途表演快板书：“走，向大西南走！西南的同胞不能再等待，他们正在水火中。他们现在渴望着解放，好像是大旱望甘露。走，向大西南走！”从上海来的女队员，一到驻地就教唱《行军小唱》：“长长的行列，高唱着战歌，炮口在笑，战马在叫，战士们的心哪心在跳。我们越过平原，我们跨过山坡，我们走过村庄，我们渡过大河。炮手啊驮着炮，驭手啊拉着骡，驮粮的毛驴摆动它的长耳朵。叮叮得儿龙格龙，叮叮得儿龙格龙！”

每当大家十分疲劳，便有宣传队员扯起喉咙打气：“今天走了九十九，眼看驻地在前头。同志们，再坚持一下，马上就到宿营地。”

可是，学生兵队伍越走脚步越沉重，越走歌声也越稀少，病号和掉队的越来越多。曹荻秋和团部领导，对进军途中将会出现的困难早有预料，从常德出发前，就组建了留守处，将患病体弱和年纪较大的干部留在当地。行军途中，每个大队都成立了收容队，收容病号。途中开展团结互助，团领导和老干部与新战士同甘共苦，把马让给女同志骑，帮掉队的同志背背包，克服困难携手前进。

作为团长，组织上给曹荻秋配了马匹，但他常让给别人骑。人到中年，日行百里，他也吃不消。前行的路上，只有那些早已熟悉的、没有趣味的画面：左右两旁是小麦和红薯地，有些鸦雀在田野上蹦来蹦去。往前看，只有灰尘和人的后脑勺；往后看，也只看见灰尘和人脸。打头的是 10 来个端着冲锋枪、步枪的人，他们是前卫。后面紧接着是驮队，包括一些支前的民工。所有的骑马的人，都夹在队伍当中，马鞍上还有负重，挂着一袋袋干粮，系着茶壶。每天就是这样走，有时觉得川湘公路好像简直没有尽头。这条道路有 7000 华里，这次行军被称为小长征。

曹荻秋乐观豪迈，不仅自己坚持下来，还给年轻人打气：“要争气，要用行动证明，西南服务团的团员是硬骨头。”

熟悉曹荻秋的同志都说他想得远，说得多，管得宽。说得多，难免说得不对，管得宽，难免管得不妥。但这是很可贵的品质，大家有什么事都愿意找他谈。

走路有个好处，晚上瞌睡好。一觉醒来，曹荻秋深情地舔舔嘴唇。哦，莫非他在品味梦中的情景多么香甜。瞧，笑脸上浮起浅浅的酒窝，就像是刚才在梦中看到红旗插上了重庆城头。

3

李宗仁到西南军政长官公署视察那天，刘宗宽在场。

“代总统”是国家元首，李宗仁的架子比蒋介石还大。大会堂门前插了两面旗帜，一面是国民党党旗，一面是中华民国国旗。戴着白手套的宪兵，从长官公署大门排到大会堂台阶。在为李宗仁准备的尊贵座位后面，站着几个肩挂绶带的礼宾小姐，捧着鲜花。大会堂里挤满了重庆的有头有脸的人物。大家之所以有耐心来参加这种会，只是为了应酬。

军乐队庄严的演奏，忽然充满了整个大院，那声音先是深沉，接着扩大起来，变成一股声浪。这时候，李宗仁从轿车里下来，走向大会堂。他身着陆军一级上将军服，胸前挂满勋章，脸上带着他那招牌式的微笑，表明他是一个和气的人。西南军政长官公署长官张群紧随其后，然后是副长官钱大钧，刘宗宽也跟在后面。

李宗仁发表了热情洋溢的讲话，他说他在重庆看到了民族复兴的希望。为了巩固后方，他将去昆明部署种种事务，依依惜别，借此机会向到场的女士们、先生们表达崇高的敬意。

刘宗宽看见，参会的党政军大员，对李宗仁的讲话漠不关心，不耐烦地等着他住口，然后就去聚餐。国家元首应该恩威并举，李宗仁没栽培他们，也看不出他有何威严。这些党政军大员，都清楚蒋介石才是大老板，李宗仁不过是一个傀儡。

李宗仁去昆明，张群随行，长官公署清静了几天，很快即陷入了混乱。

机要员戴着耳机，收听前方发来的战报，对着密码本一个字一个字翻译，啃了一半的烧饼扔在凉水杯旁。女秘书捧着文件夹，高跟鞋磕磕响，往各个办公室分发文件。在财务科，一天之内总会有七八个人，有时甚至,10多个人来，签字，拿了钱，然后消失。在传达室，值班员与邮差交谈：“我只做能做该做的事，如果人人都做了能做该做的事，天下就太平了。”

刘宗宽在办公室阅读战报。钟彬的部队被分割，发来的消息零零碎碎，他一会儿说他的第79军在咸丰县，一会儿又说该军撤往黔江县。第20兵团司令官陈克非报告，该部向白马山移动，准备在那里布防。孙震的两个军，一个军分布在忠县、丰都县，一个军原驻巫溪县、巫山县，防守大巴山，已奉孙震命令向巫山县移动。他注意到，胡宗南的部队没有移动，仍然囤兵陕南。

刘宗宽把这些记在小本子上，回家交给房显志参看，房显志把认为重要的内容抄录下来，由交通员转送。房显志说：“从大部署看，蒋介石还蒙在鼓里，做他的陕南决战之梦。”

刘宗宽说:“内战以来,老蒋一直编织美梦,可惜一个也未实现。”

张群回来了，他在昆明与李宗仁进行了艰难的、令人心力交瘁的长谈，持续了好几天。他暗示李宗仁知趣辞职，让蒋介石重新上台。李宗仁却固执地不交班。

张群对刘宗宽说：“李德邻刚愎自用，厚着脸皮做‘代总统’，指望在下一次国民大会获得追认，去掉那个‘代’字。他也不想想，全国只剩下西南一隅，到哪里去凑得起各省选民，那些选民又怎样来重庆？”

当着刘宗宽的面，张群把机要秘书招来，口述吁请蒋介石来重庆的电文。电文写道：“职已与丘昌渭同返重庆，惟李宗仁则先返桂林，然后来渝。李宗仁近已深感进退维谷，其情绪流露，日形烦懑。”那口气不像在谈论国家元首，谈的好像是一个病人。

行政院长兼国防部长阎锡山，从重庆发电报给蒋介石："渝东、黔东军事虽有布置，尚无把握。非钧座莅渝，难期挽救。"次日，阎锡山又来电报："今日政务委员会决议，一致恳请钧座早日莅渝，主持大计。"立法院副院长陈立夫，率国民党籍立法委员数十人，吁请蒋介石来重庆。国民党各院部不甘落后，也纷纷致电蒋介石。

蒋介石碍于李宗仁迟迟未松口，回电表示不便出面。

贵州省主席谷正伦来电，西线共军已突进至图云关，贵阳危在旦夕。宋希濂来电，共军占领彭水县旧城，所属第2军被包围。

李宗仁无法应付残局，终于从桂林给张群发电报："拟赴各地巡视，以激励士气民心，请速电请总裁促驾，不必候仁返渝。"他明确表示不回重庆，却因自尊心强，不直接给蒋介石发电报，叫张群转达。

既然李宗仁自动让步，蒋介石觉得名正言顺了。他在日记中写道："德邻飞桂后，闪避不回重庆行都，整个政府形同瓦解，军民惶惑，国难已至最后关头。不管李之心理行动如何，余不能不先飞渝，主持残局。明知其挽救无望，但尽我革命职责，求其心之所安也。"

蒋介石决定第二次到重庆。

4

二野攻占四川境内的第一个县城，是位于武陵山脉中段的秀山县。它东临湖南省龙山县、保靖县、花垣县，西南连贵州省松桃县，被称为“一脚跨三省”，历来商贸发达。土家族、苗族是这里主要的民族成分，汉族少一些。

中和街与穿城而过的梅江河平行，两边都是闹市，战乱刚平息，跨省贸易便随之继续。青石板铺就的老街弯弯曲曲，店铺栈房此起彼伏，酒楼旅店连成一片，更有南来北往的客商熙熙攘攘。当街的街道两旁，堆积着的山货有木耳、黄花、香菇、魔芋，粮食有大米、苞谷、黄豆、豌豆，药材有贝母、党参、桂枝、藿香，野味有山鸡、麂子、石蛙、野猪，油料有芝麻油、茶籽油、花生油、猪板油。

秀山县城的规模，透露出昔日的辉煌。发了财的士绅，在镇上建起一幢幢深宅大院。但见楼阁错落龙凤翱翔，幽房曲室玉栏朱楯，轩窗掩映牖户自通，金碧辉煌耀人眼目。更有金虬伏于栋下，石兽蹲于户旁，壁砌生光，工巧之极。云楼上倚晴空，水阁下临青池。朱槛彤栏，叠生云怪石，烂漫奇花，掩竹洞花房。真可谓绿荷密锁寻芳路，翠柳低笼斗草场。

二野司令部设在县城南门外的凤鸣书院，刘伯承眺望着青山绿水，欣喜地说：“梦魂萦绕多年，终于回到四川老家。听到亲切的乡音，喝到甘甜的故乡水，特别激动。”他 1927 年参加南昌“八一”起义，从此南征北战，没有机会返乡。

邓小平站在一旁，双手卡腰，也感慨良多。四川也是他的故乡，他冲出夔门去寻找马克思主义，一走就是多年。他的养母和一些亲戚还在老家广安县，不知他们近况如何，到重庆后要见见面。

他们把随军记者叫来，拍下一张合影照。

唢呐声由远而近，当地士绅和民众抬着猪羊、挑着米酒，前来慰问解放军。慰问队里有两个艺人，一旦一丑，旦角叫幺妹子，丑角叫赖花子或别的名字。幺妹子头梳长辫，身穿大襟罗裙，右手执绸边花折扇，左手拿花彩巾，伸直腰，踏着丁丁步，载歌载舞，表演天真活泼、诙谐泼辣。赖花子则把头巾扎成“半边月”，身穿对襟衣，腰系红绸带，手拿大蒲扇，踩着矮桩步，用“风摆柳”的动作围着幺妹子转。解放军官兵看得笑逐颜开。

二野后勤部向慰问队回赠毛巾、肥皂、牙膏和洗脸盆。不拿群众一针一线，受人礼物须回报，在新区尤其要做到。

刘伯承、邓小平接见了西南服务团秀山县中队长、新上任的县委书记兼县长于吉仁。西南服务团团长曹荻秋、西南局组织部长于江震在座。

于吉仁汇报说：“宋希濂的绥靖公署撤退前，强征了粮食和肉食品，县城食品短缺，居民只有花高价去集市上买，有困难。我已派出征粮队，到四乡去收购。征粮队反映，因土匪威胁，说谁向解放军交售粮食，就要杀人放火，群众顾虑重重。”

邓小平说：“秀山作为我军入川后建立的第一个县级人民政权，应肩负起过境部队的军需补给任务。你们要学习老解放区的接管经验，尽快建立基层政权，由他们广泛发动群众。没有基层政权的支持，唱独角戏，难以站住脚。”

刘伯承说：“秀山与湘西接壤，武陵山、雪峰山溪河密布，洞穴幽深。自宋朝起，这一带就是国家统治薄弱区域，匪患绵延。根据我们搜集的情报，国民党反动派勾结地方股匪，组建了成建制的十多股反动武装，总数达 10 多万。当前和今后一个时期，要成立民兵，给他们发枪，组织群众做好剿匪的准备。我军完成大西南战役后，才能抽调主力部队协助地方剿匪。”

邓小平说：“历史清白的旧人员要用起来，他们熟悉情况，别人难以替代。这是城市接管的一条经验。”

谢富治、张霖之、曹荻秋在凤鸣书院连日召开座谈会，听取重庆和川东敌情、社情介绍。胡子昂、周钦岳、余际唐等上层统战参加。

胡子昂是原重庆市参议会议长、实业家，拥有“华康”银行、四川水泥公司、中国兴业公司、华西公司、重庆自来水公司等多家企业的股票。他响应中共号召，前往北平出席新政协会议，消息见报，杨森派人查抄了他的家产，侮辱了他的家人。

胡子昂说：“杨森这个人反动透顶。他出任重庆市长之初，到市参议会作施政报告，其总纲领第一条是建设三民主义的新重庆，第二条是戡乱建国，第三条是一切工作服从于戡乱建国的目标等等。他在台上大发谬论，讲了一个多钟头。地下党要策反他，恐怕难以实现。”

周钦岳是中共建党初期的党员，大革命失败后与党失去联系，流亡中国上海、日本等地。1935 年返回重庆，任《新蜀报》总经理、社长。抗战初期他受周恩来的委托，为《新华日报》迁重庆提供帮助。1945 年《新蜀报》被特务霸占，他愤而出走香港，投身民主革命。他参加了新政协会和开国大典。

周钦岳熟悉重庆新闻界情况，他说：“重庆的大多数报纸恪守天职，顺应潮流，曾为辛亥革命大造声势，为全民抗战摇旗呐喊，为民主建国奔走呼号，为催生新中国呼风唤雨，进步性是其主流。我给重庆的老朋友写过信，叫他们不与国民党合作，《大公报》《新民报》《国民公报》同仁，都不大刊登国民党中央通讯社的造谣电文了。”

余际唐参加过反清讨袁，做过川军师长，退役兴办实业，在隆昌、荣昌、永川、大足等县投资兴办了好几个企业。他说：“国民党宣传污蔑共产党‘共产共妻’，工商界人士最担心财产被共产党没收。我也写信给朋友们，宣传共产党的政策，叫他们安下心来不要走。”

曹荻秋开玩笑说：“余老板，听说你创办的那个‘烧酒坊’，是四川酒业中的后起之秀，等四川解放后可不可以请我们喝几杯？”

余际唐报以微笑：“没问题，曹团长喝多少我全包了。”

二野司令部在秀山县驻扎了三天。

5

重庆印钞厂已经停工三天。

往日不停轰鸣的车间，静得出奇。神奇的印钞机不吐钞票，张着大口。切割车间地上堆着边角废料，勤杂工没有心思捡拾回去发火。调色老技工闲着无事干，找几张废纸，用油漆乱涂乱抹。大家都不习惯安静，很激动，在厂区一会儿聚拢，一会儿散去，传播着小道消息。

去财政部申请纸张的厂长吕寿祥回来，朱懋禔一看他那沮丧的表情，便知道事情没有办成。

由于没有足够的银圆兑换，红火过一阵子的银圆券也落得与金圆券同样的命运。官方原定 1 元银圆券兑换 1 块银圆，在重庆黑市上实际上要 6000 元，直接贬值 6000 倍。重庆印钞厂承印的小面额辅币，刚印成即作为造纸原料，回炉销毁。

当局不从自身找原因，认为系银圆贩子捣乱。前几天，大批宪兵、内二警突袭较场口、米亭子，将在那里买卖银圆的2000多人团团围住，逐个搜身，搜出银圆就没收。携带银圆较多的就视为“银贩子”。结果，搜劫银圆316枚，押走19个“银贩子”，用卡车拉到西郊金刚坡，赶下车让他们徒步走回来。经过惩治，其他几处市场闻风而散。但没过两天，黄金、棉纱暴涨，人们认定银圆还要涨价，不顾军警镇压，又聚集市场，恢复交易。不少军人也持币到黑市兑换银圆，军心不稳。

重庆中央银行奉命将“新世界”营业点改成“军人兑换处”，按军阶等级高低，限定兑换额度。官大的多兑，官小的少兑。小官要想多兑，只有一再排队，兑换队伍总是排得没有尽头。当局又在中国银行、农民银行增设兑换处，而且改变办法，每人限兑10元。挤兑的残兵败将有增无减，通宵鹄候，驱而不散。

银圆券走下坡，印钞厂停工，是否因为当局不再发行银圆券呢？非也，只因为广州失守，海运中断，从美国订购的印钞纸张无法运到。

吕寿祥说起去财政部交涉的结果：“吴处长接待我，说起印钞纸，他老兄就说知道了，知道了。说现在财政部正与台湾联系，请那边进口，空运到重庆来。我一合计，从美国越洋运纸张到台湾，又从台湾空运重庆，岂不是豆腐盘成肉价钱吗？银圆券的价格，本来已赶不上纸张价格，印一张亏一张，我看干脆不印它，大家落得个清闲。”

朱懋禔说：“吕厂长，印钞票是我们的业务，是我们的衣食父母，停产久了，厂子要关闭，员工要裁撤，去哪个饭桶舀饭吃？”

吕寿祥狠吸两口烟说：“我对印钞厂有感情，也不想它倒闭，就是苦无良策，说两句气话。”

朱懋禔拉开抽屉，取出一张票据，摇晃着对吕寿祥说：“我们的出路在这里。”

那张票据叫作本票，是金融业的一种支付凭证，由立票人直接承兑。重庆早年的银行、钱庄，使用“划条”，就是本票的雏形，只用来转账，不能取现。抗战后期通货膨胀，钞票短缺，发生钞荒，不利交易。中央银行开始签发5000元、1万元、2万元、4万元、5万元面额的“即期来人本票”，当作现钞流通于市。但钞荒仍未解决，商业行庄向中央银行取现受到限制，乃以“方便客户、维系信用”为名，乘势私自印行只作交换，不作取现的本票。今春以来，重庆中央银行签发每张1万元的定额本票，各行庄也随即放手签发本票，需求量大。

朱懋禔说：“小厂印制的本票质量差，容易被伪造，因字迹模糊还发生过纠纷。我与10多家银行经理通过电话，他们都表示愿意由我们做本票，毕竟是正宗印刷厂。”

吕寿祥眼睛睁大了：“朱处长，此话当真？”

“没有半句妄言。”朱懋禔答道。

吕寿祥又问：“财政部过问如何解释？”

“给财政部备案，管他们批不批准，厂里先行印制一批本票再说。”朱懋禔回答。

吕寿祥跳起来，急急忙忙去找工务科长查云良，安排人手去街上抢购纸张。印制本票无须专用纸张，纸质过得去就行。

重庆印钞厂的机器重新开动，不印制银圆券，印制本票。

有道是好花不常开，好景不常在。

因金融混乱不堪，西南长官公署从审计处、社会局抽调专业人员，组成检查组，检查商业行庄账目，查出福华、民丰、重庆、永成、益民、同心、聚丰、大夏、同丰、怡益等10家私营行庄，违反规定超额开发本票，情节严重，予以停业处分。其余多家行庄虽也多开了本票，但情有可原，分别给予申诫、警告，或限令在一定时间内停止交换。

不久，重庆地方法院检察处又提起公诉，以上述10家私营银行“乱发本票、扰乱金融”为词，开庭审判，发传票将这些银行的经理招来，拘禁候审。各银行上下送礼行贿，打通关节，经理们方得获释。

本票案件这么一番折腾，各银行心有余悸，本票也不多印了。重庆印钞厂停机待命。

6

川湘公路上，第二野战军前敌委员会。简陋的农家长条桌前，一个秘书、一个机要员全神贯注，摊开拍纸簿，准备速记邓小平口述的电文。这份电文是拍发给第五兵团杨勇、苏振华、徐运北的。邓小平手中夹着一支离不得的香烟，时而在室内走动，时而在木条凳上坐一坐。

第五兵团已经解放贵阳，其前锋正北进遵义，估计很快会占领。再往北就是国民党的陪都重庆，西南最大的工商城市。接管南京的经验表明，大城市的接管千头万绪，十分复杂。如何正确体现党中央的各项政策，一定要事先布置，避免出现偏差。重庆是国民党统治区的后方，其政府员工、军队官兵，包括一般老百姓，长期受国民党宣传的影响，存在种种疑虑，这在重庆地下党的报告和二野搜集的情报中已有诸多反映。因此，进城后尽快召开各界代表会议，将共产党的政策公之于世，求得各界人士协商，则可少走弯路。关于国民党军的改编，任务繁重。除中央军建制比较完整外，地方武装番号千奇百怪，到底有多少人，连国民党国防部也不甚了了。还有就是少数民族武装，涉及民族问题，改编是尤须慎重。

邓小平口述道："我们最近与川东各负责同志研究重庆市及川东工作时，认为市的和县的各界代表会议以早开为好。我们一进入城市就有许多困难问题摆在面前，如货币问题、物价问题、工资问题等，在乡村首先就有很大的借粮问题和货币问题、治安问题等。迅速召开代表会议来解决这些问题，不但比在党内解决好，而且也比座谈会的方式好。请你们也研究这个问题，并提出你们的意见。"

他思考着继续口述道："你们到贵阳后，还应了解地方系，如王家烈等、中央系态度较好的人、工商界、教育界、少数民族中各代表人物的态度，准备吸收一些人参加省政府。省政府的委员及各厅正副处长，要准备至少三分之一乃至一半的位置给非党人士，其他各专区各县都应准备这样做，省政府的初步名单，请你们于一个月内提出交我们审查后再请中央政府批准。中央及毛主席，对统一战线问题有明确详尽的指示，已请宋任穷同志向你们传达。"

另一个问题也引起邓小平的警觉。最近，五兵团上报关于贵阳解放后，工人待遇要按高于旧职员发放，这是党中央并未提出，而由五兵团想当然擅自提出的。如果这样，势必引起其他阶层人士的心理不平衡，给新区工作造成阻力，不能不纠正。

邓小平扔掉烟蒂，又去取一支烟，用缴获的美制“朗生”牌打火机点燃香烟，吸了几口，接着交代想到的事项：

“你们对旧员工规定先发短期的维持费是好的，其具体数目应在到达后，与旧员工共同讨论决定，不要简单地由我们党内去决定，这点很重要。此外，你们规定‘工人生活维持费一般不低于旧职员，对公教人员待遇按高于旧职员低于职工的标准发生活费’是不妥当的。你们不宜人为地规定工人待遇比旧职员高，尤不可在当前条件下，去提高工人待遇，因为这是不可能的，而且是带有危险性的办法。工资问题极其复杂，务必慎重处理，我们将湖南省委最近在长沙的经验发给你们，望好好研究。对重庆，在开始短期内，我们拟按工人职员的原有底薪，分三级发生活维持费。每级数目到后才能决定，你们亦可考虑这个办法，但每级数目的规定必须报告中央局批准才能施行。”

秘书和机要员核对了速记内容，马上交给打字员，制作成正式书面电文返回来。邓小平仔细看了两遍，叫参谋请刘伯承来，把电文拿给司令员过目。

刘伯承看过电文说：“小平啊，你想得十分周到，细节也考虑到了。我看这份电报可以发出，同时报送中央军委。”说着，他从上衣口袋掏出自来水笔，在电报上写道：“已阅，赞同，请即发。刘伯承。”然后邓小平也在电文上写道“即发五兵团并转发中央军委。邓小平”。

刘伯承说：“我刚才在思考，五兵团分出部分兵力，从川南方向入川，占领宜宾、内江，截断成渝公路，力争阻拦重庆之敌向川西溃逃，包一个大饺子，小平看好不好？”

“打仗，老师长是内行，运筹帷幄于千里之外。我还有啥话说，答案只有一个，拥护赞同。”邓小平答道，“敌 72 军驻防宜宾，军长郭汝瑰是地下党员，我们多年前布下的一只闲棋。他做国防部作战厅长时，提供了不少机密情报，对淮海战役的胜利起到很大作用。我军去宜宾，他正好里应外合，出其不意参截断敌军退路。”

山里的村落已到吹灯时刻，辛劳的农妇已将心事折叠，连同补疤的衣裳放进柜子里，早早歇息。远山被深蓝的夜色拥抱着，偶有孤灯缓缓游动，那该是迟归的夜行者。

7

秋天来了，林园官邸内那些法国梧桐和大榕树的老树皮一经秋风秋雨的浸蚀，分裂出了许多黝黑而潮湿的小块，从阴沉沉的树皮缝里散发出的一股霉烂味，使人感到沉闷和窒息。

1949 年 11 月 14 日下午，蒋介石自台北直飞重庆，第二次进驻林园官邸。他稍事休息，叫侍从室先给李宗仁拍发一封电文：“迭承吾兄电嘱来渝，共扶危局，昨闻贵阳危急，川东告紧，故特于本日来渝，望兄即行返渝，共商一切。”然后又发一封电报给白崇禧：“昨闻贵阳垂危，川东吃紧，已予本日飞渝，甚望德邻即日飞渝，策划全局。请兄力催命驾。”

李宗仁、白崇禧明白蒋介石是在做戏，回电称不来重庆。

两个月来，蒋介石退到后台，不在乎李宗仁在政治上输个一塌糊涂。这样，大家就会明白多么需要他蒋介石再度出山。然而，由他暗中掌控的军事，也毫无起色。解放军不给他面子，西南诸省重兵压境，他不得不再次走到前台。

次日，蒋介石召集阎锡山、顾祝同、肖毅肃、张群、毛人凤等人开会。首先谈论云南问题。卢汉三次提出辞呈，请求解除其省主席职务，自动休假半月。个中真相如何，可以暂且不问，但其消极态度，不免可疑可虑。

张群报告说，卢汉拒绝将此前逮捕的嫌疑分子解送到重庆，反对在云南训练“忠贞党员”，拒绝一切军政机关撤退出境。据尚待证实的消息，他跟滇南共产党还有秘密联系。李宗仁劝卢汉收回辞呈，卢汉称病不出。卢汉的前任龙云，也从香港派人到昆明活动，不能不引起注意。

保密局长毛人凤报告说，云南情报站改为省政府保防处后，卢汉处处刁难，有意不让保密局顺当办事。

蒋介石说：“急需用人之际，不可随意互相猜疑。对卢汉，仍要全力协助，使之安心。我要发电报，叫他继续担任省主席。另一方面对他的控制要加强，如果他再生风波，不妨用武力解决，以李弥代理省主席。”他沉吟片刻，又补充一句，“当然，那是万不得已才采用的办法。”

为鼓舞属下，蒋介石夸大了最近在金门的所谓胜利，说当地守军“毙伤共军万余人”，以此证明解放军是可以击败的。他说，重庆是一座天生堡垒，连横扫欧亚大陆的蒙古大军，也在此折戟沉沙，只要军民万众一心，必将挫败来犯之敌。

待众人辞去，蒋介石独自研究战局。他开始意识到，或许解放军的主攻方向不在陕南，应该考虑调胡宗南部南下川东。可是他不敢轻易下决心，他怕中调虎离山之计。不，胡宗南不能动，要动就动罗广文。蒋介石叫来机要秘书口述电文，命令罗广文率军回防川东。

次日，蒋介石派儿子蒋经国，持亲笔信到武隆县江口镇，会见宋希濂。

宋希濂部署的川湘公路防线，在二野三兵团的强大攻势下土崩瓦解，他不得已从秀山县撤退到武隆县，依托白马山构筑新防线。

蒋经国到达江口镇后，向宋希濂及其几位军长转交了蒋介石写的几封亲笔信，内容无非是勉励宋希濂部同心协力，抱“有匪无我，有我无匪”的决心，巩固川东战线，“予共军以迎头痛击”云云。

“老天爷，”宋希濂在心里叹口气说，“他老先生是老调重弹。”如果说在这紧急关头，蒋介石能够哪怕是增派一个炮兵团给宋希濂，蒋介石也依旧是宋希濂心目中的偶像。这尊偶像已经在宋希濂的心中逐渐崩塌。

与蒋经国同车到达江口镇的，还有前日寇华南派遣军参谋长斋藤，他是作为“军事专家”被蒋介石聘来的。斋藤提出，乘解放军二野部队立足未稳和部队分散之机，可用预备队对沿公路前进的解放军进行迭次打击，阻扰对方推进。

几个人还在开会，解放军进入已被国民党军焚毁的彭水县城，并派先头部队抢占乌江要地龚滩。宋希濂闻报，急调第2军第9师增援，与解放军先头团发生激烈战斗。因第9师占有兵力及地形的优势，致使解放军先头团遭到挫折。国民党军获得了一个小小的胜利，但对蒋介石来说，却是件大喜事。

宋希濂根据实际情况向重庆国防部作了报告后，国防部便大做文章，发表公报。《中央日报》则在头版头条位置，将这次小胜渲染成“川东大捷”。蒋介石更是眉飞色舞，大肆夸耀这是“黄埔教导团精神”的胜利。因为第 9 师是在原黄埔军校教导团基础上扩编组建的。

过了四天，是蒋介石的前任国民政府主席林森下葬六周年纪念日，林森的墓地就在林园内。蒋介石前往墓园祭奠，敬献花圈。林森忠厚豁达，从不干政，不像讨厌的李宗仁。往一号楼走，途经一张石桌，他与毛泽东曾在此小坐。那时他是万民称颂的“领袖”，毛泽东只是在野党的头人，短短几年，毛泽东成了中国的领袖，他却成为逃亡的君主。往事不堪回首月明中。

蒋经国返回重庆的当天上午，蒋介石在林园单独召见王陵基，使之受宠若惊。他向蒋介石吹嘘说，他手下已有 14 个保安团，编成两个师，相当于一个二等军。他说：“我王陵基绝对忠于党国，忠于总裁，哪怕成都不幸失守，我也要打游击。”

蒋介石对王陵基勉励有加，传令国防部向其颁发正规军编制，并拨给数万元经费。

稍后，蒋介石召见顾祝同、张群，研讨川东战局。哪有什么计划可言呢，脆弱的川东防线犹如一个浑身都是网眼的筛子，到处都漏水。研讨的结果，无非走一步看一步，兵来将挡，水来土掩。即便到这一步，蒋介石还是不动用胡宗南集团，其他人也不敢提。还是他自己做主，命令罗广文兵团全部撤离大巴山防线，火速南下，在重庆以南布防，警戒贵州方向，并作为川东防线的预备队。

张群说：“不能简单认为是共军太强大。实在是我们有一批本来大有可为的官员，太沉溺于不正风气，彼此因循又彼此相轻。空谈之风盛行，不能深入民间广泛收求民意，不知磨砺。如此，怎可以拯救危难？”

蒋介石说：“镜不幸而遇嫫母，研不幸而遇俗子，剑不幸遇庸将，皆无可奈何之事。”

稍后，蒋介石说：“你们是我信任的人，我说两句知心话。尽力而为，然后是听从天命，成也不傲气，败也不丧气。明知无力扭转的时候，也要最后一搏，尔后安之如命吧。”

两位听众无言以对。小会议室陷入静寂，只听得墙上的挂钟嘀嗒响，分分秒秒都在响。那不是钟声在响，那是国民党政权在大陆的统治已经进入倒计时。

8

“特园”除达观楼外，还有四幢两层楼房，以鲜英的九女儿鲜继康之名，命名为康庄。几幢房屋立于坡上，毗邻嘉陵江，是“特园”最高点。康庄为西式建筑，门廊有仿罗马式的立柱，灰色砖墙，配以红色木门窗，给它增添了画意。抗战时期冯玉祥到重庆，鲜英免费让他居住康庄。

鲜英从达观楼散步到康庄，就在二楼坐坐，看见管事刘秉璋站在院坝里，给一群人发国民党军军装，发枪。

川东战事激烈，从前线溃逃的国民党军散兵游勇，三三两两逃到重庆，四处骚扰，致使市面紧张。“特园”内有财产，更有“民主之家”匾额、国共两党、民主党派领导人的照片、题词等珍贵文物。为防止乱兵、歹徒入内抢劫，鲜英花钱买到一些军服和枪支，将暂时居住在“特园”内的 10 多位民盟盟员武装起来，白天在“特园”各个门口警卫，夜间巡逻放哨。在这些盟员中，有好几个都是鲜英从国民党手中营救出来的。

鲜恒从大门那边进来，上坡到康庄，找父亲说话。

杨森一直没有回复鲜英关于起义之事，模棱两可，有意回避。鲜英知道杨森脾气犟，不愿强吃草，再去找他效果反而不好，于是通过鲜恒打探情况。鲜恒与杨森的女儿杨北宜正在谈恋爱，他去那里不会引起怀疑。

鲜恒刚去过杨森公馆，他向父亲谈起所见。

鲜恒说，杨森正在审读一个文件，标题是《紧急维持治安办法》，他从旁瞥了一眼，10 多条罪名，都是死刑。杨森只是与他打个招呼，就叫他去找杨北宜玩。倒是四姨太田衡秋还谈了点情况，说张群把杨森找去，叫他抓紧在长江南岸布防。

鲜英问：“杨森没有提到我。”

“他没提。”鲜恒回答。

鲜英坐到摇椅上，摇动椅子活动筋骨，脑子在思考。

蒋介石第二次来重庆，一定会给国民党军政官员造成精神压力。杨森不敢动手，是否迫于蒋介石的淫威呢？杨森的闷葫芦里，到底卖的什么药呢？

鲜英努力搜索记忆，想起一件事。1927 年，北洋军阀大帅吴佩孚提拔杨森为四川省省长，并委任他为“援鄂川军总司令”，叫他去打北伐军。武汉国民政府在武昌举行二次北伐，吴佩孚在国民军和北伐军的夹击下彻底失败，率残部逃往四川，托庇于杨森。北伐军要杨森交出吴佩孚，他说，叛卖恩人要遭天谴，他做不出来，拒不交出吴佩孚。不久，杨森被南京政府免职，所部发生内讧，部下郭汝栋自任20军军长，范绍增等人转投刘湘。他虽然实力大损，但对落难的吴佩孚的忠诚义气，却赢得江湖中人的好评。一句话，杨森这个人重感情。

杨森的三女儿嫁给了蒋介石的外甥竺培风，与蒋介石成为亲家，受到信任。1945年，他被蒋介石委任为贵州省主席，1947年出任重庆市长，1949年兼西南军政长官公署副长官。他与蒋介石有着千丝万缕的联系，蒋介石也提拔了他，他真能够与之决裂吗？

从前次与杨森面谈的情况看，前三条办不到了，保城之事杨森虽未答应，却也未回绝，或许有成功之机。

鲜英尚在沉思，苏云来见面。苏云与鲜英的五儿子鲜继坚合伙做大米生意，以此作为职业掩护。

鲜英告诉苏云，杨森仍未表态。他未将自己对杨森的思考说出，历史上的事情、军阀之间的恩怨，三言两语说不清。

苏云说："解放军进展神速，占领了彭水。那里到重庆也就几百里地，说到就到。地下党有一些社会关系，但这些关系都无法接近杨森，唯有依靠鲜老伯鼎力相助。"

从佛图关的上空，从上清寺的楼群里，飞来一些鸽子。它们在灰色的天空中结成一群，像一个整体似的盘旋，如同一大片白布，在自己卷起的阵风中飘扬。嘉陵江那边，传来几声汽笛，惊得它们扑棱棱的四散分开。

鲜英收回目光，对苏云说："既然贵党如此重托，我一定尽力而为。我想，不管杨森如何打算，到最后阶段，他总要有所表示。"

他转而问苏云："你们的大米生意做得怎样？"

苏云说："社会疯传解放军要围城，居民听说过长春围城饿死人的事，都在抢购粮食。一斤大米，转手可卖到两斤米的钱。我和五公子并未安心赚钱，收到米就卖出去，不囤积。"

鲜英赞许说："好的。就该如此。"

9

杨森颁布了《紧急维持治安办法》，在街头、路口张贴，杀气腾腾："扰乱政令，与匪勾结者，杀！窝藏匪谍不报者，杀！供匪枪弹、文件者，杀！造谣者，杀！扰乱金融者，杀！操纵物价者，杀！纵火者，杀！抢劫财物者，杀！暴动者，杀！以文字为匪宣传者，杀！报道不正确军情、影响治安者，杀！煽动工潮、学潮者，杀！煽动军人逃叛者，杀！泄露军机、刺探军情者，杀！私造军火、运送军火者，杀！阴谋破坏军事工事、交通者，杀！"

在"反共保民军"师部的外墙上，也贴着这样一张布告，有些路人在围观。汪克明走去看了一眼，抬腿就往师部闯。

卫兵盘问道："你是什么人，到师部有何公干？"

汪克明大大咧咧地说："我叫汪克明，找廖师长有事。"

卫兵摇动电话，向师部报告。师长廖开孝回话说将来人放进来。

汪克明历史上有污点，地下党接纳了他，他急于立功赎罪，争取组织上的宽恕。他与廖开孝私交甚笃，自告奋勇策反廖开孝。

走进师部，汪克明就用眼色示意廖开孝。廖开孝会意，屏去左右。

廖开孝把一盒烟扔在桌上说："烟随便抽。话随便说。"

汪克明道明来意。

廖开孝很吃惊："汪兄，你不是在银行做会计吗，怎么成了共产党的说客？"

"反共保民军"号称数千人，实际只有千把人，由城区各处的自卫队改编而成，士兵多是企业小职员，无非是脱产执勤。杨森虽然是卫戍总司令，因派系原因，既指挥不了彭斌的内二警，也调不动沙吉夫的宪兵团。他的儿子驻军涪陵，鞭长莫及。于是，他将廖开孝的人枪编成一个师，并向西南长官公署保举廖开孝，抓到自己手里作为直属部队。廖开孝本是一个低级的民团负责人，捡到一个师长当，领口扛着少将的金板板，春风得意。

廖开孝要端端架子，他将一条腿踏在椅子上说："承蒙杨总司令抬举，我现在混得尚好，要钱有钱，要枪有枪，我凭什么要反水？麻烦你老兄帮我找一个理由。你没看见门口张贴的布告吗，我跟你说话都够得上死罪了。"

汪克明从烟盒里取出一支烟点燃，挥灭火柴说："廖兄，要找理由多得很。我只问你一句话，你手头有没有飞机票？"

"我拿飞机票做什么？"廖开孝不明白。

汪克明说："战局一旦恶化，当大官的都要坐飞机走。请问，杨森他们为你预留飞机票没有？到时你往哪里走？"

廖开孝懵了。他没有飞机票，杨森没说过飞机票的事，没有谁为他的未来做担保。别看廖开孝端架子，这几天听说解放军已打到彭水，他心里也着实发慌，急着寻退路。他收去法相，还原凡身，赶紧把腿从椅子上放下来，赔着笑脸说："汪兄，有事好商量，对方可以保证我的安全吗？"

汪克明说："我只是传个话给你，过两天地下党找你当面谈。"

廖开孝连说："汪兄专程来点化廖某，你就是我的救命菩萨，廖某感激不尽，容来日相报。"

在约定的日子，蒋仁风孤身来到廖开孝的师部。廖开孝拉参谋长段举之作陪。

蒋仁风提出要求：廖开孝部队攻占歌乐山集中营，解救政治犯。国民党败退时，维持社会治安，防止散兵游勇、地痞流氓抢劫骚乱。解放军兵临城下时，廖开孝将所部布署在小什字街区，横截下半城，配合解放军渡江。

廖开孝为难地说："蒋先生，并非我强调困难。歌乐山集中营由内二警把守，彭斌人多势众，我这点兵力投进去，岂不是飞蛾扑火吗。况且，说实话我的部下从未打过仗，装装样子可以，要他们真刀真枪去劫狱，他们去都不敢去的。"

蒋仁风想想，廖开孝说的是实话，民团打不过正规军，无法勉强。蒋仁风于是说："维持社会治安的任务，你们一定要切实负责。解放军渡江时，你们要积极接应。"

参谋长段举之答道："这点我们可以打包票，弟兄们都是土生土长的重庆人，熟悉小什字和长江各码头的地形。"

廖开孝提出他最关心的问题："蒋先生，解放军进城后，我们的安全有保障吗？"

"保证你们的生命财产安全。"蒋仁风说。

参谋长段举之提出："蒋先生可否写个字据？到时口说无凭，我们就冤了。"

蒋仁风说道："共产党说话算数，二位不必过虑。"

第九章

1

武隆县城以西的白马山，最高海拔1800米，东北面悬崖下是乌江，西南面森林密布，呈“之”字形的川湘公路横贯其中，战略地位十分重要。蒋介石写亲笔信，让蒋经国转交宋希濂，务必守住白马山，并补充了一批新式M18式无后坐力炮。

宋希濂拼凑了4个军的残部3万余人在白马山固守。他在川湘公路的万家艮设下第一道防线；在朝天望、蓑衣岩、风吹岭、大路垭设下第二道防线；在茶园设下第三道防线；在九峰山、袁家槽到豹岩设下第四道防线；在马颈子到黑大桥设下第五道防线。同时，按照蒋介石的命令，罗广文的第15兵团一部从南川紧急驰援白马山。

国民党军在公路两旁的高地上，设置了多处机枪阵地，捷克式轻机枪、马克沁式重机枪的冰冷枪管，对准了公路。新运到的

M18 式无后坐力炮，架设在工事里，装上了炮弹。几个山炮、重迫击炮营设置在主阵地后侧，炮弹箱码了一地。国民党主要兵工厂都在重庆，军火供应充足。

几处主阵地全部巡视过，宋希濂还是不放心，不嫌爬坡上坎，又到一个次阵地去检查一番。这次战斗太重要，是决定性的。守住白马山，解放军大部队不能通过川湘公路；守不住白马山，重庆将暴露无遗。

大战前夜，司令部折叠椅上放着几盏带玻璃罩的洋油灯，油烟如同黑丧服似的，急促地摆动着，向顶棚直冒，满屋都是煤油味。地板上铺着一张巨幅白马山军用地图，上边记着许多符号、线条，红色的、蓝色的斑点，还有黑色的曲线。参谋长和参谋们解了皮带，去除外衣，光着脚，谨慎小心地在地图上爬着。有的吸烟，当心烟灰不落到地图上；有的目不转睛地瞅着，估算着几处重要阵地之间的距离。

宋希濂抱着双臂，有时在屋内，有时走到屋外，毫无睡意。直到凌晨，他才盖着军大衣，陷入不安稳的睡梦中。他似乎并未睡多久，一个声音由远而近，带着轰然的巨响，强迫唤醒他的意识。不好，那是炮弹声。他一骨碌站起来，走向架在掩蔽部的高倍数望远镜。

天色未明，却有炮弹、枪弹构成的火光，在黑暗的汪洋里摆动着，映照着那些好像用硬纸剪成的扁平的汽车、骡马、工事和人体。宋希濂的耳鼓里，充满了爆炸声、中弹者的惨叫声，忽起忽落。炮火、炮火，顺着大川湘公路是一长串炮火构成的锁链，死死裹住白马山。

11 月 12 日拂晓，人民解放军二野三兵团 11 军、12 军主力对白马山发起强攻，先后投入 6 个师 18 个团，沿公路或抄两侧小路向国民党军主阵地攻击。四野 47 军的一个师，从土坎强渡乌江，直取茶园第三道防线，抄袭守军后路。

这是一场恶战。一方要攻占白马山，夷平前进通道，将红旗插到重庆去。另一方要死守白马山，切断川湘公路，遏制解放军西进。

长途奔袭，道路险阻，解放军没有携带重炮。在一阵山炮齐射后，炮火刚向后方延伸，步兵便发起冲锋，杀声震天。突击队举着红旗，楔子一般突入敌阵，边跑边用冲锋枪扫射。不知有多少挺机关枪，在后方急剧射击，掩护突击队。守军拥有的无后坐力炮，本是用来摧毁坦克、装甲车的，威力巨大，这时直接朝解放军突击队人丛发射。山坡上的机枪巢，用弹雨织成火网，全力拦击。然而，突击队的楔子依然不顾牺牲，不断深入尸骸枕藉的主峰阵地。

天亮之后视野清晰，宋希濂从望远镜里看见，主峰阵地陷入绝境，他部署的战斗力最强的第 2 军正在困兽犹斗，作最后的抵抗。山顶展开了肉搏，人群一忽儿涌到南端，一忽儿又涌到北端，用刺刀、枪托、工兵铲、匕首厮杀，许多人已是血淋淋的。宋希濂转动镜头，看到在正前方，由成百上千名解放军组成的后续部队，翻越被破坏的铁丝网，一层一层扑上来，犹如一片可怖的乌云，马上就要覆盖白马山。在更远处，还有大部队在急速运动。

参谋长请示道："宋主任，是否派出增援部队？"

宋希濂离开望远镜说："来不及了。传令部队撤退。"

国民党军后撤至第二道防线，喘息未定，得知第三道防线被解放军包抄，惊慌失措绕道撤退。

时近严冬，雨雪交加，茫茫山林荒无人烟，只有枪炮和呐喊声，在上下 60 公里的白马山麓呼啸。与国民党军低落的士气相反，解放军战士士气高涨，再不捞仗打，立功就没机会了。北方籍战士的鞋早坏了，又不像南方籍战士那样会打草鞋，只能光脚奔跑。山上到处是刺笆笼，森林密不透风，雨水、汗水湿透棉衣，冲到海拔上千米的万家艮时，累得喘不过气。

解放军战线长，补给困难，每人随身携带步枪、手榴弹、刺刀、圆锹或十字镐、钢盔、被盖、米袋、水壶等，重达四五十斤。在负重登山中，几名战士活活累死。

茶园防线被攻破后，宋希濂残军被截成几节，通讯中断，无法指挥。残敌被围困在九峰山、袁家槽、白果坪和豹岩一带，这是他们的第四道防线，兵力五六个团。解放军主力从天池坪直下茅峰岩，除少数敌人负隅顽抗，大部分缴械投降。

第五道防线形同虚设，解放军势如破竹，围歼了敌人两个团，残敌拼命向弹子山和南川方向逃窜。罗广文的增援部队第 108 军赶到，立即与解放军交火，寡不敌众亦被击溃。

宋希濂在警卫营卫护下，突出重围，向西溃逃。第 14 兵团司令钟彬，在逃到涪陵地界时，被解放军俘虏。

白马山战役持续了整整一天。是役，解放军毙敌 3000 余人，生俘 12000 余人，缴获汽车 200 余辆、骡马 600 匹、各种火炮和枪支弹药无数。解放军牺牲 400 多名。部队顺势解放了蒲板、车盘、凉水、赵家、土坎、羊角、白马等 10 余个乡镇，从根本上摧毁了白马山防线，自此川东大门洞开，重庆失去屏障。

2

在二野大部队后面，跟着一支特殊的队伍：中国人民银行总行组建的西南区银行队。为配合城市接管，在西南迅速建立自己的金融体系，保障国民经济的恢复和发展，总行在北京组建了几个银行队随军南下，西南区银行队是其中之一。

西南区银行队有干部40多人，来自北京合作银行、山西省分行、察哈尔省分行，邓辰西任西南区银行经理、张茂甫任副经理。银行队隶属第二野战军，薪金制改为供给制，家属不随军，由地方政府按军属待遇照顾。

西南区银行队的目的地是重庆，携带20吨银圆和人民币，武装押运。

10月上旬，西南区银行队从北京乘火车出发。闷罐车，南下人多，车内拥挤不堪，腿都伸不直。国民党空军猖狂轰炸，切断了京汉铁路，列车只能沿津浦线到徐州，再转陇海路经郑州到汉口，住在英商太古仓库。库房空空如也，上百人住在一起，睡地铺。

天气渐凉，大家换上棉军装。部队给每人发了胶鞋、雨伞、干粮袋。因为要长途行军，上级要求精简行装，每人限带15斤行李。宋任穷和陈赓亲到太古仓库，给大家讲话，介绍川湘公路的艰险，经过少数民族地区时可能遇到的困难，要求大家做好徒步行军的思想准备。

宋任穷说："国统区老百姓被国民党害苦了，他们可能会对人民币也产生怀疑，不接受。你们运送的银圆，是发行人民币的保证金，万不可在途中损失。"

陈赓说："你们是二野最肥的部队。古人云，财不可外露，行进中注意保密，随时与后勤部取得联系。”

稍事休整，西南区银行队从汉口乘轮船到长沙，从长沙到常德改为乘汽车。银圆和人民币装了 20 多辆卡车，每车派有 4 至 6 人押运，车队后面还有 10 多辆载着银行干部和警卫战士的军车，浩浩荡荡，颇有声势。不了解情况的兄弟部队，以为这是机动部队，投以羡慕的目光。

车队开到湖南常德城外，在离江边不远的仓库前停下，大家将特殊的货物搬运到仓库里，暂时存放。

后勤组忙着采购口粮。数 10 万大军经过湖南，粮食供应紧张。经二野后勤部协调，地方优先向银行队提供，大家在常熟吃了几天好伙食。

据报，国民党军宋希濂部十多万人盘踞川湘公路，预计将有一场恶战。不久国民党军节节败退，川湘公路东段开通。为加强防护，后勤部派来一个汽车连做护卫，车辆增加到 60 多辆，在山道上行驶时，蜿蜒数公里。

车队出发了。车队使用缴获的美制 CCKW 型十轮大卡车，载重 2.5 吨，时速 45 公里，有篷布，越野性能好。每辆车装载 2 吨银圆和人民币，随车的几个人夜间就睡在木箱上。箱子高低不平，一床薄被半边铺半边盖，冻得直打哆嗦，大家只好穿着衣服睡觉。

离开常德就进入通向四川的武陵山区，异峰突起，山峦叠嶂。汽车在陡峭的山路上行驶，稍不留心就会坠入深谷。头一夜，宿营山间小镇马底驿，一片荒凉。据说国民党军溃退时烧杀抢掠，居民都进入附近山中，镇上看不到几个人。小镇只有一条街，车队前端冒出镇头，后端冒出镇尾。

清晨车队又出发，弯弯曲曲的盘山公路坑坑洼洼，车速缓慢。即便如此，接近凉水井镇时，一辆军车在急弯处冲到公路边缘，眼看就要掉下悬崖。驾驶员急忙反打方向盘，汽车翻在公路上。2吨重的银圆和人民币，压在随车6名战士身上。经抢救，除一名战士腿骨折断，留当地治疗，其余伤员进行包扎后又出发了。没有止痛药，他们饮酒止痛。

运输队穿过川湘交界的茶洞，到达四川秀山县境。这里刚解放，土匪活动猖獗。车队刚在城外简易飞机场扎下营地，县委就派人来通知，国民党保安团和土匪数千人当晚要来攻城。城内守军势单力薄，寡不敌众，保护货币全靠车队自己。

大家紧急行动起来，临时挖战壕来不及，他们将大卡车围成一个方阵。在跑道两端，警卫连设置了机枪阵地，对准前方的杂木林，敌人可能从那里冲出来。他们提前把弹药箱堆在那里，掀开箱盖。其他人有的在机场走动，有的坐在塔台阴影下休息。

入夜，大家进入阵地，每辆汽车下面钻进去三五个人，有警卫连的，也有银行干部。指挥员们聚在机场塔台底层，手枪和手榴弹就放在桌上。银行队队长邓辰西在地上蹲着吸烟，副队长张茂甫用亮晶晶的眼睛向窗外张望。

夜色愈加浓重，塔台熄灭了灯火，惟有一盏探照灯有规律地扫描着机场。凌晨4点多钟，难以克服的困倦袭来，守卫者们想方设法驱除睡意，有的掐自己，有的咬红辣椒，有的脱下外衣，让如水的秋凉警醒自己。大家只有一个信念：人在钱在，誓与钱币共存亡。

邓辰西、张茂甫也犯困，却不敢稍微闭闭眼睛，一闭就要睡着。20吨银圆和人民币，沉甸甸地压在他们肩头。今天豁出去了，就是不睡觉。

突然，远处山头冒出星星点点的火把，接着就是怪声怪气的号叫，伴随着爆豆般的枪声。

睡意一下抛到爪哇国，汽车底下的干部和警卫战士，立即握紧枪，随时准备迎战。警卫连长蹲在重机枪旁边，下令示威性射击，汽车下的人员也开枪。

国民党保安团和土匪，看见机场探照灯雪亮，轻重机枪散布着火舌，跑道上还有一个黑黢黢的方阵，下面也有人不停射击，摸不清虚实。他们开了一阵空枪，却不敢进攻，天亮前退却了。秀山县城也免遭一场浩劫。

这次遭遇引起西南区银行队的警觉，残敌未肃清，随时有偷袭。车队开到酉阳，警卫连和西南区银行队留下保护钱币，汽车连去远处搬兵，请求增援。二野后勤部指示，为避险，西南区银行队分三批前进。

第二批运输队出发后，土匪见这支车队庞大，必有重要物资，阴谋抢劫。他们派人在大街上纵火，欲趁守卫人员救火之机，实施行动。警卫连长目光敏锐，洞悉其奸，不让大家离开，坚守岗位。土匪见车队阵脚不乱，放一阵枪虚张声势，之后又散去。

大军在前头进攻，这支特殊的车队紧随其后，艰难却坚定不移，闯过敌人布下的地雷封锁线，粉碎了土匪一次又一次的偷袭，越过了一道又一道高山河谷，坚定地向着重庆前进。

3

宋希濂兵团和罗广文兵团，在任何情况下对蒋介石都具有巨大的安慰力量。解放军在推进，蒋介石想起还有两个主力兵团，心情就会平静下来。重庆抢购银圆、抢购粮食，人心不稳，蒋介石也会想到这两个兵团随时可以派上用场，于是又会得到安慰。

可是一夜之间，宋希濂兵团去向不明。

11 月 13 日晚，宋希濂率残部万余人退到南川，当夜即召集高级军官密谋出路。会上你一言、我一语，都认为退到重庆去听候国防部论处不是出路，投降解放军又深感恐惧，只有选择偏僻道路往滇缅边境逃窜。

命运曲折，生死折磨，会使一个人的心房像层叠的蜂巢，一格一格储存的不是蜜，而是苦楚的沉淀。宋希濂想到自己率孤军奋战川东，部下损失殆尽，这仗没法再打。他作为一个军人问心无愧，他的最后职责，惟有带领残部闯出一条生路。

第二天一早，宋希濂便率部在苍茫的曙色中逃遁。他命令自当天起，中断本部无线电台与林园或重庆国防部电台的一切联系。

在公路的岔道前，宋希濂抚摸着“通往重庆”的路标牌长长的吁了一口气，便下令部队改道川西。这位丧失了防区的绥署主任，抬起他肿胀的手臂擦了擦额上的汗水，看着远方阴冷的丘陵，阴霾下寂静的山道，内心充满了惆怅。那年宋希濂 42 岁，头顶已开始脱发，两鬓也现出了花白。

宋希濂终究也没有走远，一个月后，他在川康两省交界处的峨边县被解放军包围，当了俘虏。

林园的机要电台，24 小时呼叫着宋希濂：“宋主任！”“宋主任！”“宋主任……”对方却没有任何回应。

一天以后，蒋介石才得知宋希濂兵团的详情，他手拍桌子对参谋总长顾祝同说：“宋希濂怎么敢这样我行我素？他怎么不能像黄伯韬、邱清泉那样血战到底，杀身成仁。我多次召见他，苦口婆心，想不到他会辜负我的重托。”

顾祝同哪里敢搭腔。

一阵盛怒之后，蒋介石如梦初醒，终于明白解放军的主攻方向实际上是在川东南。他叫顾祝同从重庆急派800辆卡车，赶赴川北广元，抽调胡宗南部队协防川东。

命令下达给重庆卫戍司令部总司令杨森，顾祝同说明是蒋介石命令，刻不容缓。杨森马上拨通交通部驻渝办事处，叫主任来接电话。对方是个江浙人，内行，在话筒中如数家珍地汇报说，据1948年6月全国工商汽车统计，重庆总计7395辆，仅次于上海，位居第二。最近国民党军政机关撤退重庆，又带来部分机动车。但这些车辆均为进口货，零配件一旦损坏便要报废，一时恐难筹齐800辆。他又说各单位没有多少汽油，无法开到广元。

杨森不容对方东拉西扯，对着话筒斩钉截铁地吼：“莫说这么多废话，我限你两小时之内，给我调齐800辆汽车。我这就通知油库，随时给汽车加油。你听清楚没有？两个小时，否则要你的脑袋！”

两小时以后，交通部驻渝办事处主任费尽心思，好不容易拼凑了200辆汽车，出动加油，蒙住杨森。自己却留了一辆车，偷偷跑掉。车少人多，到解放军兵临城下时，胡宗南部只有一个团的援军开到了重庆。

西南军政长官公署已经奉命停止办公，刘宗宽是在一个偶然机会中，得知胡宗南部派出援军这个绝密情报的。他立即回家与房显志商量，将情报送出，并附言建议解放军前线部队，迅速向重庆挺进，打破蒋介石的紧急部署。

交通员黄克孝已送另一份离开重庆，此时已无交通员可派，房显志就把来渝策反的小王找来，请他传递情报。为保证小王安全通过国民党军的重重关卡，刘宗宽从长官公署总务处要来一张空白护照，亲笔为他填写假姓名和军职等，将他化装成一个国民党军官。

小王穿戴着国民党军装，手持西南军政长官公署护照，大摇大摆越过国民党军队关卡，顺利地将情报交到二野情报部。

4

蒋介石第二次到重庆，侍从室交给重庆《中央日报》发布的消息，宣称他是以国民党总裁的身份，来渝协助政府，共挽危局，保卫西南。这条消息破例未摆在头条，而是以三栏的地位排在《中央日报》二版的中间。

中宣部副部长兼蒋介石侍从室第二处处长陶希圣，在原南京《中央日报》副总编兼采访主任陆铿的陪同下，到重庆《中央日报》社检查工作，找社长徐咏平、总编辑王抡楦谈话。

陶希圣表情冷淡地说："形势会很快好转，你们不要对共产党存有幻想。共产党来了，整个社会结构都要从底层彻底翻转过来，你们将被压在最下层，不会有好日子过的！"

说到这里，陶希圣突然站了起来，把手用力从地面一铲，然后翻转手掌，狠狠向下一压，怒容满面盯着王抡楦说："你在外面跟什么人来往？"

王抡楦答道："都是新闻界和教育界的人士——"话未说完，

陶希圣就打断他的话头："王总编，今天不谈这些，以后再说。这几天总裁在重庆，你处理稿件要当心！"

王抡楦感到问题严重，不知哪一股水发了，坐卧不安。后来《大众晚报》总主笔施白芜向他透露，有人通过陆铿向陶希圣告状，说他与李伯申、何鲁、周易成、刘汉等组织了一个秘密团体，与国民党唱对台戏。

其实这是重庆私立大专院校负责人，为争取教育经费及合理待遇，组织了一个重庆文教联谊会，王抡楦是私立建国新闻专科学校教务长和私立南泉新闻专科学校新闻科主任，被邀参加。联谊会每月聚餐一次，谈的都是办学问题，只有何鲁酒酣耳热之际，偶尔发点牢骚，并无其他活动。联谊会成员最初并无李伯申，由于此人是孙中山的战友，国民党元老，由蒋介石亲自提名担任大法官，在重庆颇有威信，联谊会就把他拉进来。随着局势紧张，文教联谊会自动停止活动。

国民党中宣部副部长任卓宣从台北到重庆，他是四川南充人，王抡楦的同乡。王抡楦去看了他，回来写了一则短讯："任卓宣来渝述职"，排在《中央日报》三版下面，并不突出。

不料短讯见报当天，陶希圣就来报社，当面质问王抡楦："任卓宣来了，你为什么不用中央社的新闻稿？要专写'本报讯'？"

王抡楦回答说："内容都是一样的，《中央日报》是党报，中宣部负责人的行动，用'本报讯'恰当些。"陶希圣冷笑说："我告诉你，中宣部的事不通过我，找任何人都不行。你不要依仗任卓宣是你的同乡。"

从此王抡楦对陶希圣特别小心。任卓宣以中宣部名义在沧白堂召开座谈会，约重庆各报负责人参加，介绍当前形势，指示宣传方针。他有意回避不去参加，以免增加陶希圣的不满。

陶希圣并不光彩。此人曾追随汉奸汪精卫到南京，出任汪伪政权中宣部长。后与高宗武从南京逃赴香港，披露汪日签订密约的内容，获得国民党的谅解。他到重庆后任蒋介石侍从秘书，代为起草《中国之命运》，成为国民党权威理论家。

陶希圣要凌驾任卓宣之上，与任卓宣唱对台戏，叫《中央日报》社出面，请重庆各报负责人吃饭，他来讲话。陶希圣在席前讲话说，希望大家团结一致，拥护蒋介石，共挽危局，保卫西南，在舆论上步调一致。

讲完话陶希圣向大家祝酒，征求大家意见，迟迟无人发言。后来李伯申颤巍巍站起来说，今天在座的是党内同仁和各报负责人，希望陶部长明确告诉我们，局势究竟有无办法挽救？保卫西南有何具体可靠部署？重庆是不是守得住？一连串问题问得陶希圣哑口无言。

陶希圣沉默了一阵，字斟句酌地说："局势确实严峻。我曾问过熊十力先生，熊先生说：'剥极必复'，也就是物极必反，否极泰来的意思。鄙人认为，局势发展到坏得不能再坏时，就会发生逆转。"

众人闻言惊愕，陶希圣的答复完全不着边际。

覆灭在即，国民党还在闹内讧，王抡楦反感。

意想不到的，王抡楦收到一封挂号信，里边装着一张重庆至台北的飞机票。由于解放军发起川黔作战，国民党各机关忙着撤往成都，安排弃守重庆的善后事宜。根据蒋介石的指示，将部分重要军政官员、家属直接撤往台湾。王抡楦拿到机票，自然属于撤退对象。

1948年，交通部民用航空直辖空运队在重庆成立，办事处设在市区学田湾，发售各城市机票。1949年起，重庆航线急剧收缩。4月以后取消南京、芜湖、太原，5月后取消汉口、西安、南昌、上海。9月开辟重庆至台北、香港航线。10月广州失守，航班限于台北、香港、成都、昆明、桂林、贵阳、南宁。机票掌控在国防部、交通部，即便送金条也一票难求。地师级以上官员，经行政院长阎锡山审核可发一张，不带眷属。

由于机票万分宝贵，司令夫人、军长太太、部长少爷、中常委千金等等，包围了行政院，阎锡山亲自分配机票，其他事情没有时间办。

王抡楦拿到机票，却非常为难。

按国民党的“反攻复国”计划，一般官员撤离只给一张机票，不得带家眷。他与莫珣燕尔新婚，不愿分离，更不愿远走他乡当寓公。他同时亦有顾虑，他充当国民党的喉舌，而且是《中央日报》总编辑，共产党会不会饶他？去留两难，王抡楦苦恼万分，又不敢对妻子说。

他把机票锁在报社抽屉内，未带回家中，举棋不定。他有一种被生活抛出运行轨道的放逐感。想想自己也曾先秦诸子、唐诗宋词地手不释卷，从小学读到大学，受教育多年，可谓大彻大悟，小事情却想不开。

王抡楦的密友、原重庆《中央日报》副总编卜少夫此前已赴香港，在那里创办了《新闻天地》杂志社，自任社长，来信叫他去香港，一道办刊物。如果他这时先去台湾，以后转道去香港投奔卜少夫，既可继续从事新闻工作，也可摆脱政治纷争，正符合他的人生观。于是，他一时倾向离开大陆。

第二天夜里，王抡楦辗转反侧，难以入眠。半夜里，细心的莫珣坐起身来问道："抡楦，你有什么烦恼事？一定要告诉我。你知道，我从未向你隐瞒我的任何事。"

王抡楦将机票之事和盘托出。莫珣沉默了一阵，幽幽地说："抡楦，为了你的事业，你走吧。过几年或有变化，我再带着女儿去找你。"

她那样柔弱，又拖着幼女，要是他走了，她的世界就可能毁灭。

王抡楦也坐起身来说："国共两党誓不两立，今后的事情很难说。台湾与大陆隔着一道海峡，天大本事也难以逾越。若是没有这场该死的内战多好。"

入冬的重庆寒冷潮湿，夜航机的嗡嗡声划破了夜空，紧急抢运物资。国民党政权行将就木，如果迟疑，势必成为它的殉葬品。

忽然，王抡楦醒悟：他不能再去追随日暮途穷的国民党，他的未来，应该是与光明的新中国联系在一起。他决定不走了。万不得已，他就回老家南充去教书。

5

11 月 24 日，第七编练司令部司令官罗广文的指挥部，设在南川县城。他手下有 5 个军，其中 2 个军驻大巴山，戒备胡宗南的后方，现在奉蒋介石命令在南下中。其余 3 个军，一个军驻重庆近郊、璧山县、巴县，一个军驻泸州、内江、隆昌一带，一个军驻綦江，防守重庆至贵阳的川黔公路沿线，戒备贵州桐梓至四川綦江一带。

正午时分，侍从参谋开了两听牛肉罐头、一瓶威士忌，让罗广文进餐。他刚端起饭碗来，从黔北方向包抄过来的解放军二野五兵团便发起猛烈的进攻。

二野五兵团有重炮，数十门大口径榴弹炮、加农炮、山炮同时发射出一发发炮弹，带着震天动地的巨响，倾泻在罗广文部第44军仓促构筑的工事上。紧接着，解放军的步兵开始冲锋，成连成营的人呐喊着，形成一道宽达数里的散兵线，黑压压地遮断了渝南公路和附近的大小山头。

国民党守军地堡群喷出轻重机枪的火舌，隐蔽在山坳的榴弹炮团和重迫击炮团拼命开火还击。地平线上燃起一片火光，团团硝烟被风吹得时聚时散，解放军的散兵线在硝烟里时隐时现。

罗广文不顾参谋、副官的劝阻，带着第44军军长陈春霖，到前沿观察哨，隔着小河观察战局。共军的出现和一线部队的呼救声，似乎没有影响罗广文的情绪。他在危难之秋接受了蒋介石的重托，一颗感恩戴德之心促使他决心死守重庆。然而，当罗广文把望远镜凑到眼前仔细观望时，他的心凉了。

他从望远镜里看见，尽管守军的炮火杀伤了不少解放军，但那股潮水汹涌般的散兵线，犹如一台无坚不摧的绞肉机，所到之处，守军不是溃退，便是荡然无存。通往重庆的公路上有几辆被击毁卡车正在燃烧，阻塞了后撤炮团的通道。第44军的官兵们像惊慌失措的鸟兽一样，东突西窜地撤出了被解放军重炮轰击的主阵地，四散寻找生路。一些腿长跑得快的官兵跑到小河边，在齐腰深的河流里为争夺几只渡船逃命，他们还互相开枪射击。

“44军完了！”罗广文垂下望远镜，心情沉重地说了一句，感到头晕目眩。过了一会儿他镇定下来，剩余的部队必须保全。

根据无线电台的监听，南川县正面至少有解放军 2 个军在互相通话，另有 1 个军正在全速向南川县侧后运动。

情况如此紧急，罗广文果断命令部队后撤至綦江县，就地固守。蒋介石来电：“罗司令官，望严责所部有进无退，死中求生，多坚持数日。”

当天下午，一位贵客来到林园官邸。

来者是美国共和党参议员诺兰和他的夫人，他们是从台湾飞到重庆专程拜访蒋介石。诺兰的到来，犹如给蒋介石注射了一支强心剂，使他那消沉的神经再次亢奋起来。

诺兰的相貌，使人联想起美国西部片中年迈的土著酋长，浓眉大眼，鼻音很重。诺兰入股的企业为苏联的一些工厂提供过贷款，为此，他的朋友经常拿他开玩笑，称他为“培养资本主义掘墓人的资本家”。然而谁都知道，诺兰在政治上是极右的。

中国抗战胜利后，美国五星上将马歇尔作为美国总统杜鲁门特使，到中国调停国共两党争端，希望将战后中国建立成一个美国模式的国家，纳入西方阵营。蒋介石却不听招呼，一意孤行，在军事上发动全面内战，在政治上搞一党专制。1946 年 7 月中旬，国民党特务在昆明接连暗杀了民主人士李公朴、闻一多，震惊了华盛顿。杜鲁门给蒋介石写了一封措辞严厉的亲笔信，信中指出：“最近昆明发生暗害中国著名自由主义者事件，不容忽视。这些残暴的谋杀事件不论其责任谁属，其结果已使美国注视中国局势，且日益认为中国当局只图以军队或秘密警察等暴力解决重大社会问题，而不采取民主手段。”

马歇尔据此穷追不舍，非要找蒋介石讨个说法。他不辞辛劳，飞来飞去，八上庐山，每次都质问蒋介石，建议立即停战，重启国共和谈。蒋介石则再三推诿，将内战责任推给中共方面，一天也不停战。马歇尔终于勃然大怒，电告杜鲁门，建议美国政府对国民党当局实行全面武器禁运。1946 年 7 月 29 日，美国政府宣布：不支持中国内战，冻结对华一切军事援助。8 月 5 日，发布《美中关系白皮书》，披露美国对华政策细节，披露国民党政权的种种弊端。抗战时期的盟国关系，至此戛然而止。

然而，苏联最近试制原子弹成功，引起美国朝野震动。杜鲁门总统昨天公开发表声明，证实了这一消息。美苏两大国的博弈，拉开了序幕。诺兰此来，便是透露这一消息，也表达美国右翼政客支持蒋介石。

诺兰说，右翼分子成立了一个松散的组织，被称为“中国院外集团”，坚决抨击美国政府抛弃中国的种种政策。其成员包括一些宗教和爱国组织、国会中著名的共和党人，以及《时代》和《生活》杂志的发行人卢斯，他是早年赴中国的一位传教士的儿子。《生活》杂志刊登了麦克阿瑟将军的一篇《中国的陷落使美国处于危险之中》的文章。《时代》周刊则警告说，亚洲掀起的红色浪潮，将有吞没世界半数人民的危险。所以，他和“中国院外集团”要反对这个红色浪潮。这就是他不远万里，飞越太平洋来见蒋介石的原因。

诺兰表示，如果国民党政权能在大陆坚持半年，美国政府将出兵支援，不会让这样一个大国投入共产主义阵营。这位美国参议员还表示，如果苏联出兵援助中共，从而爆发第三次世界大战，美国是有决心和力量大战一场的。其实，在 1949 年秋季，白宫上下的大多数美国人都认为没有理由也没有办法，拯救这个摇摇欲坠的腐朽透顶的国民党政权。但蒋介石对诺兰的一番说教，却奉为圣经，内心里尚存的一点死灰，又被这位美国参议员拨动，燃起了一线希望的火光。他认定只要美国人插手，一切都会改观，他蒋介石还会重新统治整个大陆。他还并不老，他可以等待。

6

田衡秋急匆匆赶来“特园”，见到鲜英、鲜恒父子就说：“蒋经国昨天来我家，亲口告诉我说，最高当局已为我们准备好飞机，送我们去台湾。”

鲜英问：“你们怎么回答？”

田衡秋说：“子惠当然是先答应下来，只是说给几天时间准备一下。”

鲜英听了点点头。

鲜恒问：“杨伯母，你们作何打算？”

田衡秋答道：“昨晚我和子惠商量，认为山穷水尽，不走也得走。商定由我先去台湾，到那边找房子、请佣人什么的。”

鲜英问：“子惠何时去台湾？”

田衡秋说：“子惠现在还不能脱身，但他把所有金条都派人带到香港，变成外汇存起来，以备不时之需。我也随身带一些金条去台湾，这年月坐要坐钱，站要站钱。”

鲜氏父子交换着眼色，觉得这是继续争取杨森起义的有利因素。

田衡秋关心地问道：“亲家，你走不走？”

“我的家当都在重庆，临时变卖也来不及，只好听从天意安排吧。”鲜英答道。

“鲜恒，你呢？你走不走？”田衡秋转而问起准女婿，她喜欢这个相貌堂堂的小伙子。

鲜恒答道：“谢谢杨伯母关心。古人说‘父母在，不远游’。家父年纪大了，我要留下来照顾他老人家。”

田衡秋赞许鲜恒几句，又急匆匆走了。她把心爱的女儿杨北宜也带上了飞机，两家的姻亲关系就这样画上句号。

彭斌也遇到同样问题。

杨森为夺取军权，向蒋介石诬告，说彭斌不稳，和共产党有联系，是熊克武的学生，刘伯承的老部下。蒋介石半信半疑，传令将彭斌家属先行送往台湾。侍从室中将侍从施觉民与彭斌关系好，也劝彭斌把家眷送去台湾，免得让杨森抓住把柄。彭斌推说妻儿已回荣昌老家，施觉民叫他赶快把人接回来。

其实彭斌的家属在重庆，彭斌要老婆带着孩子立即回荣昌县，妻子杨素波不愿回乡下去生活，磨磨蹭蹭不想回乡。彭斌生气地说：“你不听话，数不可逃！”

施觉民的电话来了，彭斌妻儿随即登机飞往台湾。

杨森下令，将内二警撤离机场、银行、公馆等要害部门，开往南岸布防。毛人凤派保密局特务接手歌乐山集中营警戒，准备大屠杀。

地下党再次派人去策反，彭斌说：“我的妻子儿女已被强迫送往台湾，做了人质，我不敢动。”

地下党要求彭斌劫狱，彭斌告知内二警已被换防，无能为力。后来彭斌率部溃逃川西，12 月下旬在彭县通电起义。

7

蒋介石轻车简从，在蒋经国的陪同下到沙坪坝南开中学拜访张伯苓。

张伯苓是天津人，早年毕业于天津北洋水师学堂，后获得上海圣约翰大学、美国哥伦比亚大学名誉博士学位，师从美国教育家、哲学家杜威、桑代克等人。他把教育救国作为毕生信念，先后创办南开中学、南开大学、南开女中、南开小学和重庆南开中学，接办四川自贡蜀光中学，形成了著名的南开教育体系，被尊为“中国现代教育的一位创造者”。抗战后，张伯苓曾出任国民政府考试院院长，不久辞职到重庆寓居。

蒋介石此来，是想游说张伯苓去台湾。

反攻复国，没有大批人才相助不行，争取知识分子去台湾，是蒋介石非常重视之事。北平、南京失守前，他都派出专机，指名去接专家学者到国统区。遗憾的是，只有少数人愿意跟他走，大多数拒绝撤离。张伯苓属于蒋介石看重的学者、教育专家，说动此人去台湾，对于创建台湾教育体系必将发挥重要作用，必将为复兴大业培养不少接班人。

73 岁的张伯苓拄杖从内室出来见客。蒋经国奉上几件礼物，都是浙江奉化的土特产：曲毫茶、羊尾笋干、千层饼、雪菜。蒋经国说：“张老伯，这是家父的一点心意，奉化的土物，不成敬意，请张老伯笑纳。”

蒋介石含笑对张伯苓拱拱手，称呼张伯苓的官衔道：“张院长，我近年忙于军务，疏于问候，心存内疚，还望海涵。我总是时常惦念张院长，您近来身体还好吧？”

张伯苓答道："多谢蒋公垂注，前一段时间还好，惟入秋以来偶感风寒，夜间有点咳嗽，已遵医嘱按时服药，想来问题不大。"

"那就好，那就好。"蒋介石温和地说，"我这次来府上，是想请张院长移驾去台湾，屈就教育部部长。张院长的宝眷，也与您同机去台湾，有关住宿问题，我已嘱台湾省主席陈诚预为安排，张院长绝无后顾之忧。"

他注视着张伯苓的表情，接着说"这几天我思考，自强自立之道，莫急于兴学、养廉。而兴学之要，在于穷理致知，实践笃行。养廉首务在节约勤俭，敦厚朴素，戒浪费，祛消耗，明礼义，重廉耻。所以，我在台湾创办革命实践研究院，草拟课程及其重点数十条，大抵为制度、战略、政策各种原则之研究，理论基础、哲学思想、行动纲领之建立。务求达到生动活泼，使学者能发挥其蓬勃之朝气、坚忍不拔之决心与再接再厉之奋斗精神。所以不揣冒昧，恭请张院长襄赞。"

张伯苓有民主思想，办学理念是激发和培育学生的个性和创造性，最大可能地践行素质教育。在他看来，办教育是培养后人，发育自身，造福社会。他脚踏沉沦的俗世烟雾，思想却在寻找清澄之境。内战的阴云，污染了弦歌阵阵的校园，放不下一张平静的书桌。独裁与民主之间，鸿沟天然，无法填平打通。心境如此，他哪里还听得进蒋介石这番说教。

张伯苓故意咳嗽两声，捶捶胸部说："承蒙蒋公抬爱，不胜惶恐。只是伯苓已年逾七旬，老朽不堪，难以重操旧业。蒋公可另选后起之秀替代老朽。"

蒋介石听到此言心中一沉，却并不放弃，进一步游说道："张院长系教育界伟人，多年来遍地设帐树人育才，享誉杏坛，他人难以相提并论。所以，我非常希望您去台湾，助我一臂之力。我曾听说，张院长将教育事业喻为终身伴侣，您不会甘于终老重庆吧。”

张伯苓转动了一下手杖，委婉地说：“蒋公知道，我在大陆创办了不少学校，投入了太多感情方面的存款，我想收回一些‘利息’，也算对自己的一个交代。”

“这个好办，”蒋介石说，“政府出钱，您想办几所学校都行，我回到林园就给陈诚打电话，划拨资金、地皮。请张院长想一想，您一到台湾，便可马上操持旧业，传道解惑，广置桃李门墙，青史留名，何乐而不为？”

张伯苓却只是推脱：“口中从此称鹤杖，池上于今有凤毛。蒋公啊，伯苓实在老朽，否则也不敢辞去考试院院长之职务。此外，我也是安土重迁，故园难舍，真不敢再奉命。”

蒋介石非常难受。抗战时期，国民政府一声号召，各地大专院校教授闻风而动，随同国民政府内迁，在重庆及大后方重建文化天地，何等壮观。那时，不少学人积极建言献策，忠心耿耿。万万没想到，如今仅仅动员一位学者，就需要他屈驾亲自登门，而且明摆着是又一碗闭门羹。

即或如此，蒋介石厚着脸皮再次吁请张伯苓说：“张院长，请您看在党国面上，再次出山，共赴国难。”

张伯苓说：“蒋公，我有我的难处，您总不至于强迫我去台湾吧。”

两个人都懂规矩，话说到这一步，也就没话可说了。

蒋介石起身拱拱手，怏怏而去。

8

西南长官公署收摊，不便带走的文件一律销毁，不必要的人员一律资遣回家，每人发黄金一两，资遣证一张。女职员在总务处排队，七嘴八舌抱怨报酬少，辛辛苦苦打工多年，做得像仆妇，一两黄金就打发了，今后怎么办。

《中央日报》社也在遣散员工，发黄金，工人 5 钱，职员 1 两，主任 1 两 5 钱，社长、总编辑、总主笔、总经理每人 2 两。

王抡楦那天没坐飞机去台湾，也没人来追究，飞机空一个座位千载难逢，自有人争着填空。他存心不走，反倒平静下来。

报社派会计主任杨玉珩、出纳马登辙到中央银行去领黄金。他们早上离开报社，中午只有杨玉珩一人回来。杨玉珩说，到中央银行领黄金的单位很多，快到 11 点他们才把黄金领到手。走出中央银行大门，他们雇了人力车一道回报社。杨玉珩坐前一辆人力车，马登辙提着装黄金的小铁箱子，坐后一辆人力车。杨玉珩下车后，未见后面的马登辙，顿时手脚冰凉。

报社职工很快就知道马登辙领得黄金跑了。有人提出，马登辙家住青木关，赶紧派人到青木关去找他。可是马登辙家住青木关何处，却无人知道具体地址。报社乱成一团，有个老职工家中本来就困难，一听遣散费无着，昏倒在地。

马登辙老实，第二天出人意外地回来了。据他说，他在中央银行领黄金的时候，管库房的人说，下午就不发了，应领黄金的单位再不去领就作废。同时听见有人在窃窃私语："共产党快打到璧山了！"马登辙一听大吃一惊，坐人力车路过七星岗汽车站，突发奇想，不如先跑回青木关家里看看，就搭汽车回家去了。结果家乡平静无事，便又赶回报社来。

报社分发黄金后，人心浮动，走掉一些员工。

王抡楦打算把妻儿送到安全之地。

《国民公报》的总编辑曾俊修对王抡楦说，局势若有变化，最好把全家搬到北碚去。据他说，有人到成都问过肖公远，重庆是否安全。肖公远说重庆有刀兵之灾，只有北碚安全。肖公远人称“肖神仙”，是聚兴诚银行老板杨粲三的侄女婿，曾在美国学习工程，回国后不干正事，专门研究《易经》，为人卜课，据说颇为灵验。

当一个人不能掌握自己命运的时候，只好寄希望于神灵，王抡楦也不例外，把家小安置到北碚，寄住兼善中学校长张博和家，然后回报社上班。

朱懋禔也遣散了印钞厂的大部分员工，等着上峰安排。财政部长关吉玉来电话，说各单位都在发黄金，中央银行的黄金快要被领完，责成朱懋禔找人制作模具，将库存的6吨黄金改铸为小块，铸造一批送一批去中央银行应急。

兵荒马乱，朱懋禔又不熟悉门路，到哪里去找人做模具？他满头大汗跑到首饰一条街，挨门挨户去找银匠帮忙。那些银匠说可以用凿子加铁锤分割。朱懋禔一想，凿子分割的金块大小不一，外表凹凸不平，而且重量不能标示，中央银行不会收验，也不便分发。他又饿着肚子赶回厂里，向关吉玉请示。关吉玉说，那就还存放在库房里，他向行政院长阎锡山要飞机，落实后再来拉黄金。

9

11月27日下午，蒋介石在林园官邸召开了在大陆举行的末次国民党中央常务委员会。应到中常委56人，实到26人，不及半数。缺席的主要是已去台湾的各院部长官和前线指挥官。

1947年国民党在南京召开第六届四中全会，选举蒋介石为总裁，选举中央执行委员会常务委员56人：丁惟汾、居正、于右任、朱霁青、李文范、麦斯武德、邹鲁、马超俊、吴铁城、李宗黄、戴季陶、张群、张治中、陈布雷、宋庆龄、朱家骅、田昆山、白云梯、孙科、陈果夫、宋子文、白崇禧、钱大钧、潘公展、萧同兹、范予遂、梁寒操、陈诚、段锡朋、张道藩、张厉生、陈立夫、贺衷寒、何应钦、谷正纲、王启江、赖琏、刘建群、萧铮、柳克述、邓文仪、康泽、吴忠信、何浩若、张其昀、蒋经国、袁守谦、黄少谷、何联奎、倪文亚、赵仲容、汤如炎、郑彦菜、李蒸、程思远、黄宇人。

会场上交叉悬挂着国民党党旗和中华民国国旗，主席台前还安放了几十盆万年青，显得十分隆重。但这一切都掩饰不住败局已定的不安气氛，健谈的中常委们议论纷纷：

“听说綦江失守，罗广文兵团已撤退到重庆。”一位中常委说，“贵州和川东共军马上就会打到城里来，总裁却在此时召开中常委会，令人费解。”

另一位中常委说道：“不知今天会上，蒋公将会提出哪些部署。”

“胡宗南的主力部队驻扎在成都，远水不解近渴，我对重庆前景持悲观态度。”第三位中常委插话道。

“罗广文能顶得住吗？”

“天晓得。”

开会之前，种种议论竟成为一片满腹狐疑的耳语声。

蒋介石入场了。他神态萧索，往昔笔挺的腰板也变得有些佝偻，几天内像是变了一个人。

这次中常会议的主题，是讨论因“代总统”李宗仁拒不到职，国民政府体制处于脱节状态，运转不灵的问题。这种状态因李宗仁出走，已持续了数月。

在主持人张群宣布开会后，首先由蒋介石发言。

蒋介石说：“诸位中常委，我今年 1 月自愿辞去总统职务，完全出自引退求和，免使亿万生灵遭受涂炭的苦心。但共产党拒绝和平，竟要我们完全投降，企图使党国陷于万劫不复之地，使吾辈死无葬身之所。在此生死存亡关头，为了救党救国，蒙在座各位同志的信任，我不得不再次勉为其难，负起一定的责任。”

作过这番表明心迹的解释以后，蒋介石又继续说：“中华民国宪法规定，总统辞职后，由副总统自动接替，大家推举李宗仁为代总统。他幻想通过和谈与共产党划江而治，派代表去北平谈判。我曾提醒过李代总统，与共产党谈判，无异于自投罗网，不会有好结果，可是他不理会这点，被谈判的心思迷住。结果怎么样？军事来不及部署，共党已渡过长江。此后，他率国民政府先迁桂林，继迁广州，抱残守缺。广州失守，我数次派人恳请他来重庆主持政府，他屡次推诿不来，转往南宁。20 日据报，他已飞往香港。我又派人请他来渝，他以就医为名，拒不来重庆。对于李代总统，我不敢说是肝胆相照，至少可以说推诚相见，他却拒人于千里之外。”

在座的中常委们静静地听着蒋介石的讲话。在他们的一生中，这个人对他们的影响比任何人都大，命运之神早已把他们与这个人联系在一起，想摆脱也摆脱不了。

蒋介石继续说道："目前的对外关系，尤其我国政府在联合国中之代表地位问题，极为重要。如果李宗仁长期滞港，不来政府主持，而我又不复行视事，则各国政府乃至友邦，可借此以为我国已无元首，成为无政府状态，则不得不考虑对于北平政权之承认。此外，对内尚有维系人心之作用。此时举国上下，人心动摇，如云南卢汉等人已明言，李代总统既然不到位，地方政府将各行其是。今天请诸位到会，实乃想听听诸位的见解。下面，请诸位自由发言。"

谷正纲、吴忠信、袁守谦、黄少谷、陈立夫等人先后发言。一致建议再次派人去香港，劝说李宗仁返回职守。如果李宗仁还是不愿回来，则请蒋介石复位，重新担任中华民国"总统"，主持政府日常工作。他们的提议，受到绝大多数人赞同，并形成中常会决议。也有个别人提出，今天到会人数未过半，还有个法定程序问题。

"这件事真伤脑筋，"蒋介石说，"我最不喜欢改变自己的初衷，可是又必须出面。照目前的局势来看，我倘若袖手旁观是再糟不过的了。可以说，我是被迫挑起这副担子的。这样吧，关于我个人的进退，这次中常会不要做决定，留待更多中常委到会时再议。"

接着，蒋介石极其兴奋地谈论起党务来。他说："我们正是创立政党来反对另一种邪恶的政党，我们以自由思想为武器，来反对极权主义。中国国民党是一座革命堡垒，凡是希望争取自由的人都可以加入，我们还要大力发展党员。"

再往下，蒋介石又以尖锐的口气指责起某些人来："他们不是在斗争，而是在进行个人竞争，这是不会有什么好的结果的。如果他们只允许自己信得过的人参加组织，那我还可以理解，可是他们居然将本党的组织办成了以家族为核心的小团体，这就使我深感遗憾了。"

一阵不耐烦的嗡嗡声，像一群黄蜂飞进会场。他这漫无边际的谈话，使中常委们陷入迷惘，完全不得要领。然而中常委怎么也不会提出异议，或者表示出任何不满的，因为他们早已养成服从的习惯。

蒋介石举起一只手，让大家安静。

"各位中常委，我的话马上讲完。我并不号召你们在重庆与共军进行巷战，这点你们自己也很清楚。我只希望你们，尊敬的中常委们，追随我多年的同志们，将追忆前线阵亡将士的神圣怀念，传给我们的后代子孙，这就是我要想对你们讲的话。"

说着说着，蒋介石扶着椅子站起来，用左手紧紧绞着中山服的领口，发出一声凄厉而震荡整个大厅的喊叫："我蒋某人对不起总理在天之灵！"

不知是由于蒋介石动了感情，还是由于同病相怜的缘故，总而言之，中常委们的内心突然涌上一种内疚加怜悯的复杂感情。

一位白发苍苍的中常委扑到主席台前，伸手去拉住蒋介石，泣不成声地呜咽道："是我们对不起总裁！是我们对不起总裁！……"

一股秋风穿堂而过，国民党中央常务委员会草草闭幕。会后，中常委由专机分送到台湾或成都。

第十章

1

苏云又来“特园”催促鲜英策反杨森，说是最后机会，抓紧试试。他带来一份《约法八章》，叫转给杨森。

鲜英马上将三儿子鲜继坚叫来商量。鲜继坚不主张鲜英直接去找杨森，建议先派另外的人去探口风，鲜英有个回旋余地。派其他人去，杨森信不过，最合适的人选还是老五鲜恒，他可以自由出入杨森公馆。时下要见杨森，虽不至“难于上青天”，却也无异登五岳。开会、办公时间概不会客，诸神回避；闲时政要盈门，针插不进。

“不过，”鲜英有些迟疑地说，“鲜恒没有你的嘴巴会说，政治上也没有经验。这件事对杨森来说也性命攸关，怕他说不清楚。”

鲜继坚说：“爸爸，我很少去杨家，也从未与杨森说过话，不摸底。只有鲜恒去合适。”

鲜恒早上外出，过一阵才从街上回来。鲜英把他叫来面授机宜。鲜恒奉父命，随后驱车前往。把守杨公馆的卫兵都认识鲜恒，听凭其驾车驶入。

杨森正在做撤离重庆的善后事务，“渝舍”忙乱得犹如蜩螗沸羹。10 多名士兵在楼上楼下进进出出，有的扛着箱笼，有的捧着留声机，有的肩挑线装书、善本书，有的携着成套的银质西餐餐具。带篷布的大卡车停在不远处的大操场，弟兄们基本上是一路小跑，副官长还在呵斥：“打起精神来，动作快点，动作快点。啥时候搬完，啥时候发赏钱。”这批家当将空运台湾。

十一姨太胡洁玉看见鲜恒，亲热地打招呼：“鲜少爷来了啊，七小姐给家中打电话还问起你，对你恋恋不舍呢。”胡洁玉的年龄与鲜恒相近，辈分却高一头。

杨森身旁还有三房姨太太，四姨太田衡秋已携带细软先行去台湾打点。

十姨太郑文如，原为重庆“裕华”纱厂女工。杨森任贵州省主席时，手下有位医官系郑文如远房堂舅，一心想当军医处处长。他得知杨森又准备娶小纳妾时，说动郑文如家人，将郑文如嫁给杨森。杨森高兴，遂委任这名医官为军医处处长。不料红颜命薄，方才 20 岁左右的郑文如患上肺结核，花容失色，因而失宠被送回娘家养病。杨森不想带她同去台湾。

十一姨太胡洁玉，其父亲胡应忠替杨森看守广安祖屋几十年，忠心耿耿。胡洁玉 14 岁时随父亲到重庆求学，住在杨森家，被杨森看中。杨森年届六旬，比胡应忠还大，胡应忠当然不答应，带着女儿回广安。杨森追到广安，将胡洁玉强行带回重庆。胡应忠受不了乡邻指指戳戳远走他乡，不知所终。胡洁玉被杨森内定，带往台湾。

鲜恒回应胡洁玉说：“那我先去见见杨伯父，他在家吗？”

胡洁玉指指二楼：“在家，你上去吧。”

杨森接到蒋介石手令，要他撤退成都前，务必炸毁市内重要目标和水厂、电厂，最后一刻才能撤退。此刻他坐在写字台前，给二儿子杨汉烈写信，杨汉烈已率一个师后撤到成渝公路沿线布防。近日，杨森通过国防部发布任命杨汉烈为第20军军长，自己不再兼任该职。20军是杨森的老本。1926年，国民政府改编杨森所部7万余人为国民革命军第20军，任命他为军长。多年来，杨森之所以立于不败之地，就是因为他深谙“有枪就是草头王”的三昧，始终保全20军的实力和番号。上半年他就想将20军交给杨汉烈，惟顾虑副军长夏炯、133师师长景嘉谟抵制，他们都是20军的老人。现在他顾不得那些了，急切让儿子做军长掌握实权。他在信中嘱咐儿子，资历浅，恐难服众，要注意搞好与夏炯、景嘉谟的关系，不要撕破面皮，齐心协力方能化解危难。作战中要避重就轻，以保住部队为上策。他抄录了一段苏轼的《留侯论》给儿子做参考：“古之所谓豪杰之士者，必有过人之节。人情有所不能忍者，匹夫见辱，拔剑而起，挺身而斗，此不足为勇也。天下有大勇者，卒然临之而不惊，无故加之而不怒。此其所挟持者甚大，而其志甚远也。”

杨森还想继续写几句话，鲜恒进来了，于是将狼毫笔装进笔套，招呼客人。

鲜恒请过安，将《约法八章》呈给杨森，将解放军的要求一一转达。

杨森耐着性子听完，脸色一沉，厉声说道：“鲜恒，你这小娃娃好不识深浅，嘴上没有几根毛，也来蹚这潭深水！重庆的大学完全赤化了，不知教学生什么东西，成为一群胡言乱语的人。若不是看在令尊脸上，我就要法办你！”说着，他将《约法八章》投进壁炉，直到化为灰烬。

鲜恒抗辩道：“家父说，这是为杨伯父好。父亲说，1908 年在四川陆军速成学堂就结识了杨伯父，交情已有 40 多年。”

听得此言，杨森口气缓和了：“鲜恒啊，你还年轻，政治不好玩，会丢了身家性命。你别看我位居上将，有时也不得不委曲求全，作出妥协。”

杨森说的也是实话。他的侄女杨汉秀系中共党员，从事地下活动被捕。在族人央求下，杨森出面保释。西南长官公署二处处长徐远举虽然答应放人，却阴阳怪气地对前去接人的副官说：“请你转告杨总司令，而今风风雨雨，共党分子如水银泄地，无孔不入，大家都要管束自己的家人，免得城门失火殃及池鱼！”

杨汉秀被杨森接到杨公馆中住下，杨森责令她不准再参与共产党活动，提出送她去美国生活，杨汉秀不走。“九二”火灾发生，杨汉秀当面斥责杨森反动成性，揭露国民党嫁祸于共产党的险恶用心，两人大吵。杨森恼羞成怒，命令刑警处处长张明选将杨汉秀逮捕关押，随后又下令将其处死。

张学良发动西安兵变，即便是蒋介石的拜把兄弟，亦遭终身监禁。杨虎城呢，不久前被杀害。杨森最怕戴上“红帽子”，必遭蒋介石猜忌，凶多吉少。

杨森对鲜恒说：“既然你知道我与令尊相识多年，我有一事相托。有一些带不走的杂物，想送到府上寄放。小妾郑文如有病，不良于行，也想送到府上小住。待我收拾好，就把人和东西送到府上。”

鲜恒说："我一定转告家父。只是家父要讨个实信，请杨伯父不要破坏重庆城。"

杨森回答道："这个我答应，一言为定。请令尊放心。"

2

11 月 28 日清晨，彻夜未眠的蒋介石刚在沙发上打了个盹，就被值班侍从叫醒。又一个晴天霹雳在他耳旁炸响：川南防线被解放军突破，罗广文的第 15 兵团已退出綦江县城，正向重庆溃退。蒋介石睡意全消，在十分钟内三次打电话，召见已逃至重庆的罗广文，令他火速到林园官邸接见。

罗广文十分担心蒋介石追究部队溃败的原因和责任，但又不敢不去，只好硬着头皮驾车前往。

蒋介石扔下电话，嘟囔着说一定要惩办罗广文。

蒋经国在旁为之缓颊说："仗打得不好，也不是罗司令官一个人的责任。他既无援兵，又面临强敌，孤军奋战旬月，没有功劳也有苦劳嘛。"

蒋介石默然无语，他在想如何来了结这件事。

沿路堵车，两个小时以后，罗广文的吉普才驶进警卫森严的林园官邸。

蒋介石这次进驻林园官邸，没住他常住的一号楼，而住在附近的一幢小平房内。罗广文的手刚一碰到那扇门的铜把手，虚掩着的门就敞开了，脸色蜡黄的蒋介石，无声无息地僵立在房内，吓了罗广文一跳。

“报告总裁，罗广文应召前来晋谒！”罗广文口齿清楚地大声说道。

蒋介石似笑非笑地说：“罗司令官，谈谈你的部队的情况吧。”

罗广文觉得，在蒋介石和他之间有一道可悲而又可怕的墙垣，一道上下级之间不信任的墙垣。在过去几个月里，罗广文先奉命率部防守甘南和川西北，后又奉命率部到贵州梓桐，布防娄山关一带。在忽南忽北的调动中，第 15 兵团的官兵跋山涉水，疲惫不堪，且时有战斗。罗广文卖了那么大的力气，谁也没有对他说个“谢”字，谁也没有来援助这支元气大伤的部队。现在，却要他对战事的失利作出解释，这未免使他极度委屈，像哑巴吃黄连，有苦说不出。

“别拿你那受委屈的眼睛盯着我，罗司令官，你那日本士官生的荣誉感也太强了！”蒋介石双手卡住腰，毫不留情地挖苦着留日士官生出身的罗广文。

罗广文本已苦恼，听这冷讽热嘲的教训，终于忍无可忍，咬了咬牙根，抱着豁出去的态度大声抗议道：“总裁，您对我太不公平！”

“好了，好了。”蒋介石转过脸，以缓和口气问道，“罗司令官，你那里到底发生了什么事情？綦江防线怎么一下就垮掉？”

罗广文脸红筋涨，但常识和理智告诉他，若想从林园官邸脱身，只能表示顺从。于是他压低声音汇报道：“自 25 日起，我部开始遭受数倍之敌进攻。团长崔百川投敌，致使全线动摇。截至今早 8 时，我部已全部退出綦江。”

蒋介石低下头，他明白这就意味着重庆的南面也无人防守，川东共军已不再是唯一的威胁。

“那你为什么不按原定方案，组织重庆南岸桥头堡的防守呢？”蒋介石盯着罗广文，气哼哼地问道，“为什么？你说呀，罗司令官。”

“部队已失去控制了，”罗广文解释说，“宋兵团的惨败，严重影响了他们的斗志。请总裁自己到窗前去看看，那种局面恐怕谁也无能为力。”

蒋介石走到窗前，麻木的手颤颤巍巍地撩开墨绿色的窗帘，隔着玻璃窗往外看。

罗广文指挥的第15兵团残部，正在沿成渝公路向川西方向溃逃，沿途扔下辎重和重武器，路过重庆城连停都不停一下。这些官兵的脸上带着愤世嫉俗的表情，军服肮脏不堪，形容枯槁，头发蓬乱，活像一拨土匪。

“共军正在綦江重新集结，也许再过一两天，他们就会对重庆发起总攻。”罗广文对蒋介石说道。

公路上的溃兵望不到头尾，而且越来越多的部队退下来，蚂蚁似的蠕动着，加入乱糟糟的队伍。这些残兵败将绝不像那些中常委们有忍耐、讲斯文，他们开口闭口都在咒骂国防部，咒骂当官的瞎指挥，甚至咒骂自己出生那一天。

成渝公路的交通，已被这难以制止的骚动和喧嚣所阻塞。

罗广文提心吊胆地站在一旁，后悔自己不该回重庆，更不该前来面对蒋介石。他应该像宋希濂那样一走了之，无声无息。他错了，完全错了。他并非黄埔系的人，出了事谁也不会替他兜着。罗广文越想越心慌。

“替我接胡长官总部！”蒋介石厉声吩咐值班侍卫官。随后，他丢下罗广文，头也不回地走进机要室，俯身在长途交换台前。

在这重兵压境的紧要关头，蒋介石还想继续抽调胡宗南部队东下援渝，这支王牌部队是他手里唯一的赌注。

拨号盘咔咔响，扩音器里发出刺耳的嘈音，稍停，话筒里响起胡宗南的声音：“林园，林园！我是胡宗南。我已到了南郑，我已到了南郑！”

蒋介石从话务员那里劈手夺过话筒，一字一顿地说道：“胡长官，我是蒋中正。你是黄埔同学中出类拔萃的将才，东征北伐，抗日击共，卓著勋劳。挽救党国的危难，实利赖之。现罗广文兵团失利，重庆危在旦夕，望将第1军之全部火速调渝，围堵重庆近郊共军。你听见了吗？”

蒋介石的这番话，与其说是命令，还不如说是请求。然而蒋介石不知道，他最忠实的下属，他从黄埔生中提拔的唯一上将司令官胡宗南，这时也已自顾不暇了。

耳机里又沉默片刻，方才传来胡宗南为难的答复：“校长命令，宗南岂敢不从。只是，据可靠情报，那几个人已靠不住，我得提防着他们。否则，川西和西康也保不住啊。”

胡宗南说的“那几个人”，是指川军将领刘文辉、邓锡侯、潘文华等人。他们长期遭受蒋介石的猜忌和排挤，这时眼见国民党大势已去，决定弃暗投明，密谋起义。他们已派人与解放军联系，只是由于胡宗南部的重兵撤退到成都附近，他们才未动手。

“娘希匹！党国败类！”蒋介石脱口骂出这句口头禅，“那么，你尽快到成都布防，我随后也去成都。”

通话完毕，蒋介石终于明白，一切都无法挽回。就在这一瞬间，他作出了一生中又一个痛苦的决定：放弃连8年全面抗战都未丢失过的重庆。蒋介石思忖道，国民党的确遇到没顶之灾。重庆是一艘正在下沉的巨轮，如果不赶紧离开它的甲板，他本人和残存的官兵将随之沉入无底的深渊。

蒋介石走出机要室，瞥了一眼仍呆立在作战室的罗广文，挥挥手说："你可以走了，罗司令官。把你的部队带到成都去，同胡长官的部队会合。"

如获大赦的罗广文双脚一并，向蒋介石行了一个军礼，疾步离去。12月24日，罗广文率第15兵团残部在成都附近的郫县起义。

蒋介石掩上房门，坐在长沙发上闭目养神。在叫作"战争"的原野里，他是在什么地方迷路了，并且为什么迷路？

毛人凤蹑手蹑脚地走了进来，低声报告说："总裁，歌乐山集中营的全部犯人已于昨日处决。另据保密局技术总队刚才报告，綦江公路大桥已经炸毁。重庆市内的破坏目标，您看何时动手？"

"还等什么？共军已到了綦江，难道要像广州撤退那样，把物资留给他们！"蒋介石扭头逼视着毛人凤反问道。

"明白。我马上去执行！"

毛人凤刚刚转身，又被蒋介石叫住了："听着，兵工厂、水电厂、广播大厦、飞机场必须炸掉，一块完整的瓦片也不要留给共产党！你也转告杨森，他负责的目标也必须炸掉。"

说着，蒋介石走近毛人凤，逼视着毛人凤厉声喝道："500多处目标统统都要炸掉。你要告诉你手下的那帮人，谁要手下留情，我亲手宰了他！"

毛人凤毕恭毕敬地说了声："遵命，我马上执行。"说完夹着大衣匆匆而去。

蒋介石转身回到沙发坐下，揉着剧烈跳动的太阳穴。

机要秘书曹圣芬本跨进房门，硬着头皮进屋去请示；"总裁，何时给您安排座机？”

蒋介石怔了一怔，随即沉着脸说：“你去问外屋那伙人吧，”他气犹未消地说，“问那些不争气的一伙人去，别来缠着我。”

当天下午，在蒋经国的陪同下，蒋介石驱车前往重庆市区。

这是一个阴冷潮湿的初冬，毛毛雨无声无息下着，湿透了的泥沙公路，坑坑洼洼。车灯像几点荧荧的鬼火，怎么也穿不透厚重的雨幕，几辆满载警卫的中吉普，卫护着蒋介石的黑色小卧车在一片片积水淤泥中，颠颠簸簸，向阴沉沉的城内驶去。蒋介石临时决定，要最后巡阅一遍重庆市区。

蒋经国坐在蒋介石身旁，他从未见过老头子像今天这样显得那么虚弱、那么憔悴。蒋介石不是倚靠在座椅上，而是瘫在那里，沉默不语。蒋经国搜索枯肠，揣摩着说些什么来安慰父亲，却一下又找不到合适的话题。

车队开进了重庆城区，大街上人很少，街道两旁的商店、银行、餐馆、舞厅、职业介绍所和拍卖行，大多关门闭户。曾经的繁荣好似过眼烟云，好似从来就没有过。只有警车凄厉的呼叫，提醒人们回避。

蒋经国回忆起抗战初期来重庆时的情形，不禁感慨道：“一切都没有变。”

“人心变了，”蒋介石更正道，“人心变坏了。”他在杂七杂八的回忆中大谈起抗战的往事。蒋介石叙述的不是完整的回忆，而是许多零碎的片段，有的愉快，有的凄婉。“经国，你很有头脑。”蒋介石对儿子说，“今后，反共复国的希望就寄托在你的身上了！”

“问题是我们输得太惨，太不值得。”蒋经国直言不讳地说，“党国的命运不佳。”

蒋介石凝视着车窗外，缓缓地摇摇头说：“问题不能这样看，经国。记住我的话，不论再大的输赢，你都得坐在赌场里，那样，你终究会有翻本的一天。要是你离开了，那就什么结果也不会有。”

“您应该多听听人们的建议，”蒋经国委婉地对父亲说，“我是指前几年您处理国事时。”

黑暗中，蒋经国看不清父亲的表情，只觉得他呼吸十分急促。

停了半晌，蒋介石喃喃念叨：“批评我的那些人，我懒得同他们争论，我不想跟半数以上的中常委闹翻。我只想说，我没有任何需要自我责备的地方，一点没有，半点也没有。我为党国事业操碎了心，只差鞠躬尽瘁死而后已了。”

“我可不是中常委啊，我是您的儿子。”蒋经国说。

“别跟我提那些人！”蒋介石急躁地说，“你可以相信我的话，他们是一盘散沙。李德邻在职务上是个老手，是一位绅士，一位出入上流社会受人欢迎的客人。但他天性懦弱，很轻易上了共产党的当，把事情弄得不可收拾。”

反省的话题似乎没完，又像是枯竭了，蒋氏父子谁也不再开口。

蒋介石的座车驶到朝天门码头，前面是浩瀚的长江，无路可通了。9月2日发生的大火灾，已将码头附近烧作一片废墟，到处是破壁颓垣，烂瓦残砖。小车开到街心花园处停下来，前面便是长江、嘉陵江交汇处，白茫茫一片，只有漩涡成串，劝人自杀的江水。

蒋介石呻吟了一声，从后座上直起身子来，好像要下车的样子。蒋经国忙探身拍拍驾驶员的肩膀吩咐说：“不用停车了，直接开回林园官邸。”

小轿车车窗紧闭，人们的呼吸给车窗玻璃蒙上一层的水蒸气。在座车平稳的引擎声中，蒋介石不觉昏昏入睡。连日来他心力交瘁，也该合合眼了。

3

11 月 29 日，国民政府行政院迁到成都办公。国民党中常会派朱家骅、洪兰友从重庆飞往香港，敦促“代总统”李宗仁速返大陆，履行职责。李宗仁拒绝。

万县江面 2 艘国民党军军舰起义，向长江下游行驶。重庆近郊发生激战，中午黄葛垭方面发生战斗，重庆市内秩序异常混乱，各单位靠自卫队保安。

蒋介石命令杨森，明晚撤守两江对岸之兵力部署，收缩到城区准备巷战。午间召开军事会议，指示第 1 军后撤川西。国防部作战厅报告，共军在江津上游 20 里处渡江。

重庆陷入重围，蒋介石却迟迟不肯离去。他多待几个小时，就能多稳住军心几个小时。

他没有午休，整个下午接电话，发指示。市内破坏目标爆炸声四起，连续不绝。

夜色降临了。

林园官邸的幢幢房屋刚被黑幕所遮掩，机要人员忙不迭地进进出出，将一捆捆带不走的秘密文件扛到操场边，洒上汽油，点起一把火。曲卷的火舌吞噬着那一堆堆使多少人升官发财，又使多少生灵涂炭的纸张，化作一团纸灰升上天空，聚成黄褐色的烟柱。炽热的气浪舔着树枝，发出一股呛人的焦煳味。

阴郁的寒气，渗入蒋介石下榻的小平房，他兀自呆坐着，连衣服也不加一件。桌上的晚餐几乎没动，蒋介石这几天食不甘味，夜不安枕。

在彤云密布的夜空中，白市驿机场的探照灯放射出耀眼的寒光，一架架夜航机紧急起飞，隆隆的马达声不绝于耳。远方地平线上发出一阵阵春雷般的炮声，战斗正在重庆近郊展开。林园官邸旁的成渝公路上，国民党军溃兵还在一串串地摸黑逃命。

蒋介石在林园官邸坐守。

他在等什么呢？是在等美国参议员诺兰兑现若言？还是在等待国际形势的骤变吗？不是的，那一切都已经在他心里化为泡影。他是在等毛人凤的消息。

“毛人凤这家伙，怎么搞的？”外屋传来幕僚们的抱怨声，他们都在等待尽快离开重庆。

蓦然间，林园官邸被一阵沉闷的爆炸声所震撼，玻璃窗震得簌簌响。

保密局开始对这座城市实施毁灭性的破坏了。

轰隆轰隆的爆炸声接连不断地滚过天际，犹如雷鸣电闪，又像是一场暴风雨即将来临。爆炸声稍停一阵，又猛地发出几声轰鸣，歌乐山下火光一闪，头顶上的苍穹也像被炸开。附近一片黑暗，林园官邸内应急用柴油发电机突突响动，点燃几盏鬼火般的灯泡。

蒋介石下意识地用手捂住胸口，感到浑身痛楚。不错，毛人凤忠实地执行了他的命令，但同时也断绝了他最后的一线希望。

从此以后，国民党军残部在大陆再也没有兵工厂，没有武器和后勤供应，等待他们的是彻底覆灭的命运，这是谁也改变不了的厄运。他将抱恨终身。

然而蒋介石还是不走，下属谁也不敢催促。直到夜里10点，林园后面枪声大作，蒋经国只好向父亲报告实情，说明共军已占领长江南岸，江津失守，机场受到严重威胁，必须尽快离开重庆。这时蒋介石方才走到衣帽架前取下大衣和帽子，若有所失地回顾了一下搬得空荡荡的房间，推门走到外屋。

如果蒋介石此时再不离开，显然就有被俘的危险。他并不是一个胆小鬼，民国初创，陈炯明在广州叛变，炮轰总统府，蒋介石随侍孙中山登上“永丰”舰，虽弹雨纷飞他也并未退缩。西安事变期间，他身陷囹圄，所求的也是速死。蒋介石真正担心的并不是死，而是担心被俘受辱，那样比死了还糟糕。

外屋的幕僚们全都站了起来，神色冷峻。他们知道，告别林园官邸的时刻到了。

登车后，蒋介石说不准他究竟迷糊了多长时间，一个小时还是两个小时。公路上尽是溃兵，汽车开得很慢。他也没有去看一下手表，对他来说时间仿佛已经停滞了。

午夜时分，车队抵达白市驿机场。纷纷细雨已经停了，探照灯的光柱近在眼前，在低低的云层中忽明忽灭。蒋介石眯缝着眼睛从摇开的车窗向外望去，在机场的跑道旁边，他看到了自己那架大型座机的轮廓。

白市驿机场紧张万分，不断有飞机起降。跑道旁堆着中央银行的十多吨黄金、上百万枚银圆，抢运台湾。所有的军事编制似乎都已分崩离析，只有求生的本能，强制着人们拼命搬运物资。

扩音器里传出机场调度主任嘶哑的声音，指挥着一架架飞机的起飞和降落。

蒋介石、蒋经国等人走出小车，登上“中美”号座机。蒋介石的高级幕僚和随行人员上了另一架专机。登机后蒋介石一言不发，也不让任何人接近他。

1946年，中国航空公司向蒋介石提供美制C–54运输机一架，改装为客机。因中航公司系中美合资，该机被命名为“中美”号，成为蒋介石的专机，由空军上校衣复恩驾驶。

接到起飞指令，衣复恩和副驾驶员最后检查了一遍仪表盘，便同时把手放在风门杆的金属握柄上，启动了专机。顷刻间，两台汽缸星型引擎发动，带动螺旋桨猛然旋转，机翼不停颤动，专机犹如一匹脱缰的野马，徐徐滑上了跑道。桨叶激起的疾风吹得地勤人员睁不开眼，巨大的轰鸣声传遍了方圆数里地，专机越滑越快，在跑道尽头处腾空而起。几秒钟后，轰鸣声消失在夜空中，蒋介石的座机变成一星隐隐约约的亮点，向成都方向掠去。

1949年11月30日凌晨3时许，统治中国大陆22年的蒋介石，灰溜溜地离开了重庆。此时，距山城解放只差半天时间。

蒋介石的座机刚从空中消失，保密局的毛人凤、徐远举等人也赶到机场，乘飞机逃往成都。航空警卫旅马上解除对机场的警戒，分乘大卡车驶往成都。

保密局技术总队在炸毁了通往成都的山洞公路隧道后，又炸毁了白市驿机场和跑道上待修的4架驱逐机、6架高级教练机，亦随后逃往成都。

机场塔台爆出噼啪的火星。公路上的大股溃兵已经过完，只剩一些缺胳膊少腿的伤兵艰难地走着，不知何日才能走到成都。

白茫茫的雾气，从歌乐山麓升起，淡淡的铅灰色的晨曦映照着天际，为起伏不平的山峦镶上一道黛色的边。山村里传来鸡鸣，农家庭院里炊烟袅袅。

天快亮了。

4

11 月 29 日凌晨，国民党军航空警备旅出动 2000 多人，将第 21 兵工厂团团围住。不久，夜幕中又开来几辆吉普，乘车人员是前几天从台湾空运来的保密局技术总队，其中有几名爆破专家。

第 21 兵工厂前身为南京金陵兵工厂，抗战初期搬迁重庆，设备好，员工多，技术力量强。它的产品包括步枪、轻重机关枪、迫击炮、掷弹筒、子弹、炮弹、炸药包等，基本囊括了常规武器。它的产量占全部兵工厂产量百分之六十，其中步枪月产量逾万支，每个月可以武装一个师，是全国最大的兵工厂。抗战胜利后，该厂未迁返南京，在重庆继续生产，是国民党军武器的主要来源。

在保密局制定的 520 多处破坏目标中，第 21 兵工厂名列榜首。

航空警备旅控制了大门，只准出，不准进。驻厂的稽查、特务接到通知，分别控制各车间。兵工厂还在生产，三班倒，车间灯火通明。

在嘉陵江边的刘家台码头，一艘轮渡刚靠岸，上面载有上百箱烈性炸药。几十个民工走上跳板，走进船舱，轮番扛运炸药，沿着高高的石台阶，送往第 21 兵工厂。

清晨，电话铃声惊醒了厂长俞濯之。话筒里传来一个生硬的声音："俞厂长吗？重庆即将弃守，奉蒋总裁手令，兵工总署决定炸掉21兵工厂。请你尽快处理善后事宜，将员工全部撤出，以便爆破。"

厂长俞濯之回答"知道了"，便放下话筒，睡意顿消。他对第21兵工厂有很深的感情。

俞濯之1933年毕业于英国伯明翰大学机械系，回国后任南京金陵兵工厂工程师，随厂内迁重庆。这些年，他从工程师干到厂长，尽职尽责。正当他的事业如日中天，国民党发动内战，每当他想到厂里的枪弹会杀伤自己的同胞，便心痛不已。

近月来，本厂共产党员赖琮瑜、蒋金土多次与他接触，将中共有关文件给他看，宣传中共的方针政策。10月份，他收到从本市邮局发来的一封信，打开一看，是前任厂长李承干写的，一定是托人带到重庆才发出的。李承干在信中写道，他已在北平参加全国政协第一次会议，共产党不歧视旧军政人员，且根据个人专长安排工作。信中还写道：大局已定，作为老同事，一定认清形势，顺应潮流。

就在昨天，赖琮瑜以中共党组织代表身份，正式找俞濯之谈话，要他保护工厂，俞濯之接受了劝告。半个月前，他派人将厂区内几十吨火药，转移到远离工厂的金紫山，那是生产子弹、炮弹的宝贵原料。

俞濯之采取的第一个行动，就是派自己的勤务员去车间，寻找地下党员赖琮瑜、蒋金土。不料他们昨天下班回家，今早已不能进入厂区，失去联系。俞濯之转而给各车间主任打电话，告以当局将炸毁工厂，务必采取应急措施，动员护厂。

各车间员工齐心协力，分头隐藏精密机床、仪器、工具、贵重材料，将大米、副食品、黄金、银圆转移到人迹罕至的防空洞。

地下党员无法返厂，在厂外一边派谢廷梁等人到江边密切监视炸药搬运情况，一边动员住在厂区附近的家属疏散，作最坏打算。

从刘家台码头到山顶的第21兵工厂，有数百级台阶，送进厂里还要走路。几十个民工来回须走五六趟，累，于是磨洋工。一会儿嚷着要加餐，一会儿嚷着要加钱。扛着扛着停下来，说是要歇气，要抽烟。任凭押送炸药的国民党官兵不断催促，效率就是低，大半天扛上去的炸药还不到一半。

中午汽笛响起，员工午餐时间到了。航空警备旅的一个团长，通过广播室喊话，说明要炸厂，叫员工饭后全部离厂，滞留不走者，后果自负。食堂里顿时闹开锅，大家都说绝不离厂，几千员工都在这里，看他龟儿子怎么办。

俞濯之听见了广播，也听见食堂传来的叫骂声。他端坐在办公室，抱定决心，要与心爱的第21兵工厂共存亡。

步枪所抢托老木工吴坤山，在21厂工作多年。地下党在步枪所多次搞工潮，他都积极参加，说一声要罢工，他就不上班，虽说当天的工资肯定被扣发。吴坤山独身，吃住都在厂里。工友们信任他，让他担任防护团分队长。

吴坤山寄居员工集体宿舍。这天下午他从一位工友家里出来回厂，走到厂门口被航空警备旅士兵挡住，不让进。吴坤山借口说："我住在厂里，进去收拾一下东西就出来。"

吴坤山那天穿一身草绿色的旧军服，头戴军官大盖帽，只是没有领章和帽徽。他身材高大，讲一口地道的湖北话。哨兵看他架子大，摸不清他的底细，破例放行。

他回房休息片刻，收拾自己的衣物。没有人给他通消息，但目睹重兵围困第21兵工厂，什么都明白了，一定是解放军兵临城下，国民党垂死挣扎。

宿舍外有动静，吴坤山出门去，看见步枪所稽查杨剑指手画脚，叫一些民工在厂房边堆放炸药箱。他一向老实巴交，这时怒火中烧，走过去干涉说："杨稽查，你在厂里也干过多年了，这种事情伤天害理，干不得哟！"他见杨剑不理睬，又接着说，"中国的工厂本身少，厂子炸不得。管它国民党、共产党，都是中国人，工厂总是要的。厂区周围还有那么多老老少少，你莫要造孽太过，日后要遭报应。"

杨剑听得不耐烦，扭头警告吴坤山："你好大的胆子，不识时务跑来胡说八道。看在你是老领工的分上，不要再啰唆，趁早赶快跑到10里之外，不然就要粉身碎骨。"

天色渐暗，远处又传来解放军的炮声。吴坤山急中生智，念叨说："杨稽查，我看你才不识时务，好多稽查都上轮渡过江去了。"

杨剑早已如惊弓之鸟，闻言一愣："他们走了？怎么也不叫我一声。"

"谁骗你啊，你不走就算了，不关我的闲事。"吴坤山回答道。

杨剑听信了，叫民工随意置放炸药箱，他自己随后慌慌张张逃遁。

这时几十个扛炸药箱的民工，将最后一批炸药扛到厂区。路灯昏黄，押运队长将吴坤山误认作是稽查杨剑，走过来拍拍吴坤山的肩膀说："杨稽查，147箱齐了，点个数吧。"吴坤山装模作样点点弹药箱，客气地说："都齐了，我会在此照看的。"

押运队走出厂区，保密局技术总队得知炸药运到，几个爆破专家带着一群士兵接踵而至。他们对照图纸，首先在石罗汉发电所、大板桥药库安放炸药，设置雷管和起爆器。

吴坤山退进步枪所，取出事先收藏的步枪子弹。他去关闭步枪所大门时，发现守门老工人余兴发和另一位师傅还没走。三人一起关门闭户，另用重物顶死。回身到不坚固的后门，吴坤山架起步枪，叫两位师傅坐在耳房里，见机行事。

快到 10 点钟时，一个班的士兵猛敲步枪所大门，大声叫喊：“快开门，上峰叫我们来检查炸药安放位置。”吴坤山回话道：“正在安装雷管，别来打扰。”外面士兵无法进入，推动拉枪栓威胁说：“快开门，不然对不起。”吴坤山从耳房窗口露出笑容，镇定地说：“都是自己人，不必伤和气，很快就弄好，不用检查。你们要检查，麻烦出示蒋总裁的手令。”

为首的军官听见回话口气大，还是不放心，追问：“你们是哪部分的？有多少人？”吴坤山脱口而出：“指挥部的，六七十个人。”并示意两位师傅拉动枪栓，敲打东西，虚张声势。外面的官兵摸不清虚实，敷衍几句，撤走了事。步枪所得以保全。

修枪所守门工人万东康坚守岗位，拒绝开门，被国民党军围殴，不幸殉职。他的阻拦拖延了时间，保密局技术总队来不及安装雷管就仓皇逃命，修枪所里的炸药也没有起爆。

夜里 11 点左右，第 21 兵工厂石罗汉新发电所、大板桥药库等目标先后被炸，巨大的爆炸声震动全城，兵工厂顿时漆黑一片。

最后一队国民党军过江撤退时，准备炸毁 21 厂的交通艇“宝福”号。驾长和船工见事不妙，预先准备了饭菜，送给登船官兵，并周旋说如果炸船，水手都会失业。船抵市区大溪沟码头，国民党军弃船而去，没炸船。厂里另外两艘交通艇开到江心抛锚，完好无损。

旧中国最大的兵工厂，基本完好保存下来。

5

11 月 29 日下午 4 点钟左右，一队国民党军警在警察六分局局长鲜善于带领下，乘卡车来到了大溪沟电厂门外的“平康”茶馆旁。鲜善于坐在茶馆喝茶，其他军警从车厢里卸下 10 多只木箱，上面印着英文 TNT 字母，还印有骷髅头。不用猜，木箱里装着烈性炸药。军队属于重庆卫戍司令部，鲜善于是地头蛇，为之点水引路。

待炸药卸载，分局长鲜善于走进电厂，点名要找厂长傅友周。傅友周见他杀气腾腾，便问道：“鲜局长，你们搬运炸药到发电厂是什么意思？”

鲜善于连坐都不愿坐，开门见山说道：“兄弟我奉上峰命令，为了应急，必须炸毁发电厂。如果你不带着工人赶快退出厂区，那我们就要打进来。对不起，傅厂长，限你在半点钟之内答复。”说完扭头就走。

傅友周立即找到护厂队骨干胡植林、刘素民等人商量。

大溪沟电厂建于 20 世纪 30 年代，它孕育了山城动力工业，抗战时期支持民用品生产和市民用电，经历过日军大轰炸，至今提供全城民用电，不可一日或缺。为此，大溪沟电厂也成立了护厂队。

傅友周说："电厂关系到全城民生，如果被炸毁，我们无颜向父老乡亲交代。鲜善于限定半小时答复，他到时就要动手，大家有什么建议？"

胡植林说："不能示弱，这些家伙一贯欺软怕硬，我们把机枪架起来。他们真要硬干，先朝天鸣枪，吓吓他们。"

刘素民说："电厂是工友们的饭碗，谁要砸咱们的饭碗，断绝我们的活路，我们就要以命相拼。"

另一位骨干说："最好不要与他们硬拼，避免工友伤亡，先拖住他们，能拖多久拖多久。"

修配股长杨如坤说："我建议立即停机，切断照明。把护厂队撤进机器房，分别把守门窗和周围要道。破坏队人生地不熟，冲进来也难辨方向，弄不清我们的人枪。他们要开火，护厂队在暗处打明处，占上风。"

傅友周同意。护厂队员纷纷行动起来，将厂内家属迅速撤到子弟学校和防空洞内躲避，将重要零配件集中放在材料房和汽轮机房，做好应战的准备。

半小时后，前来炸厂的军警见厂里一直没有动静，便向厂门扑来，被铁栅栏阻挡。大门护厂队员见此情况，拨打电话通知护厂队准备。带队军官举着枪叫喊开门。护厂队员问："你们进厂来干什么？"军官回答说："我们奉命来保护电厂，赶快开门。"护厂队员回答："电厂有护厂队，不必劳驾你们。"

僵持了几分钟，军官命令士兵攀越铁栅栏，强行进厂。

胡植林带领护厂队员赶来，已有两名士兵翻越铁栅栏进厂，刘素民喊了一声"卧倒！"护厂队员举枪瞄准对方。千钧一发之际，总务科长张容之、副科长李逢春跑来，站在护厂队与厂门之间，张开双臂向护厂队叫喊："不要开枪，不要开枪！"这一突发举止使护厂队愣住了，先进来的士兵趁机打开铁门，国民党军警一拥而入。

护厂队只得退到汽机房，转而把队员安排到房顶、露台架上机枪，对准搬运炸药的军警。胡植林向队员们交代，故意在车间外来回走动，借天色渐暗制造出人多的样子，迷惑破厂队。他又交代各机房，如有外人进入，队员立即跟踪监视，不准安放炸药，否则就开枪。他说，大家做好打的准备，但不要乱放枪，节约子弹。万一被抓住，不要说出厂里的重要部位，不要暴露护厂队人数和武器数量。实在被迫，就说厂内外都有护厂队，有几百支枪。

为拖延时间，连钟毓等人带上香烟、茶水去"慰劳"军警。吓唬他们说："你们不要乱走啊，车间到处有高压电，触电会把人烧焦。"军警看见厂内到处有武装工人，也没敢到处乱窜。

军官带着士兵闯进锅炉房，询问当班的工人："厂内哪些地方最重要？"当班工人指着锅炉外面的防空洞说："那里最重要。"军官命令工人熄灭炉火，赶快离开。几个工友们不理不睬，照样往锅炉添加煤炭。军官离开了一阵子，又到锅炉房，取出手枪说："你们硬是不走，我们就不客气了！"工人们针锋相对说："就是不走，怎么样？你开枪啊。"军官见奈何不得，退回军警那伙人中。

傍晚时分，厂长傅友周见军警赖着不走，叫总务科到对面的饭馆去包了几桌酒席，送到厂内花园坝子，让他们用餐。这伙军警色厉内荏，怕菜饭里有毒药，要总务科的人先吃一点，然后才狼吞虎咽起来。

傅友周心急火燎，突然想起蔡鹤年是电厂的董事，有股份。抓起电话将事态告诉蔡鹤年。

蔡鹤年闻讯，很快乘车到电厂，与破坏队军官交涉说：“我是总商会理事长、发电厂董事。弟兄们到电厂来干什么？”军官啃着鸡腿回答：“奉命检查电厂。”蔡鹤年说：“这个时候了，还检查什么电厂。他们正常上班，正常发电，有什么可检查的？”军官又说：“我们接到情报，说电厂里面有共产党。”

蔡鹤年说：“你们要瞎抓人，我管不着；如果要破坏电厂，我不答应。电厂破坏了，对重庆损失太大。你们都是重庆人嘛，不要做对不起父老乡亲的事情。”

说着，蔡鹤年取出重庆卫戍司令部的信封，在军官眼前晃动一下。那个信封是重庆卫戍司令部回复重庆总商会公函所用，蔡鹤年有意带在身边。

蔡鹤年说：“我认识杨总司令，等会儿我给他打电话，说明你已来过电厂，已经尽力，杨总司令不会怪罪你。”

杨森承诺不炸水电厂。毛人凤施加压力，说分工明确，军用目标正在陆续爆破，民用目标一个未炸毁，蒋介石已在追问。杨森不得不演戏，命令炸电厂。他的命令含糊其词，说是不要全部炸毁，见好就收。

军官迟疑了，他想起杨森的指令，明白不能明火执仗开枪杀人。但什么叫见好就收，令人费解。他掏出手帕擦手，考虑怎样收场。

蔡鹤年示意曹干事，从车内取出手提箱，里边有他预先准备的 600 块大洋。他对带队军官说：“弟兄们辛苦，这里有 600 块银圆，让弟兄们拿去做茶水钱。”

600 块银圆不是小数目，又听说蔡鹤年愿意在杨森那里为之开脱，带队军官回心转意。他接过装银圆的手提箱，掂掂重量，想不到此时还会发洋财。他笑逐颜开对蔡鹤年说："多承蔡理事长美意，我们撤走，我们撤走。"

军官下令撤走队伍，但10多箱炸药没搬走。他想给自己留一个证明，他到过发电厂。

眼见破坏队撤离，蔡鹤年也登车离去。

护厂队派人跟踪破坏队，发现并未走远，住进大溪沟警察局派出所。傅友周当晚没回家，与护厂队一道坚守发电厂。

次日听说解放军打到南岸，破坏队作鸟兽散。

6

11月28日上午，刘宗宽收到西南长官公署副长官钱大钧手令："刘代参谋长率长官公署官兵及警卫团向成都转进。"

刘宗宽当然不跟国民党走。事前他做了两手准备：将总务处少校副官王裕如作为留用人员，派往成都打前站，如果国民党裹胁自己去成都，他到成都后再设法脱身。第二手准备就是趁混乱之机，在重庆隐藏下来。

刘宗宽早就预设了两个落脚点。一是利用岳父是基督教安息日会教徒的关系，年初和妻子崔东亚一起入教，由葛肇谔牧师为他们施行洗礼，星期天照例去做礼拜，关系搞得比较好。必要时以教会国府路宿舍作为临时藏身之所。第二个落脚点，是妻子在国立女子师范学院任教时结识的杨清教授，其居家地点在沙坪坝重庆大学。

接到钱大钧手令，刘宗宽故作撤退布置，命令总务处长刘瑀璜率领队伍先行出发，他则托词有其他事情安排，完事后马上赶去。

11 月 29 日上午，刘宗宽打电话给钱大钧探口风。钱大钧惊讶地问："刘参谋长怎么还未走？"刘宗宽在电话里答复："昨天我还有一些事情必须安排，没有走成，已令刘瑀璜率领队伍出发。现在我打电话就是向你报告，我也马上出发了。"打完电话，他一面命令通讯兵撤收电话，一面命令警卫团卫兵撤走归队。

之后，刘宗宽带着贴身卫士坐上吉普，载着行李、箱笼，装着出发的样子，开到沙坪坝重庆大学，在杨清教授家寄放行李武器，换上便衣隐蔽下来。妻子崔东亚带着情报员房显志，到李子坝疗养院住院"疗养"，度过真空时间。

11 月 28 日，朱懋禔做了一件大事。那天，从菲律宾交换的第二批银圆 28 万枚迟迟运到重庆，按 50 克一枚计算，总量约 14 吨。财政部长关吉玉借口押运，提前飞往台湾。台湾与重庆没有长途电话，朱懋禔与之失联。他灵机一动，独自去金库，给几个库管员发银圆，说是遣散费。那几个人看到朱懋禔拿出存单，又记得与他打过照面，把金库钥匙交给他，脱手而去。

解放军进城，军管会接管印钞厂，送来 200 元面额人民币底版，交重庆印钞厂印制。朱懋禔主动交代了这笔黄金，获得宽大处理，后来被分配到成都量具刃具厂做会计。

11 月 29 日夜里，王抡楦照常到《中央日报》编辑部上班。当晚中央通讯社的新闻稿少得出奇，第一次发来电稿二页，第二次发稿只有一页。半夜 12 点，第三次电稿尚未到来，他打电话到中央通讯社，那边已无人接听。排字房的工友不断来编辑部催稿，问他怎么办？他叫排字房将已排版小样全部打印出来，他计算了一下，连广告在内只能拼成两个版。拖到下半夜，实在无法可想，王抡楦决定10月30日《中央日报》只出四开单张，结束了它的使命。

11月30日一早，杨森把一些带不走的杂物，连同十姨太郑文如，一起送到“特园”。他对鲜英说：“我履行了诺言，没炸水厂、电厂。请特生兄也履行诺言。”

鲜英收下杨森寄存的杂物，将郑文如安置在“特园”暂住。

杨森又去市区巡视一圈，然后驱车前往成都。蒋介石叫他最后一刻离开重庆，他遵命照办。他的儿子杨汉烈，12月在四川金堂县率部起义。

当天下午，温少鹤代表市参议会，蔡鹤年代表总商会，周荟柏代表工业会，另有群众代表数十人，分乘民生公司提供的渡轮到海棠溪，迎接解放军先头部队首长进城。地下党负责人卢光特随同过江，与解放军接上关系。

廖开孝率“反共保民军”反正，在三天真空时间里，维护城区治安。总商会和各同业公会，供应该部伙食及烟酒等，花费银圆4800多元。

7

争夺重庆的最后一战，发生在南温泉。

南温泉离重庆市区18公里，花溪河穿越而过，形成狭长山谷，两侧都是山峰，打鼓坪山和建文峰犹如两个门神，扼守着南川通往重庆的公路。按照守卫重庆的预定部署，由杨森所部133师派一个团驻防，内二警一个团驻李家沱为后援。这几天，陆续有从南川溃败的罗广文部44军残部加入防守。

南泉镇一派战时气氛，沿街住户的木门板多半被拆去，用于构筑工事。军用卡车不时从市区开来，卸下弹药和食品。成群结队的军人走过无遮无掩的民房，挤满为数不多的小饭铺、小酒馆，闹得乌烟瘴气。他们不太担心安全，南川方向的虎啸口有据点，建文峰上布满射程极远的高射机枪，罩着南泉镇。

11月26日午后，从南川方向走来上百人，穿着国民党军制服。虎啸口的驻军哨兵盘问，对方自称是罗广文部44军部队，从南川后撤的。问答中，几个人扑上来捂住哨兵嘴巴，往路边树丛里拖。驻军连长出来查哨，见势不妙，去摸腰带上的手枪，被乱枪击毙。接着，这群人迅速控制了虎啸口据点。原来，他们是解放军第12军属下103团侦察连，奉命探查前进路线。

枪声一响，胡吃海喝的国民党军官兵，好似是被开水浇头的蚂蚁一样，惊得跳起来，丢下碗筷就往各自的防地跑。建文峰顶的高射机枪开火，小拇指一样的实心枪弹，齐刷刷打断了一排排小树，封锁了公路。

解放军侦察连绕到花溪河边的树林里，避开高射机枪火力，沿着花溪河向南泉镇推进。这时，从广元乘车南下的胡宗南部第1军的一个团，乘车赶到南温泉。车刚停稳，成百上千个士兵就跳下车来，钻进南泉镇，与建文峰守军配合，展开反击。

第1军是胡宗南的王牌部队，装备精良，每个班不仅配备轻机枪，还配备一门火箭筒，一半士兵配备汤姆式连发冲锋枪。

解放军侦察连扛不住敌军优势火力，撤回虎啸口阵地。

傍晚，国民党军向虎啸口发起反冲锋，第 1 军敢死队仗着优势兵力，如同一群饿狼，成扇形在公路及花溪河左侧展开，号叫着扑向虎啸口。解放军侦察连以缴获的重机枪还击，枪管打得发红，子弹打光。

国民党军敢死队冲进了虎啸口阵地，双方立刻扭在一团，他们胳膊的骨骼嘎嘎作响，咬紧的牙关传出磨牙砺齿的声音。侦察连长来不及换弹夹，用手枪柄砸昏一个敌兵，接着一闪身，用毛巾套住另一个敌兵的脖子，直到敌兵的脸色由紫红变得铁青，瘫软在地。

越来越多的敌军涌上来，虎啸口阵地眼看要失守。紧要关头，解放军 103 团一营全体开到，迎头痛击进攻之敌，保住了阵地。当晚，二营、三营跟进。103 团蔡启荣团长等人研究敌情，决定攻占建文峰制高点，压制守敌。

解放军采取声东击西的打法，组织强火力佯攻打鼓坪山，一营担任主攻，趁夜进攻。打鼓坪山由杨森所部一个营驻防，筑有地堡，成为拦路虎。一营突击队员在夜色掩护下，逐个清除地堡，占领打鼓坪山前沿阵地。午夜，敌军反扑，双方恶战一整夜，徐泉水营长、二连长徐根阵亡。

11 月 27 日凌晨，解放军二营主攻建文峰，主峰南侧高地的白泡石山仅北面坡缓，其他三面陡峭。突击排不熟悉地形，误爬到白泡石山南侧断崖下时，天近拂晓，若返回再爬向原定目标，势必延误战机。张排长判断此处悬崖绝壁，敌军设防势必薄弱，又从枪声判断，敌军火力集中在其他方向。于是令全排以肩膀搭人梯登上断崖，隐蔽接近敌阵地前沿。九班运动到敌阵地后面，前后同时发动冲击，迅速全歼敌军。

白泡石山打响，另外两个突击排出其不意，从另一侧爬上来，守敌措手不及，缴械投降。

拂晓，大批敌军从建文峰主峰冲下来，欲夺回前沿阵地。此刻，四连和机炮连已跟进，枪炮齐发，打得敌军抱头鼠窜。曹辉连长乘胜发动反突击，在冲锋中牺牲，全连一举冲到主峰，全歼顶峰守敌。解放军占领建文峰，控制了南温泉制高点，高射机枪掉转枪口，压制镇内敌军，巩固了虎啸口阵地。

同日，中央军委在获悉二野转发的刘宗宽情报后，由毛泽东署名发电报，指示二野缓进重庆。

刘邓，并告贺李：

据报蒋介石令胡宗南以汽车八百辆运其第三军到重庆，请注意：（一）是否能吸引更多的胡宗南部到重庆。（二）我向重庆方面攻击之各军是否有必要稍为迟缓其行为，以利吸引较多之敌军据守重庆而后聚歼之。因为蒋介石自己在重庆，可能打一个聚歼汤恩伯于上海那样的好仗。

刘伯承、邓小平商量后认为，早日夺取重庆，不给敌人从容破坏重庆的时间，从而抢救更多物资，供给大军解放西南。他们回电说明理由，中央军委赞同。刘伯承、邓小平命令三兵团主力合围重庆。

11 月 28 日，解放军 103 团奉命从进攻转为阻击，吸引敌军注意力，以便其他部队包抄重庆。国民党军多次反扑，因建文峰易手，地利全失，无功而返。双方对峙。后续大部队赶到，击溃南温泉敌军。

11 月 29 日，四野 47 军先头部队在重庆以东渡江北进。二野 12 军主力在江津县渡江指向璧山县，快速挺进。二野 11 军抢占重庆南岸黄葛垭，黄昏攻占海棠溪渡口，与重庆城区仅一水之隔。

11 月 30 日下午，人民解放军 12 军、11 军、47 军占领重庆。

由于解放军进军神速，重庆地下党和各阶层积极配合，国民党保密局制定的 500 多处目标，只有小龙坎广播电台、山洞隧道、刘家台弹药库、21、29 兵工厂电厂、50 兵工厂工具所等极少数目标被炸毁。重庆城内无抢劫、无火警、水电不断、物资供应不缺，市面安宁，人心稳定。重庆这座西南重镇，基本完整地回到人民手中。

1950 年元旦，重庆 10 万军民在解放碑集会，举行庆祝西南解放大会。刘伯承在大会上发表讲话，庄严宣称："西南解放，是在全国总胜利的局面下，我军在大陆上最后一次大胜利。蒋介石和美帝国主义者诺兰商定的，在大陆作最后挣扎的阴谋，已被我军的伟大胜利完全粉碎！"